文化散文
经典系列

郑骁锋

著

本草春秋

长江出版传媒 | 长江文艺出版社

图书在版编目（ＣＩＰ）数据

本草春秋 / 郑骁锋著. -- 武汉 ：长江文艺出版社，
2020.10
　　(文化散文经典系列)
　　ISBN 978-7-5702-1631-4

　　Ⅰ. ①本… Ⅱ. ①郑… Ⅲ. ①散文集－中国－当代
Ⅳ. ①I267

　　中国版本图书馆 CIP 数据核字(2020)第 094116 号

责任编辑：周　聪　　　　　　　　　责任校对：毛　娟
封面设计：颜森设计　　　　　　　　责任印制：邱　莉　　胡丽平

出版： 长江出版传媒　　 长江文艺出版社
地址：武汉市雄楚大街 268 号　　　　邮编：430070
发行：长江文艺出版社
http://www.cjlap.com
印刷：湖北新华印务有限公司

开本：880 毫米×1230 毫米　　1/32　　印张：10.25　　插页：4 页
版次：2020 年 10 月第 1 版　　　　2020 年 10 月第 1 次印刷
字数：222 千字

定价：45.00 元

药有玉石草木虫兽，而直云本草者，为诸药中草类最多也。

——（五代）韩保升

序 言

漏天机

公元 1899 年深秋，北京。

沸沸扬扬的维新去年九月就在菜市口用满地鲜血宣告了终结，而古老帝国即将承受的空前劫难还酝酿在大洋深处。天下难得的清静，起码表面看来是这样。

虽然不少州县闹起了义和团，但天子脚下毕竟城墙高金砖厚，轻易掀不起多少波澜，臣工百姓还是照着老规矩过日子：该上朝的上朝，该做买卖的做买卖，该娶媳妇的娶媳妇，该储大白菜的储大白菜——该生病的生病。

国子监祭酒王懿荣病了。他裹着棉袍，虚弱地倚几坐着，等着仆人为他煎药。

一帖中药已被摊在几上。浓郁的药味令王懿荣皱了皱眉头，他实在是有些吃怕了这些黑乎乎的汁水。他低低咳嗽了几声，百无聊赖，伸出两个手指随意拨弄，漫不经心地看着药堆在纸上被划出一条条横横竖竖的沟。忽然，他似乎发现了什么，原本眯着的眼也随之睁大。

那应该是几块动物的甲骨，上面隐约有一些花纹。他拈起一片，吹去粉尘，又用袖子擦了擦，凑到眼前仔细端详。没错，是有花纹，摸了摸，好像还是刻痕。

谁会在一块中药上划刻呢？王懿荣顿时来了兴趣，坐直身，从药

1

堆中又挑出几块，排在桌上，认真琢磨起来。

片刻之后，王懿荣的身子猛地一震；又过了一会，他霍然立起，捧起一块甲片，双手竟有些微微颤抖。

王懿荣是一位学者，著名的金石文字学家。他已认出，甲片上的刻痕点横撇捺间似有章法，像是有意为之，但非籀非篆，不同于任何一种已知文字。

他浑然忘了自己的病，屏住呼吸一笔一画努力研究着。随着时间的流逝，他觉得甲片越来越烫手，上面的刻痕似乎要活了过来，如龙蛇般蜿蜒挣扎嘶叫。他的两颧泛着潮红，额头不知何时渗出了汗珠。

良久良久，他才回过神来，意识到自己的发现具有极其重大的意义：他竟然在无意中找到了一座尘封数千年的宝库，而手中的甲片便是开启库门的钥匙。

回头再看那包即将入罐煎熬的药堆，满身冷汗的王懿荣暗自后怕，庆幸上天让他得了这场病。

"一片甲骨惊世界！"

甲片上的刻痕被确认为商代文字——中国已发现的系统文字中最古老的一种。甲骨文是二十世纪初中国的三大考古发现之一，以史学角度来看，在此之前，有关殷商的记载极其稀少，早在孔子时就已经惋叹文献不足。陆续被发掘的十五万片带字的甲骨，硬是从历史无情的黑洞中剜回一块，为后人探索那个遥远而模糊的时代提供了大量资料。大到国家征战帝王更替，小到部落祭神、夫妻祈子，甚至兄弟分家、寻牛觅羊，多多少少都留下了一些记录。

甲骨，甲是龟甲，骨是兽骨，一般说法，它们出土后以"龙骨"的身份进了药店。它们被称为龙骨十分恰当：重见天日的，不正是中华民族这条巨龙失落了几十个世纪的一段骨节吗？

但以医药知识分析，王懿荣发现的似乎应该是"龟板"：龟的腹甲。因为根据记载，他患的是疟疾，用龟板比"龙骨"（医家以此命名古代大型哺乳动物的骨骼化石）更加对症。

龟，自古被视作一种神奇的动物，与"麟、凤、龙"并列四灵。龟甲入药，有一别名："漏天机。"

此名实在贴切得不可思议：埋藏了几千年的诡秘天机，当真通过这味中药再现了人间。

无论龙骨还是龟甲，反正这些惊动了整个世界的甲骨最早都来自一间普普通通的药铺。

贴满标签的药橱，究竟隐藏着多少被历史重重包裹的秘密？除了龟板，还有其他能破解时间封印的灵物吗？

史书药书对照细细看来，同样枯槁的纸页上，竟能找到不少彼此印证的章节，更有许多埋伏呼应之处。一段波谲云诡的历史，在医家眼中，往往不过是一张字迹潦草的药方，撰写者或是高明，或是蹩脚，或是认真，或是敷衍……以药读史，相互补充相互阐发，别有一番滋味。

原来，一味寻常的中药，往往连着一位任何史书都不能漏载的重要历史人物。

原来，一件改变历史进程的事件，不可或缺的道具可能便是一味毫不起眼的中药。

原来，一个药名的得来与变更常常都烙着历史的沧桑印记。

原来，一位著名人物或许本身就是位高明的医家药师。

——原来，历史与中药可以如此水乳交融地绾合。

可能是一段草根，可能是一截枝条，可能是一片叶子一朵花蕾，可能是一张树皮一粒种子，甚至是一块冰冷的石头。背着药篓，沿历史长河一路走来，在风景独特处，总能采到一两样参与或者见证了往事的药物。

这些浸染着历史云烟的中药格外沉重，每一种都闪烁着青铜的寒光。

神话传说，太乙真人用莲藕拼出哪吒的人形，助他起死回生——何不从本草方书中挑出那些蕴涵着历史天机的中药，为我们过往的几千年重搭一座骨架呢？

草木无言，草木有灵，众药皆有情。史书药书合二为一，那些成功逃脱时间剿杀的种子便会在字里行间苏醒，再一次抽枝发芽。

草木清香里，书页龟裂，时光逆转，一条巨龙从远古延亘而来。

目　录

本草初始

——懵懂时代的人草战争

话说文殊菩萨一日令善财采药，善财遍观大地，无不是药，随手拈起一茎草递上；文殊接过，呈起示众，说："此药能杀人，亦能活人。"

虽然这只是《五灯会元》中的一则语录，却也一语道破了世间草木的终极奥秘。但菩萨的禅锋不易参透，神通更属虚幻，古老的中华，究竟是谁，第一个勘破了这个玄机呢？

都说是神农。来自洪荒深处、那个遥远得如同传说的时代的神农。

那是一个帝皇成群的时代。

传说中的三皇五帝究竟是哪几位，千百年来史家各说各话一直没个定论。三皇有的说是天皇、地皇、泰皇；有的说是天皇、地皇、人皇；还有的说是燧人、伏羲、神农；或者伏羲、女娲、神农……如果撇开实在太过缥缈的天皇等几位，神农无疑是其中最没有争议的一位上古圣皇。

相对已经围绕太阳转了四十多亿圈的地球，人类满打满算的几百万年历史不过只是电光石火一刹那。如果地球有知觉，如今看着人类肆无忌惮地在自己身上挖掘轰炸，痛恼之余它肯定会大惑不解：这些暴发户般的新贵到底是从哪里学得的这般神通——当初，比这些两脚直立的小生灵强壮不知多少倍的恐龙，苦苦爬了一亿多年也没看出有

1

了多大长进。

可纵然科技的发展一日千里，人类对自从有文字记载以来的几千年经历也还是只能摸索着猜测着，勉勉强强拼凑出个模糊的轨迹。至于文字出现之前的很多人和事，更是注定成了永远没有答案的谜——混沌成一块冷冰冰的化石、一片乌蒙蒙的陶片、一捧不及细看便消散在风中的劫灰。

神农便是其中之一。

事实上，在两千多年前，就有人走遍大江南北黄河上下想搜寻一些神农和他所在时代的资料，可最终无奈地发现，这人间，早已经没了他任何可靠的痕迹。他就是司马迁。《史记》中"太史公曰：夫神农以前，吾不知已"一句话，包涵了多少的惆怅与遗憾。

但有些人是必定要在后人的传唱声中复活的，神农也是其中之一。

后世的典籍中，不时又出现了很多有关神农的条目，唐史家司马贞的《补史记·三皇本纪》应该算是比较详细的，说"炎帝神农氏，姜姓，母曰女登，有娲氏之女，为少典妃，感神龙而生炎帝，人身牛首，长于姜水，因以为姓"云云。当然，也必不可少地收入了那个著名的典故："（神农）始尝百草，始有医药。"

关于此典，记载更早更细的是《淮南子·修务训》："古者，民茹草饮水，采树木之实，食蠃蠬之肉。时多疾病毒伤之害，于是神农乃始教民播种五谷，相土地燥湿肥硗高下，尝百草之滋味、水泉之甘苦，令民知所辟就。当此之时，一日而遇七十毒。"

神农之所以成为神农，一来是他教民农耕粒食，二来便是他尝百草知药性，创立了医药学。

于是，他的结局便没有疑义，定然是尝草药太多，终于在劫难逃，中毒不救，死了。

但究竟是什么东西要了神农的命，说法却也不少，可古老相传，嫌疑最大的元凶应该是断肠草。

断肠草又是什么草呢？又说不太清了。上海科技出版社的《中药大辞典》中，此名之下有十二种之多，包括了雷公藤、草乌、狼毒等著名的毒物。但最多的人认为，这些家伙的毒级还不够档次；起码还有一株草的烈性，是它们所望尘莫及的，也只有那样的剧毒，才有可能终结神农的性命。这种可怕的植物叫作钩吻。

钩吻是种卵圆叶开小黄花的藤，南方分布较广，多生在向阳处，并不起眼，但在行家看来却是世上极危险的物种之一。沈括在《梦溪笔谈》中说这种草是"人间至毒之物，不入药用"，并说他在闽中亲见当地人有用这玩意自杀的，"但半叶许入口即死；以流水服之，毒尤速，往往投杯已卒矣"。陶弘景更是对这药名做了一番形象的解释，"言其入口则钩人喉吻"，故称钩吻。

如果神农真的是不幸遇到了这种植物，那么他生命的最后一刻肯定是极其痛苦的。《本草纲目》载，此药"入人畜腹内，即粘肠上，半日即黑烂"。现代医学的表述是此药中毒后眩晕、言语含糊、口咽灼痛、吞咽困难、肌无力、眼睑下垂、瞳孔散大……

很快，死亡。

是什么原因驱使神农满山遍野地寻觅、咀嚼、品味着不知来历、不知名目、不知作用——不知会不会要了自己命的草药呢？

后人看来，这简直是废话：寻药治病救命，还需要理由吗？

需要！那个懵懂的时代，是谁首先发现，人的身体难受了，可能不一定是鬼神作祟呢？是谁首先猜测，刚才还生龙活虎与自己一起争夺着撕咬兽肉的伙伴突然脸色发黑倒地抽搐，也许不是上天的惩罚呢？

是谁最先怀疑，有人活得久死得安详，有人却短命死得痛苦可怕，或者不是祖先的意思，而是另有原因呢？

是谁，最早发现了，天意神灵之外，人自身避免不了会出故障——会生病呢？是谁，最早在绝境里也不服所谓的命定，一口咬定那不过是某种与道德无关的疾患，是有可能挽回的呢？

或许，最早的启示可能从动物中来。一匹看上去虚弱不堪的野鹿挣扎着来到一片沼泽，喘着粗气东倒西歪，耷拉着头急切地寻找着什么。终于，它低低呻吟了一声，叼起一株草，使劲嚼了起来，没多久，原本呆滞灰暗的眼珠竟然越来越亮，哆哆嗦嗦的四脚不知什么时候站得笔直，再一会，它一声欢鸣，撒开腿箭一般地冲入了山林。

这一切，被某位躲藏在岩石后的猎手看在眼里。不知什么时候，他垂下了已经瞄准的弓，若有所思；直到野鹿消失后，他才慢慢走过去，捡起地上被嚼残的叶片，细细看着，良久不动，不知在想着什么……

地球如果有记忆，它一定不会忘记这一刻，就像不会忘记人类第一次从枯木中钻出火星那样：人类日后令它欣慰令它诧异令它恐惧令它痛苦的力量，源头之一，正是人类对这株不知名野草的凝视。

神农尝百草，其实有着巨大的意义：它意味着人类从此开始试图掌握身外的力量，试图控制神秘的自然界，来壮大自身，一步步逃离冥冥中鬼神的魔掌，一步步走出听天由命的绝望——一点点汲取大地的能量来对抗冷酷无情的上苍！

但婴儿迈出的第一步，尽管意义巨大，毕竟还是蹒跚无力的。神农的时代，挑战隐藏着蛇虫猛兽或者本身比蛇虫猛兽更恐怖的蛮荒山林，几乎是赤手空拳的人类绝对是渺小可笑的——后世传说，神农用来解毒的，不过是几片茶叶。这些以嫩为佳的树叶，在我们的时代，连解酒都往往不能胜任，别说一日遇七十毒，也许只一毒就得要了命。

所以，神农应该不是一个人，而是一群人、一个组织、无数辈人——一代代人类派出的、更可能是自愿的、以生命为代价探索绿色未知世界的开路先锋。

人类有个极可贵的优点：永远不想忘却为他们的幸福做出牺牲的先烈。但人类还有个缺点，就是也善于忘却，他们记不住太多的名字。何况，一路走来一路遗忘，原本就是轻装前进的需要。

因此，作为那群人的代表，神农出现了。他被尊为炎帝，列入三皇之一，受到了后人感恩式的崇拜。（当然也有部分学者认为炎帝与神农更可能是两个人）

人类又有个特点，希望自己所崇拜的人越了不起越好，仅是英雄还嫌不够，还应该是更有力量的、最好还有神通来保佑在香火前虔诚跪拜的凡夫——现实的人类潜意识里甚至希望那炷香在纪念之余也能发挥些实在的贿赂效果。

于是，后人传说里的神农便自然有了一些神力。连《补史记·三皇本纪》都记了，神农有一条神鞭，一打草木便能知道药性；不过根据却可能不过是干宝的《搜神记》："神农以赭鞭鞭百草，尽知其平毒寒温之性。"好事者甚至附会出了神农的神迹："太原神釜冈中，有神农尝药之鼎存焉。成阳山中，有神农鞭药处。"（《述异记》）民间传说更要生动有趣，说神农是个玲珑玉体，能看见自己的五脏六腑。这样的身体就像后世的玻璃试验器皿，天生是用来做活体药物试验的，因而能明明白白知道草药如何进入人体、在哪里发挥作用。既然如此神奇，那么能令神农倒下的植物，必须得是天底下最毒最烈的，挑来拣去，最终由断肠草背上了这个罪名。

理所当然，神农也就成了中国医药学的开山鼻祖与精神图腾。

人类还有个毛病，远来的和尚才会念经，远古的世界铺满黄金。

得这毛病也有些年头了，孔子向往周公，周公向往尧舜禹。《淮南子》有句话，言词间含着讽刺："世俗之人，多尊古而贱今。故为道者，必托之于神农、黄帝而后能入说。"

所以神农死后多年又出现一部《神农本草经》也是很正常的了。一般认为，此书非一人一时之作，大致是经过秦汉以来医药家不断搜集增补，最终成于东汉。

这部托名于神农的药书载药 365 种，分为上、中、下三品。"上药一百二十种，为君，主养命以应天"；"中药一百二十种，为臣，主养性以应人"；"下药一百二十五种，为佐使，主治病以应地"。提到上药，说"无毒，久服不伤人"，有"轻身益气、不老延年"的功用，甚至有的药久服竟能"神仙不死"。

谁也搞不清，从神农时代到《本草经》时代之间究竟有多久，但无疑，到了《本草经》时代，人们已经对大自然中的草药有了个初步的认识，根据对人体的效果，将本无高低贵贱之别的生物界，硬生生地划分出了层次：有高高在上的君王，有权重身贵的大臣，还有奔走打杂的助手伙计——你可见山林丛中，曾有一花一木君临万草发号施令吗？

显然，在当时人的心里，等级观念已经根深蒂固，不仅人类本身应该有尊卑，天下万物，也应该有三六九等。

神农一株株品尝野草之时，可曾想过，自己拼出命去辨明药性，是不是应该得到些额外的待遇呢？比如，多得一条野猪腿如何？但他难道不明白即使得了再多的肉也得有命去享吗——他为什么从不停下脚步呢？

也许，在神农的时代，这个星球上的所有人，还没有一个人能理解什么叫君王什么叫臣民。当然，都说神农本人就是氏族头领，可韩非子也曾感慨过，连尧舜禹都把当天下主看成是一件极辛苦的活计，弃之如敝屣，何况更早更原始的神农。

《淮南子》有句话"尧瘦癯、舜黧黑、禹胼胝"，当然，还有一句"神农憔悴"。憔悴的神农，慢慢品着野草时，应该是不会想着分别手中草株的贵贱高下的，在他看来，众草的区别只在于治疗的是人体哪一部分的病痛。

辨药治病尚且不及，神农一门心思琢磨的，应该只是寻求草药的帮助以从神灵的打击里逃脱夭亡的厄运，而从没有想过自己有朝一日能凭着这些草根树皮升天做神仙吧。

但沿着神农的起点，同样的植物，后人却陆续发现了更多的玄机：尽管飞升成仙必然只能是梦想，但天地间还是有很多妙药的，只要合理服用，不仅可以救命祛痛，轻身益气，乃至于不老延年，都是可能的。

当神话与巫术逐渐剥离，当神秘的面纱一寸寸掀开。进入理性的中医中药终于发展成了一门体系严密的东方科学。

所谓中医的中，非中国之中，乃中和之中。而所谓中和，更大意义上属于动词，譬如开空调，过冷调高，过热调低，总之以达到一个最适合的程度。这个使命，往往由中药来调整完成。

是药三分毒。一味药的价值，原本就在于它的毒性，抑或说，偏性。

在中医师眼里，每一株植物都有生命，都具有各自的鲜明性格，有七情六欲，懂喜怒哀乐。因此，很多中药被冠以"将军""盗贼""侠客"或者"君子"之类的名号。衡量一个中医师水平高低的重要指标就是他对于中药的理解。他应该与自己的药物建立起深厚感情，最好还能有几种亲密程度不亚于情人的私密品种。一个合格的中医师必须充分考虑到每一味药物的秉性脾气，并明了它们相互之间的恩怨纠缠：与人间一样，中药群体内部也充满了种种尊卑和争斗，有帝王将相，有士农工商，情投意合的协同使用会功效百倍，势不两立的陡然接触则会两败俱伤。医家世代传承的"七情和合""十八反""十九畏"，更是直接将人间的恩怨套入药物的配伍。于是，撰写中药方的过程充满了权谋与博弈，绝不亚于老谋深算的大将军排兵布阵——的确，某种程度上，"治身如治国，用药如用兵"，药界人间，本是一体。

　　总之，中医师的治疗过程，就是一个用生命救助生命，以偏性纠正偏性，从自然界汲取力量，以调整病体失衡的玄妙过程。

　　既然将用药比作用兵，那么，这支作战于人体内部的植物军团，第一任指挥官，无疑就是神农。

　　那是第几代神农呢？

　　反正都是瘦癯黧黑胼胝憔悴的。他紧闭着眼，如美食家一般，仔细品味着，同时慢慢感受腹内的动静。等着哪个部位或痒或热或胀，或者，痛。

　　他慢慢咽着那株从未见过的植物的汁水，味道很苦。根据经验，他猜想有这种味道的草大概会是凉的——如果真是那样的话，该用来消除哪些痛苦呢？同时，他保持着高度的警惕，另一只手紧紧抓着一把那种被他称为"茶"的树叶，因为入口时这草在苦涩之中有股辣味。经验告诉他，有辛辣味的草木大多不是平和好惹的。

　　几乎是在他刚咽下最后一口草汁的同时，神农突然感到一阵刺痛，从舌头开始直接到达肠子，好像从咽喉里猛然被伸进了一双锋利的狼爪，在肚腹深处狠命地乱抓乱挠。他立即想把"茶"塞入嘴里，但竟然发觉，片刻间全身的力气竟已消失得无影无踪，连手指都无法动弹一下。

　　神农软软地倒了下去，剧痛伴随着一种前所未有的疲倦笼罩了他，他的眼皮越来越重，眼前的一切开始旋转迷糊……

他早知道会有这一天，这就是他的宿命。甚至可以说，他一直在等待着这一天，等待着这株草。

他的嘴角颤抖着，但已然不能说话，可他还是挣扎着睁大眼，对身旁的人比画了一下腹部；同时，他浑浊的眸子变成了一种冰冷的灰白。

身旁那人，看来还只是个瘦小的孩子，他目睹着这一切，却一声也不出，只是狠狠咬着唇，脸上却早已是泪流满面。

许久，他终于擦干泪，弯下腰，从神农身边取过那只盛了半篓草药的竹篓。

从这一刻起，他成了神农。

老神农倒下的那一瞬间，地球好像微微停了一下，似乎连风也凝固了，满山遍野的枝叶在同一时间停止了摇摆。

如果草木有灵，看到这一幕，定然会感到害怕。那种害怕就像一位百战百胜的傲慢将军，突然发现身上的铠甲开始慢慢龟裂。

原本，草木不应该恐惧，毕竟，地球上几乎任何一株草的历史都可能比人类更为漫长。

然而，草木确实也有理由恐惧。它们与人类之间其实一直在进行着一场战争，没有声息没有硝烟，却残酷而凶险：胜则自由自在自生自灭，败则千刀万剐受煎受熬。世间毒草，便是它们防守自身阵地的猛帅悍将，那断肠草，更是悍将中的霸王。可天下又有哪株毒草，能抵挡住神农们简简单单的这一招呢——

管你是什么，轻轻采来，端详明白了，塞入嘴里，慢慢咀嚼。

反正，身后还有人准备着。

这世间，还有多少毒草呢？但只要出现在了神农眼前，无论胜负存亡，都必将成为战俘。

即便是瞬息夺命的钩吻，也被发现了，以毒攻毒，外用可以治疗一些疥癞疔疮湿疹之类的皮肤顽症和风湿痛，近来还有人试着用来对付一些恶性肿瘤。

药店里的药橱便是这些战俘的集中营。

药橱上一格格排列整齐的药斗，每格都囚禁着一种比人类历史悠久得多的植物或者动物，甚至还有亿万斯年不老的矿石，随时被驱使着奔赴另一个战场。

药橱旁的墙上，往往悬有一轴画。画中是个慈眉善目的汉子，赤裸上身，腰间围着树叶，手里执着一株草，微笑着向画外俯视着。

画中人就是神农。

从前很多药店都会供奉一幅这样的画。

因为古籍记载神农"人身牛首"，所以常有画家在他头上添上两只小小的角。

相关医药知识摘录:

本草:由于中药中植物性药材占大多数,即以草为本,故而古来相沿,把中药学称为"本草学"。同时,也将中药学典籍与文献资料称为"本草"。

七情和合:指两味或两味以上的药物配伍在同一个方剂中,相互之间会产生各种反应。医家将这些反应归纳为七种,故称"七情和合"。对于"七情和合",李时珍概括为:"独行者,单方不用辅也;相须者,同类不可离也;相使者,我之佐使也;相畏者,受彼之制也;相杀者,彼之毒也;相恶者,夺我之能也;相反者,两不相合也。凡此七情,合而视之,当用相须相使者良,勿用相恶相反者。若有毒制宜,可用相畏相杀者,不尔不合用也。"

十八反:某些药物合用会产生剧烈的毒副作用或者降低和破坏药效,属于配伍禁忌。"十八反",即三组开方配药时应该避免同时使用的药物,最早见于金代医家张子和的《儒门事亲》,口诀为:"本草明言十八反,半蒌贝蔹芨攻乌,藻戟遂芫俱战草,诸参辛芍叛藜芦。"

十九畏:九组十九味开应该避免同时使用的药物,与"十八反"同属最著名的配伍禁忌。最早见于明医家刘纯的《医经小学》,具体为:硫黄与朴硝,水银与砒霜,狼毒与密陀僧,巴豆与牵牛,丁香与郁金,川乌、草乌与犀角,牙硝与三棱,官桂与石脂,人参与五灵脂。

"十八反""十九畏",并不是绝对的禁忌,历代有医家特意反其道用之,屡得奇效;但一般情况下,应采取慎重态度,若无充分根据和应用经验,仍须避免盲目合用。

《神农本草经》：我国现存最早的药学专著，成书于公元二世纪，原书已佚，现存各版本为明清以来学者考订、辑整而成；分三卷，载药365种，是汉以前药学知识和经验的总结，为中药学的发展奠定了基础。所载药物疗效大多证实有效，今尚习用。

禹余粮

——守土与治水

隔行如隔山。药书的文字半文不白，四气五味寒热归经，生涩拗口，竟似满篇隐语黑话，往往令外人云遮雾罩，头痛不已。

但读药书也有窍门。正如画龙点睛，其实一味药的功效，仅凭药名也可揣摩出几分。比如叫泻叶，自然能泻下通便；称首乌，无疑能补肝肾乌须发；夜交藤可改善失眠；决明子、夜明砂能清热明目；益母草必是妇科良药；续断、骨碎补应该主治跌打损伤；伸筋草、千年健，想来长于祛风湿、强筋骨……

禹余粮呢?

初学者乍一看到这个名称，第一反应大都会将这药归纳为收敛固涩一派，专门用来治理人体内的水液失调，如泄泻痢疾之类。

八九不离十。教科书上的禹余粮，指的是种叫作褐铁矿的天然矿石，能涩肠止血，用于久泻久痢、妇人崩漏带下。不过，本草典籍中，此名之下还另有一种药，是植物，叫土茯苓，却是青霉素发明之前治疗梅毒的主药。这其实有些诡异，毕竟梅毒这风流病是明代才传入我国的，和大禹八百竿子打不到一起，怎么也得了这个名目呢?

但如若再仔细一看，土茯苓还有另一个作用：解毒除湿利关节，可用于风湿筋骨挛痛、疥疮痈肿等，此时便恍然大悟，这就又和禹挂上钩了。

剥离了神秘面纱的大禹，可能是有风湿痛的。后世道人斋醮做法时诡异的步法，称为禹步，被附会成创自大禹，其实这反而透露了大禹可能并没有多大神通，只是个凡人，所以终于得了风湿——长年水中作业的人不可避免的职业病。这在古籍中也有记载，如先秦《尸子》云："（禹）生偏枯之疾，步不相过，人曰禹步。"走路后腿跟不上前腿，拖着一瘸一拐，正是严重关节炎的症状。

但无论矿物的禹余粮还是植物的禹余粮，药名的来历却如出一辙，都说是当年大禹治水时，吃饭时或是来不及或是一时吃不完，留了下来，便化成了这一种药。

如此上古神物自然应有几分神秘。确切的收涩疗效外，多有医家称此石久服能不饥，轻身延年；令人多力气、耐寒暑，负担远行，身轻不疲——

就像那时大禹风尘仆仆奔波治水那样。

有学者认为，远古神话传说的女娲补天也好、大禹治水也好，其实都是用洪水隐喻着一个作为原始人最可怕而又必须经历的劫难：生育时的生死危机，血崩或是难产。

这个说法如果联系禹余粮的功效——可用于妇人崩漏带下——似乎倒也能说得更圆。然而不管如何牵连论证，这个现实是不容抹煞的：我们的这个星球上，在人类的初年，确实发生过一场可怕的全球性大洪水。

证据是我们自己的古籍上比比皆是的记载，如《孟子》"当尧之时，天下犹未平，洪水横流，泛滥于天下"之类；还有考古学家气象学家地质学家生物学家的研究，说大约多少多少万年前，地球气候变暖冰川消融导致洪灾云云；更有力的证据是几乎世界上所有的民族，在原始神话中都提到了人类初生之时经历过一次濒临全体灭绝的大洪灾。

这次洪灾甚至写入了《圣经》，那就是著名的诺亚方舟的传说。

尽管各个民族信奉的神灵不同，洪水传说却都大同小异，都是硕果仅存的善人靠着对神灵的虔诚得了启示，准备好大船或是有神龟相救，漂浮了若干天，等到浩劫过去后，重新开始生活。

而我们的传说却是大禹治水。

这传说相比漂流逃难多了一种悲壮，多了一份主动，但也总能给人一个疑问：

我们的先民难道不能也像其他民族一样，躲上一艘船，避开洪峰，等着上天息怒吗？何必要一代代苦苦在泥泞中挣命呢？

应该只有一个原因：我们的先民已经离不开这片土地。

或者说，世界上其他民族对土地的留恋，都没有我们的先民那么强烈。《圣经·创世纪》有段话，应该能揭示一二。上帝在降下洪灾之前，规定了诺亚能带上一起逃难的物种，"凡洁净的畜类，你要带七公七母；不洁净的畜类，你要带一公一母；空中的飞鸟也要带七公七母，可以留种，活在全地上"，于是"凡有血肉、有气息的活物，都一对一对地到诺亚那里，进入方舟"。查遍此节，可有一词一句提到另外一类生物的种子：庄稼？

很明显，当时的希伯来人，主要还靠游牧为生，他们可以离开一处已经不适宜生存的环境，去寻找另一处；而我们的先民，大洪水来临时却已经进入了农耕文明——有了田地，有了家，还能轻易抛弃家园远走他乡吗？

大禹时期华夏民族已经进入农耕文明，这是学者们早已证明了的。当然，还有一个简单而有力的佐证：教人学会耕作的神农，早于大禹很多代。

其实农耕相比游牧、狩猎，要辛苦得多。著名历史学者美国人斯塔夫里阿诺斯在《全球通史》中引用另一学者的话说："大量的资料表明，狩猎、采集者不仅有充足的实物，还享有大量的空闲时间。事实上，比现代工人、农民、甚至考古学教授所享有的还要多得多。"

辛苦还是次要的，更重要的是，选择农耕，便意味着从此被牢牢束缚在这片土地上，失去了狩猎、采集的灵活与潇洒，即使与游牧相比，也失去了不少的剽悍和迅疾——禹和他们的祖先，为何选择了这条艰辛的道路呢？

很简单，农业，只有农业，才能提供大量稳定可靠的食物，才能更有效地壮大部族。农业出现之前，人类对付无常自然的办法只有一个：根据生存条件自我调节人口，类似于后世的量入为出。而调节的办法却是残忍的堕胎、停止哺育或者杀死新生儿。农业的意义用斯塔夫里阿诺斯的话说，是"农业革命导致了又一次人口爆炸"。他算了一笔账，人类逐渐进入农业文明后，"一定地区的食物供应量比过去更多更可靠"，所以，距今 10000 年至 2000 年的 8000 年中，人口总数从 532 万剧增到 13300 万，与之前 100 万年中的人口增长数比，约增长 25 倍。

所以进入农耕，绝对是一种巨大的进步。我们庆幸我们有那么适合农业的气候，我们感激出现过神农等一些伟大的观察思考者，我们自豪我们曾经遥遥领先——但，进步也要付出代价：我们这片古老的大地，面对洪水时，要保卫的已经不再只是一条条生命，还有那富饶的田园。

后人提起那次治水，描述都很简单，说大禹的父亲鲧只会堵，结果连有能够无限生长的神土息壤帮忙也是不成，只好换了大禹来，用疏导的方法十三年后终于大功告成。如此而已。

果真如此简单吗？或者换句话说，有着多年治水经验的鲧，思维竟会如此僵化机械吗？

水利是一项专门技术，自古便是专家的活计。西汉末年，黄河频决，水患严重，汉哀帝下诏"博求能浚川疏河者"。一个专家，贾让，应诏上书，提出了著名的治河三策。上策是不与水争地，而是顺水之势改河道，转移挡着水流的民众，避高趋下，决口放河入海；中策是开渠引水，达到分洪、灌溉和水运等目的；下策才是"缮完故堤，增卑倍薄"，对堤防修修补补。他认为，如用上策，虽然一时损失很大，却能一劳永逸，"此功一立，河定民安，千载无患"；而中策可以"富国安民，兴利除害，支数百岁"；如用了下策，那便永远"劳费无已，数逢其害"，再没个出头之日。

后世对此三策评论不一，虽然大部分人都认为贾让说得很有道理，可谁也不敢轻易尝试他的上策。当时便有人反驳贾让，说如用了他的上策，结局将不敢想象："败坏城郭田庐冢墓以万数，百姓怨恨。"

谁都知道，顺着水势因势利导，四两拨千斤，是最简单也是最明智的做法。而堵，却是最愚笨最危险的。贾让用了个比喻，他说"夫土之有川，犹人之有口也"，治水如果只靠着堵，就好像想叫小孩子不哭就塞住他的嘴，如果不马上停止，"其死可立而待也"。

但谁都得正视水路上那亿亿万万的"城郭田庐冢墓"！有几人、几个王朝，能做出如此大的决心，能承受如此大的牺牲呢？

想保住所有的局部利益，结局却往往是失去更多的利益，这个问题谁都看得到，但谁也没办法。公元前651年，齐桓公召集众诸侯会于葵丘，一大议题便是想解决各国自修水利、不计邻国安危的弊政。会上倒是立了盟誓，可盟誓自盟誓，会后各国仍自行其是。直到真正统一的秦汉帝国建立，才又一次在全局的角度重新审视这个亘古难题。

可还是没有谁敢放手让江河自由而下，一路浩荡奔流。

所以在黄河面前，几千年几乎全赖着一条下策在苦苦支撑，堤坝随着淤泥水势上升，直到彻底被勒成了一条高高在上的悬河。

当时这个难题一定也摆在鲧的面前，甚至，他面临的困难更加难以克服。或者说，鲧没有魄力牺牲眼前赖以为生的宝贵土地；或者说，他的下游部落，也一样舍不得神圣的田园，绝不肯为鲧治下的洪水让出一条正路，并为此不惜一切代价，包括战争。

很少有人懂得以舍求得，尤其在疆域上。

正是土地捆住了鲧的手脚。所以鲧便只好手忙脚乱地用堵的方法，用土围子战战兢兢地守着那一块块长满了庄稼的田地，见招拆招，狼狈地与洪水缠斗，终有一日，堤防塌了。

禹的伟大，正是在于他看出了父亲做法的无奈和无效。在父亲的灵位前，他发誓，要接过这副世上再无人能承受的重担，并将用他的法子，完成这项大业。

终于，他成功了。

禹的成功与其说是由于他的辛劳坚韧，也许不如说更多的是凭借他的魄力和铁腕。可能，治水过程中，对天下部族的协调、安置，甚至用残酷的武力强制推行，与他的凿山开河同样重要。《韩非子》中有一句话，"禹决江浚河，而民聚瓦石"，提到居然有民众公然阻碍治水，也透露了禹的对手不仅仅是大自然。

从父亲坟前启程的那天，禹便有了一张设想中可以让所有人都安居乐业的天下规划蓝图。

这张在禹手里实现了的蓝图，便是我们的"九州"。后世所有的宏功伟业、征战阴谋，轰轰烈烈也好、回肠荡气也好、阴险残酷也好，都在这个禹为我们开创的舞台上一幕幕上演。

以禹为代表的先人，为我们从凶险的自然手里夺回了土地。应该说，站在自然（也就是古人所谓的天地）的对立面，争取生存权利的努力，从人类诞生以来就没有片刻停止过。当年女娲的补天工程其实也包括了治水：补天，不正是为了止住天漏，不再下雨吗？黄帝时，大战蚩尤，请旱魃来对付蚩尤的风雨浓雾，也可以看成是与自然灾害抗争。然而，直到禹的出现，或者说人类发展到禹的时代，才使我们看到这种抗争真正有了现实可行性。补天，让天不再下雨，只能是美好的童话；用旱魃的旱灾来对付涝灾，寄希望于老天三百六十度急转性子，也只是可怜的哀告祈祷，无论你有多虔诚，还是得听天由命。

如此艰辛，终于在大地上又一次站稳了脚，当然要更加珍惜。于是，从此，天人之间的争斗隐到幕后进行，另一场也从来没有停息过的争夺成了这个舞台上的重头戏：那就是人类自己对土地的争夺。

也许刚放下铲斧的大禹没喘几口气便投入了这场战争。从当年神农伐补遂到黄帝伐逐鹿擒蚩尤，到尧伐驩兜，舜伐三苗，现在该由禹伐共工、有扈氏了。

战争不是为了征服，而是为了从这片土地上驱逐妨碍耕作的捣乱分子，这种观念是十分明显的。如儒典里时不时提到的"进诸四夷，不与同中国""投畀豺虎"，明明白白地说了：要把捣乱分子摒弃到遥远的四边，放逐到沼泽森林等蛮荒之地，与野兽为伍！

这些战争的性质和后世历代王朝都得谨慎地抵御游牧民族的骚扰一样，目的都是为了守护这块世代传承的大地、田园。

这种对田园的依赖和守护，经过一代又一代人的遗传形成了一种强烈的恋土情结。都说中国人安土重迁，迫不得已背井离乡，都要凄凄惨惨地挖一捧故乡的土，精心包好，随身带了方才一步三回头地上路。从此无论漂泊到哪里，想家时取土来看了，放在鼻端嗅嗅，晶莹的泪花中便似乎又袅袅升起了童年的炊烟。

这种感情往往是方舟上诺亚的后人所难以理解的。永远不肯下船的海盗就是他们很著名的一支后代。

这种感情，已经渗透到了我国几乎所有的传统文化中。如儒家推崇的君子，就应该是像大地般广博沉稳宽厚的："地势坤，君子以厚德载物。"（《周易》）自然，传统医学也被深深烙上了这个印记。

中医的基础理论之一是五行学说，就是用五行来概括说明人体各脏器的功能。中医认为，人体有两个基础是最重要的、是根本：一个是先天之本，肾；另一个是后天之本，脾。一个人健康与否，与这两者关系最大。虽然先天之本，也就是天生体质是极为要紧的，但更关键却还得是脾。有句老话，先天不足后天可补，指的就是即使天生体质虚弱，如果经过合理的调养，也是一样能够强壮起来的。假如自恃父母所赐的本钱硬，起居无节胡乱挥霍，忽视养生，那么这人的寿命往往还不如一个先天不足的长——不是有句俗话，破鼓倒经敲吗？

肾，五行属水；脾属土。肾，主一身之水，输布调节全身水液；而脾，消化吸收饮食精华的同时，运化水液、统摄全身之血。一切水湿之疾，都与脾功能失调有关，"诸湿肿满，皆属于脾"。

水，是先天的，我们无法选择；而土，却是后天可以改造的根本。所以土是根本中的根本。后世医家有一支便专门发挥此理，全力培土，被称为"补脾派"。

这个建立在保土疏导上的中医理论，正是在人体内部进行的治水方针——诸湿肿满，不正是发生在人体内部的洪涝灾害吗？

国人还有一个理论："天人合一"，所以医理和治水理应该相通。《管子》有言，"水者，地之血气，如筋脉之通流者也"。大禹治水，也可以看成是对这片患了水肿病的大地的一次手术治疗。

当然，这个理论同样也适用于治国，有个著名的典故，"防民之口，甚于防川"，"是故为川者决之使导，为民者宣之使言"。

有土才有国，治国先治水。

禹倚着一块大石坐着，他觉得有种虚脱般的疲惫。

他不会知道，后人传说中自己竟然会拥有巨大的神力，不仅能够随时化成一头巨熊，稀稀松松用头颅顶塌挡路的大山，而且还有威权号令天上地下所有的鬼神蛟龙，指点之间便能劈山移峰。他只明白，自己只是个普普通通的人，会累，会饿，也会生病。

近来走路越来越困难，每走一步都似乎有无数枚针在刺一般，几乎快迈不动步子了。他苦笑着看着自己的腿，由于多年浸泡在水里，颜色像死鱼般的白，瘦削，所以关节显得格外的庞大。

伙伴们正在前面那块十几丈高的巨岩前，有人凿，有人架着干柴烧，有人提着水准备泼向烧红的石壁。

岁月不饶人哪，禹用粗糙如树皮的手轻轻揉着膝盖。这是第几个年头了呢？禹不觉抬起头，看着天。天灰蒙蒙的，不阴不阳，连空气都是湿漉漉的，令人胸口发闷。也记不清有多久了，好像一直就是这样。

启现在能开口叫爸爸了吗？他突然想到了自己的儿子。只要想起那个从未见过面的儿子，禹都会感到一阵无法言说的酸楚。启留给禹的唯一印象只有一阵撕心裂肺的哭声，那时他刚好率着部下经过自家门前。可他最终还是咬咬牙，闭着眼走过了那扇虚掩的家门。

他不能停留，水势还大着，天下，天下人都眼巴巴地盼着他呢。

禹觉得眼睛有点涩涩的，忙扭转头，盯着脚下的大水。

黄浊的水流荡漾着、盘旋着，时不时激起一个浪头。一些枯枝树叶漂浮着。

一时间禹又觉得自己充满了力量。他眼里，世间的水流其实并不是水，而是一条分身无数的巨龙，而他的使命正是囚住这条暴戾的龙，夹着它按着它引着它走出山谷平原，一直走向大海。

他在感叹自己越来越老迈的同时，也感到了连这条黄龙也一样在渐渐变得温顺驯服。

禹不再多想，取出怀里的冷饭团子，大口大口嚼起来，他不能休息太久。

突然，岩前一声巨大的炸响，伴随着一阵欢呼。原来是岩石终于裂开了。

禹立时放下饭团，抄起身边的石斧，敏捷地跑了过去。

这时他好像感觉不到两腿的疼痛了。

岁月随着河水流逝。

树木抽枝、发芽、结果、枯萎，再抽枝、发芽……

鸟去鸟来，人歌人哭，云卷云舒。

禹早已成为神话。连当年对着流水感慨"若没有大禹，我们统统都得变成鱼"的古人也已经作古几千年。

禹遗下的饭团，却被万年不老的冷风吹成了化石。

相关医药知识摘录：

四气：药物都有一定的性和味，自古以来，各种药书论述每一味药时首先都标明其性味。其中药性是根据实际疗效反复验证后归纳而得，每一味药大致可分为寒、热、温、凉四种，本草典籍中称为"四气"。一般能够减轻或者消除热证的药物，属于寒或者凉；反之则属温或者热。

五味：即辛、甘、酸、苦、咸五种最基本的药味。味的概念，最初由口尝而得，但不仅表示味觉的真实感知，同时也反映药物的实际性能。不同的味有不同的作用，比如辛味偏于发散，甘味偏于补益，等等。

归经：归，即归属，指药物对机体某部分的选择性作用；经，即人体的脏腑经络。归经，即药物作用的定位，也就是把药物的作用与人体的脏腑经络密切联系起来，从而为临床辨证用药提供依据。

五行：五行学说，为最具中国特色的哲学思维之一。古人认为，世界上的一切事物，都是由木、火、土、金、水五种基本物质之间的运动变化而生成，同时，还以五者之间的生、克关系来阐释事物之间的相互联系，认为任何事物都不是孤立静止的，而是在不断的相生相克中保持着动态平衡。与阴阳学说一样，五行学说也是中医药理论体系的核心组成部分，以五行之间的生克制化来研究分析机体脏腑经络的相互关系以及病理情况下的相互影响。

救 荒

——鱼腥草与勾践复国

一株野草，究竟能够承载多少仇恨？如若蔓延成林，又能聚集多大的能量？

当一种名为蕺的草重叠成山，一段历史便将为此改变走向。

蕺山，绍兴城内最著名的三座山之一。并不高峻，也无奇秀。然而，如若得知此山山名的由来，整座古城也会在眼底泛起寒光。就像它的古名，山阴，那个缺少温度，幽秘、森冷的词汇。

还有那把在此挥出的古剑，短小，尖瘦，通体散发着一种怨毒、冷酷，毒蛇身上才会有的戾气。

这一切，都可以追溯到那株草。

在我们的时代，蕺，通常被称为鱼腥草。

这是一种遍布华南的植物，只要是阴湿处都很常见。入药有清热解毒、利尿消痈的功效，大处说可以用来治疗肺炎肺痈肺脓疡等症，小处说对付一些感冒咳嗽也有灵验。

鱼腥草很矮，几乎贴地，心形叶，开春就嫩嫩的绿，叶脉带些紫色。而它最显著的特点，就是其强烈的鱼腥气。因为这种特殊的气味，鱼腥草在很多地方入菜，尤其是贵州人，更是将其视作佳肴，发明了很多种烹饪手段。最简单的是洗净后，全株切碎拌上调料生吃，也可以炖、炒、煲汤，根、茎、叶各有做法。遵义有道招牌菜，折耳根炒腊肉——他们管鱼腥草叫折耳。据说当地还有个说法，看一个人是不是正宗的贵州人，只要看他喜不喜欢吃鱼腥草；他们以为只有土生土长的贵州人，才能把鱼腥草吃得津津有味。

因为不是所有人都能忍受鱼腥草那种特殊气味的。那种令好之者垂涎三尺满口生津的鱼鲜香，很多人闻了，却是令人作呕的强烈腥臭。

但贵州人的话并不很确切，且不说云南四川等省也有嗜食鱼腥草之风，即便是江浙一带，早在两千四五百年前就有人吃起了这种植物。

在我们的时代，吃鱼腥草，就算最能保持固有气味的凉拌，也要加一些必要的调料，如醋、盐、糖，讲究些的还要拌上些香油、蒜末、淮扬干丝。但摆在勾践君臣面前的鱼腥草，却应该是不加任何调味的。

因为他们要的，原本就是鱼腥草强烈的腥臭。

《吴越春秋》记载，勾践为吴王夫差尝粪诊病之后，嘴里一直有异味，也就是口臭；为了不让大王尴尬，范蠡便命令左右侍者大臣都去采食鱼腥草——以集体的异味稀释个人的异味，就像久入鲍鱼之肆而不闻其臭。

这个故事一直流传了下来。所谓蕺山，据说便是当年勾践君臣采食蕺菜的地方，而且山上至今还生有很多鱼腥草。

不加任何调料生吃鱼腥草，对大部分人来说并不是享受，何况天天都得吃，也许还不如偶尔闻上一阵口臭来得舒服。

或许，以鱼腥草乱味掩饰口臭，不如另一个解释更加合理：勾践采食鱼腥草，是他不得不带领臣民满山遍野寻找着可以果腹的东西。鱼腥草，便是帮他们渡过难关的诸多野菜中最著名的一种。

有种说法，云勾践被释放回国后，越国连年遭灾。也许依据只是老子所言，"师之所处，荆棘生焉；大军之后，必有凶年"，但那时越国国力的衰微是肯定的。仅是给吴国贡献以换得勾践归国的代价便极惨重,何况当初大败之时越国就已经受了一次削地三尺式的掳掠破坏,所有的存粮积蓄不用说全部成了战利品。最严峻的是,人口严重不足:据《史记》记载,越国战败之时余兵只剩了五千——不是有句老话,三千越甲可吞吴嘛。虽然越国不算很大,但方圆至少也有几百里,那么一块地盘上只剩下几千青壮,足可看出当时越国的确是命悬一线了。

从《国语》中有关越国的这一段,也可以揭示一些当时的惨状。勾践归国后,"葬死者,问伤者,养生者,吊有忧,贺有喜,送往者,迎来者,去民之所恶,补民之不足"。下了车,君臣抱头痛哭之后,做的第一件事便是埋葬死者!越国已经窘迫得连死人都不能及时埋葬了!

遍野都是尸首,幸存的也大多是奄奄一息只吊着一口气,触目都是皮包骨头的老弱妇雏,即使风调雨顺也缺人耕种。国之不国、家之不家——

如此且不提报仇复兴,想保住性命就得逼着大家绞尽脑汁找吃的去。

身边哪里还有比鱼腥草更多生、更易寻、采了一茬只要一阵雨又出一茬的野草呢?据说鱼腥草的别名"蕺菜",就是当初"饥菜"——救饥之菜——的文雅叫法。

狼吞虎咽之时,还有人顾得上计较味道好坏吗?

救命攸关,谁也无心理会大王有没有口臭。

作为古今中外忍辱负重的楷模勾践,归国后的苦行是谁都得为之深深感动的。"身自耕作,夫人自织;食不加肉,衣不重采;折节下贤人,厚遇宾客,振贫吊死,与百姓同其劳",《史记》中这几句话,应该没有太大夸张。所以勾践吃的也应该是自己采的野菜,自己采的鱼腥草。

也不仅仅是鱼腥草,那段最困难的时期,勾践简直成了神农:民间传说他采食野菜时多次中毒，有次竟然吃得连整个脸都肿了。

吃野菜也是一门学问。

明朝初年，出了一本奇书，《救荒本草》，作者朱橚。这位朱某名头不太响亮，但提起《普济方》，也许有些人就有点印象了——这部我国古代最大的中医方书就是在他主持下编撰而成的。如果再提起他的老爹，那就家喻户晓了：洪武皇帝朱元璋。朱橚是朱元璋的第五个儿子，封为周王，就藩开封。《救荒本草》是部从传统本草派生出来、结合食用以救荒为宗旨的植物书，讲的就是哪些野生植物能当饭吃哪些不能吃，如果有毒的该怎么消除，在史上还算首创。一位王爷养尊处优，却研究出这么一门学问，如果不是对自家王朝没信心，便不能不说他实在太有远见了。起码，看起来他对天下百姓应该有一份难得的悲悯。

勾践没有学过这门知识，所以不得不常常中毒。但一位君主肿着脸耕田挖野菜，这种表率的震慑是极为强大的，越国也就更加有了凝聚力。

地火在越国土地下汹涌，无声地向吴国的都城姑苏奔流……

"东海贱臣勾践，上愧皇天，下负后土，不自量力冒犯大王天威。得保须臾之命，不胜仰感俯愧——

"贱臣勾践叩头顿首！"

姑苏，太湖，杏花春雨。夫差拥着西施，在歌舞声中面对龙肝凤髓满目珍馐，慵懒地游走着银箸……

越地深处的山林密处，一把篆有"越王勾践自作用剑"铭文的利剑，正在日夜锻打。有时顺风，亦真亦幻，南方的山水间也会漏来几声金铁铿锵，深宫中的夫差酒酣耳热之际听着，叮咚悦耳，恰似美人发间环佩轻触，别有一番旖旎之韵。

"贱臣勾践恭贺大王万寿无疆！"

…………

"可矣!"

随着这柄新剑缓缓出鞘,有道闪电撕裂夜空。千里越地,终于响起了范蠡这两个瘆人的字。

吴国上空,瞬间雷鸣隐隐。

围城中的吴王派出的使者赤膊上身,战战兢兢地跪在了勾践脚下。

勾践脸上似乎有几分不忍,刚想说些什么,范蠡却擂起了战鼓。他对着使者厉声喝道:"越王已命我处理此事!你快回去!不然,就得罪了!刀锯无情!"

进军的鼓声里,使者绝望地转身,号啕而去。

大败于夫差的二十二年后,勾践达到了他这一生的巅峰。

春秋五霸是哪五位的说法有多种,其中一种便包含了越王勾践。

之后的越国留给后世的印象是极其阴暗的,压抑得简直令人窒息。好像勾践在灭了吴国后,多年采食野菜的毒性聚集在一起骤然发作了。

乌云笼罩了整个吴越。

"文种,"声音似乎从阴森森的九天之上传下,遥远而冰冷,就像是金属在摩擦,"当年你说你有倾敌取国之九策,寡人只用了三策就灭了吴国——剩下六策,就请你帮忙为寡人地下的先王去对付敌人吧!"

"后世忠臣当以我为鉴!"

碧血飞溅,为后世铭写了一个最悲哀的教训:

"飞鸟尽,良弓藏;狡兔死,走狗烹。"

而说这句话的人,范蠡,早早便在喧天的凯歌声中驾一叶扁舟,隐入了太湖苍茫的烟雨中。

后人都谴责越王绝情,但在后世英雄看来,勾践残忍之外还有另一种缺陷：他的胸襟实在是太小了。

不是说他容不得一个有才干的功臣，而是他的眼光太狭窄了：

在他眼里，飞鸟只是那骄奢的夫差、狡兔只是近在咫尺的吴国吗？

为什么早早收起良弓，屠了猎犬呢？

巴巴地朝贡，不过想周王赐一块祭肉，承认寡人也是一个霸主——你勾践难道从没想过，一个个吞了散在四方的诸侯国，推倒周室，自己主宰整个天下吗？

然而，当视线扩大到他周围的所有豪杰之后，却不得不遗憾地承认，勾践，也许真的已经站在了当时最高的山坡上。

吴越时代，伍子胥当然算个英雄。正是他，最早发现吴国最危险的敌人不是齐国也不是楚国，而是被踩在脚下的越国、是正做奴仆卑躬屈膝服侍夫差的勾践！他一次次苦口婆心地劝谏夫差不要老是念叨着伐齐，而得先下手彻底灭了腹心之患越国。他用了一个比喻：即使你攻下了齐国，也不过像是得了块石田，不能耕种，名头好听却毫无用场。

夫差其实也是一个好汉，即位第二年便把勾践打得落花流水报了父仇。都说当初越国能够苟延残喘是伯嚭收了重贿在夫差跟前说了好话，但夫差岂是一个可以随便糊弄的庸主？那几句话在春秋时期，难道不是堂堂正理吗："嚭闻古之伐国者，服之而已；今已服矣，又何求焉？"春秋时代，霸主的责任之一便是"兴灭国，继绝世"，而不是"灭兴国、绝继世"。

即使是绝顶聪明如范蠡，也在灭了吴后便觉得此时已经"飞鸟尽，狡兔死"，越国的发展差不多到了头。

仔细想来，伍子胥的话也有道理，"员闻之，陆人居陆，水人居水"，所以中原诸国，即使"攻而胜之，吾不能居其地，不能乘其车"；而越国，"吾攻而胜之，吾能居其地，吾能乘其舟"。中原人还不太会驾船，吴越人也不惯于乘车，即使是只以交通工具的角度看，也还没有一个国家能掌握操作九州的技术，所以社会尚未发展到争夺整个天下的阶段，各家诸侯的眼光都还只盯着自己的隔壁邻居。于是，对付更远一些的敌国，只要对方降服、纳贡称臣，也就心满意足了："自西自东，自南自北，无思不服。"（《诗经》）

其实也有智者敏锐地看到，人类社会要发展，必须进一步加强全局协调统筹。如孔子的最高政治理想之一就是"谨权量、审法度"，齐一天下的度量衡也。

然而齐一度量衡是当今这种松散无力、象征性的中枢所不能胜任的，它需要一双能抟合万国的铁腕，而这铁腕的动力正是狼视天下的野心。

但野心也需要积累，需要进化。狮子再凶猛，一顿也吞不下一头大象。

勾践时期，即使再有野心，也只能是慢慢蚕食邻国，一小口一小口来。

一统天下的条件，还没有成熟；秦始皇的铁腕，也得一个骨节一个骨节铸造，一枚手指一枚手指生长。

所以勾践咸鱼翻身，灭了强吴，在当时已经是很了不起的成功："越兵横行于江、淮东，诸侯毕贺，号称霸王。"

认为事业到顶应该隐退的范蠡，据他自己说是从越王的长相上看出来这是个只可共患难、不可共处乐的家伙："长颈鸟喙，鹰视狼步。"前一句好理解，头颈长嘴巴尖，后一句就只能意会了。相术究竟虚幻，其实，范蠡应该是在一些细节上察觉出勾践是个忘恩负义的人的。《吴越春秋》中也提到了这一节：那是灭吴后的庆功宴上，"台上群臣大悦而笑，越王面无喜色"，所以范蠡"知勾践爱壤土，不惜群臣之死"，毛骨悚然，当即决定抽身远遁。

逃离从宴席开始。

吴姬用艳妆掩盖了泪痕，舞袖纤腰如春日的湖水般轻柔。

钟鼓悠扬，干戈声化成了一派平和。

各国派来朝贺的使节轮流上前向勾践敬酒。

脱下铁甲换上丝袍的勾践坐在软垫上，觉得通体舒泰，毕竟这已经不再是冰冷粗糙的草席。

勾践微微笑着，举杯一一回敬。酒是越国特有的黄酒，绵软中隐藏着强劲。

酒过三巡，殿上的满朝文武越发欢畅，很多人还不顾礼节，脱了帽子，散着发豪饮。狂笑声此起彼伏，塞满了空旷的大殿。

勾践还是微微笑着，眼光却越过众人的头顶望着殿门之外，眼神迷离而悠远。良久良久，他不自觉地举起了雕花的银箸，随意挑了一箸菜肴。

但甫一入口，勾践便失去了笑容，皱了皱眉头，一脸的冷峻。

这一切，被一直默默观察着勾践的范蠡看在眼里。他知道那是一箸鱼腥草，侍者按照多年的习惯，在今天的宴会上也为越王供上了一份。

范蠡忽然想起那个典故，纣王用了象牙筷，箕子便叹息大王从此要开始豪奢淫佚了；那鱼腥草可是上天赐给咱越国渡过危机的功臣啊……他接下去想了一会，不觉后背涔涔汗出。

他一口干了杯里的酒，低声叹了口气；心里想着，是时候了，该走了。

他也夹起一箸鱼腥草，慢慢放入嘴里，细细咀嚼起来。

毕竟，鱼腥草绝不是一种能讨好大多数人的野菜，起码，它不对越人胃口；尽管这里是盛产鱼鲜的水乡，但浙人至今不喜食鱼腥草。两千多年前的烹饪手段更不能与当代相比，何况勾践带头吃鱼腥草不是为了享受，不会花太多心思研究吃法；就算有条件吃得好些，比如加些许酱醋，勾践也应当不会采用——他为了提醒自己不忘耻辱，早晚还要舔上几口苦胆。

于越国，吃鱼腥草是为了度荒，没有人会吃这种东西上瘾；于勾践，则更多是一种姿态，一种与民共患难的姿态。他的复仇称霸大计需要这种姿态。

一件看起来很高尚的事其实往往都有很功利的目的。

就像《救荒本草》的作者，早就有人说他写这本书在很大程度上是为了拉拢人心，图谋大位。《明史》中有证据，这位周王也不是个安生淡泊的，早年就"时有异谋"，后来终于"有告橚反者，帝察之有验"。

但无论当初这些人的出发点是为了什么，他们客观上毕竟为这个世界做了一些好事。朱橚的这部著作，救人无数，后来还流传到日本，泽被异邦；而勾践则率领国人复了仇，并为越国留下了那么一种极其宝贵的不屈不挠的精神——

至今绍兴还被人称为"报仇雪恨之乡"。

能否这样理解：绍兴人喜欢把新鲜菜蔬腌了、酱了、霉了吃，也是从勾践那时流传下来的，是源于一种节衣缩食长远打算的忧患意识。也许不知什么时候便得进行艰苦的斗争，食物腌渍了才能保存长久不致到时手足无措。

除此之外，还有更好的理由来说明：为什么四季不断鲜菜的江南水乡绍兴，却家家户户喜好这一口吗？

几千年下来，绍兴的腌菜、霉菜、酱菜，甚至臭菜，倒也成了著名的风味。

但绍兴人从不腌渍鱼腥草。

与贵州人相比，可能绍兴人是对的，因为也有人认为鱼腥草不宜多吃。

《本草纲目》中记载鱼腥草有小毒，历代时有医家云，此草多食令人气喘。

对于此说，赞同反对的意见都不少。不过，能够清热解毒的鱼腥草，当年对憋着一肚子郁火、日日夜夜咬牙切齿的勾践应该是很对症的。

相关医药知识摘录：

鱼腥草：味辛，性寒凉，归肺经。能清热解毒、消肿疗疮、利尿除湿、清热止痢、健胃消食，用治实热、热毒、湿邪、疾热为患的肺痈、疮疡肿毒、痔疮便血、脾胃积热等。现代药理实验表明，本品具有抗菌、抗病毒、提高机体免疫力、利尿等作用。

药食同源：中医药学的独特观点。认为食物与药物之间，没有绝对的界限，食物和药物一样能够防治疾病。如《黄帝内经太素》云："空腹食之为食物，患者食之为药物。"

《救荒本草》：明代早期的一部植物图谱，是我国历史上最早的以救荒为宗旨的植物志。全书分上、下两卷，记载植物 414 种，每种都配有精美的木刻插图。其中出自历代本草的有 138 种，新增 276 种。还记载了一些须经过加工处理才能食用的有毒植物，以便荒年时借以充饥。《救荒本草》很早就流传到国外，在日本先后多次刊刻，还有多种手抄本传世，在德川时代曾受到极大重视，直到 20 世纪 40 年代日本出版的食用植物书籍仍在引用本书。西方学者认为，此书原版木刻图比《本草纲目》更精确，甚至超过了当时欧洲的水平。

《普济方》：明初编修的一部大型医学方书，广泛辑集明以前的医籍和其他如史传、杂说、道藏、佛典中的有关内容分类整理而成，共 168 卷，载方 61739 首，是中国历史上最大的方剂书籍。初刊于 1406 年，原刻本已散佚，今仅存残本，清初编《四库全书》时将本书改编为 426 卷。

不死药

——长生的诱惑

　　有种药，是翻遍历代本草方书都找不到的，但却又隐隐约约有个模糊的影子，云烟一般不时地在泛黄的字里行间飘过，引诱着一代又一代人埋头故纸堆苦苦寻觅着它的踪迹。

　　也许，只有一种书收载了这种药。

　　天书。

　　因为，这些人要寻找的，是不死药。

　　天书当然是仙人写的。

　　据说海外有仙山。

　　山在虚无缥缈间。

　　"启禀大王，我等这回终于见到了蓬莱仙山。"

　　高阶上，一双疲惫的眼顿时发出了灼人的光。欠身向前，一挥手，意思是快说下去，全身似乎微微发着抖。

　　"远望仙山，犹如一朵白云飘浮在海上，隐隐能见其中有宫阙闪着金光。我等大喜，忙驶上前去，但仙山慢慢下沉，很快便隐入了水下。我们急了，拼命划，可这时就起了一阵大风，硬推着我等船只回了头，一路吹了回来。"

　　"这就没了？"声音全然失去了平日的威严镇定，明显打着战。

　　"没了。"使者却是如释大负的轻松。

没了。

带走数千童男童女入海寻不死药的徐市还没回来，秦始皇便照着仙人的吩咐，"今年祖龙死"，死了。倒是做成了祖龙。

曾遇仙人赐食了硕大如瓜的巨枣的方士李少君，来不及为汉武帝再讨一枚枣子，就自己先得病死了，不厚道。

常往来海中，和仙人交上朋友的五利将军栾大拍着胸脯向汉武帝保证："黄金可成、河决可塞、不死之药可得、仙人可致！"可他的神仙朋友也太绝情，硬是不出来现现身，害得栾大落个欺君之罪，求仙不成先成了无头鬼。

"如有一日，也能像当年黄帝那样成仙而去长生不死，朕抛妻弃子定然像脱一双鞋那样毫不留恋。"不惜倾国之力访仙求药，如此虔诚的汉武帝最终还是死了。神仙也不厚道。

临终的汉武帝也许还记着方士公孙卿的话："仙人非有求于人主，人主者求之。"对方无求于皇上，皇上您只能随他们高兴，慢慢等吧——可朕等不了了啊。

没了。

神仙无情，求人不如求己。

终于，一个制造不死药的法门出现了：炼丹术。

晋代名医葛洪，道家学者，炼丹家的代表，按他的说法，炼丹可得长生是无疑的。他认为：服食丹药，"盖假求于外物以自坚固"，也就是用永恒的物质来维持柔弱的肉体不被造化磨灭，像只要油脂永不枯竭，点起的火就永世不会熄灭同样的道理。

好像很符合逻辑。那么，天地间万物，什么东西才是永恒的呢？入水不溶入火不化、寒暑沧桑俱皆不能损其分毫？金石！绝不是一岁一枯的草木，只有这些硬邦邦冷冰冰的金石！所以葛洪断言："服草木之药及修小术者"，虽"可以延年迟死"，但不能成仙不死——"长生仙方，则唯有金丹！"他兴奋地沉醉在幸福的憧憬中，"服神丹，令人寿无穷已，与天地相毕，乘云驾龙，上下太清"，实在太诱人了！

天下没有现成的宝贝，金丹、神丹是得炼出来的。而炼丹的"丹"，最早指的不是那种后人印象中装在仙人葫芦里、红彤彤圆滚滚的丸药，而是指丹砂，一种矿石，也就是通常说的朱砂。

于是不死药似乎被揭开了神秘的面纱，几乎触手可及了。

朱砂的一大用途是做颜料。长沙马王堆汉墓出土的织物中，朱砂绘制的花纹两千多年后色泽依然艳丽；制印泥也常用朱砂，往往字画褪色脱落了，印章还是鲜红如新。也许这种能抗拒时间侵蚀的特性，便是炼丹家选择此物的原因之一吧。道家把朱砂看成世间最神奇的矿石，托名吕洞宾的《修真传道论》便说朱砂"感太阳之气，而为众石之首"。写符箓必用朱砂，道家最神圣的青词——斋醮时献给天神的祈祷文书——也得用朱砂写在青藤纸上。此风传到世俗，朱砂当然被视作神物，如旧时大户人家端午就常挂一幅朱砂画的钟馗，说是驱鬼镇邪格外灵验。

葛洪在《抱朴子》中把朱砂列为第一仙药——"仙药之上者丹砂"，连黄金都只能屈居第二把交椅——"次则黄金"。还提到了一件事，临沅县廖氏家，世世长寿，活过百岁是家常便饭，八九十岁死算不争气的。后来搬了家，子孙变得常常夭折，而住他老宅子的却仍旧长命。于是人们就怀疑这宅子有奥妙，后来发觉井水带些赤色，便掘开井左右看看，在离井数尺处找到古人埋下的朱砂数十斛。于是葛洪更增强了信心："他们不过喝了点朱砂水都能长寿，何况我等精心炼丹服食呢？"

现存最古的药书《神农本草经》，也用一番美妙的文字宣扬了朱砂的奇效："（朱砂）主治身体五脏百病，养精神，安魂魄，益气明目，杀精魅邪恶鬼；久服通神明不老。"有如此妙用，朱砂的身价自是不菲。秦始皇的上宾——寡妇清，祖上便是靠开了一个朱砂矿发的家。

道家炼制长生不死的金丹时，朱砂自然成了首选的原料。

但历代也有冷静的人一次次苦口婆心地指出朱砂有毒，像东汉经学大师郑玄，早就把朱砂列入五种有毒的矿石之首。一些医药书也揭示其不可大量久服，如《药性论》便言朱砂"有大毒"。

美妙的幻想往往都是被乌鸦嘴说破的。现在人们对朱砂，已经有了比较一致的认识：甘，微寒，有毒；镇心安神，清热解毒；用于心悸易惊、失眠多梦、癫痫发狂等；也可用于疮疡肿毒；多入丸散服。

与长生不死毫不搭边。

朱砂的成分毕竟不过只是硫化汞。所谓炼丹，如葛洪进行的"丹砂烧之成水银，积变又还成丹砂"，无非是些如今看来极简单的分解还原反应。葛洪的终极梦想：咽下一颗当即便可飞升的九转还丹，其实不过只是将这个反应进行九次而已。原料不仅是朱砂，除了大增身价的黄金，还有水银、雄黄、硫黄、铅丹，等等，反正大都不是药性平和的。后来技术进步，还分了三派：金砂、铅汞、硫汞。

炼丹之术各家师承密授，当作世间最大的秘密。但各派炼得的金丹成分却是差不太多，不过都是些汞、铅、硫、砷等为原料的化合物——于是结局都是不可避免的重金属中毒，大不了区别在程度不同罢了。

如果把鼓吹不死药的人都称为骗子的话，那么葛洪这派的骗术明显要高出那些胡吹一气的秦汉方士很多。方士至多只能把昏了头的皇帝哄得一时晕头转向，自己始终清楚如此这般只是要用谎言搏些富贵。而葛洪等人，却是连自己也骗了，至死不疑。

吃了金丹的葛洪没能飞升，六十一岁就死了（葛洪寿数说法不一，但最高也不过八十一岁），可道家自有一套说法。史载葛洪死时肢体柔软、颜色如生，轻如一件衣服，信众因此言之凿凿，说这就是传说中的尸解成仙，从此将葛洪奉为"葛仙翁"。现代西医看了，却是一笑，什么尸解，不过是长期服丹，积年的汞中毒罢了。

能把自己都骗了，自然也能骗后人。如葛洪那般"尸解"，成了后世术士的至高追求，不少帝王更是天天催着等着服食那丸据说闪着七彩光焰的金丹。热衷于服食金丹求长生的帝王名单可以开出长长一串，包括大名鼎鼎的北魏孝文帝、梁武帝、隋炀帝等。最可悲的还是唐太宗，能一手开创当时地球上最强大的帝国，却敌不过小小的一枚金丹，竟在五十二岁壮年用焦燎的烟火为自己伟大的一生画上了尴尬的句号。

但太宗的子孙还是没能醒来，直到之后断断续续再用金丹吃死了五六个皇帝，这股狂热的火焰才被一盘接一盘的冰水浇了个透心凉。

从此炼丹术便悄悄隐入了历史的幕后。然而，痴心的人们总是不甘心就此绝望的。丹，其实继续在炼，不过是把鼎炉搬到了身体内部，外丹变成了内丹，用扑朔迷离的服气吐纳又在人体内开始了新的试验。当然，天下永远少不了不信邪的人，隔三差五的还是常有人拾起废弃的炉灶，洗刷干净重新生火开工。金丹就像一个诡异的幽灵，不时在深宫出没，隔三差五在中华大地上掀起一阵神秘的巨浪，留给后人一个又一个谜团。

像明末三大疑案之一的"红丸案"，要了才登基一个月的泰昌帝的命的，就是区区两粒金丹：红丸。之前宫女暴动差点勒死嘉靖帝，起因据说也是这种红丸作祟——炼制过程中奇奇怪怪的配料荼毒了太多宫女，以至于她们实在忍受不了了。又比如雍正，现在已经有越来越多的学者认同，导致这位四爷暴亡的凶手也是那些金丹——他甚至把丹炉搬进了圆明园，亲自上手操练。

这般不死药，分明就是速死药！

古往今来，到底有多少人死于这些金灿灿的仙丹呢？

谁也无法统计。

反正用金丹开道的黄泉路上，那些昂然走在最前头的，大都披着龙袍。

史上那些所谓的谜案，很多其实只是由于帝王死得难堪，没脸公开罢了。

如果真有阴间，那么这些本该活得更长久些的帝王聚在一起时各自不知会是什么心情呢？后悔，懊恼，或是怨艾那个为自己炼丹的家伙坑蒙拐骗？还是继续探讨炼丹的秘诀配方，争取回阳闹鬼呢？

历代帝王中，起码有一位是足够资格嗤笑这些冤死鬼的。

曹操，如果把他也算作一位帝王的话。

把生前未称帝的曹操称作帝王也许有些勉强，但他绝对是个杰出的诗人。他有首名作《龟虽寿》："神龟虽寿，犹有竟时；腾蛇乘雾，终为土灰。"吟诵此诗时，曹操已有五十三岁。按理人越老越怕死，而他却慨然否定了不死的传说——纵然是神龟灵蛇，一样也躲不过大限，一样得灰飞烟灭。如此清醒的认识，高出沉溺于寻仙炼药的凡夫何止万倍？

或者，还有一位，朱元璋。

朱元璋与宋濂闲聊，提起秦皇汉帝好神仙求长生，甚是不屑，说这不过是"疲劳精神，卒无所得"，假如把这些心思花在治理国家上，"天下安有不理"？还曾明明白白晓谕天下，勿信丹术之士；有人献长生仙方，他拒绝接受，说他要的是能让普天下人都快乐长生的方子；一次甚至还杀了个兴冲冲来献天书的倒霉鬼。

为什么几乎所有的君王，饶你再雄才伟略，再英明神武，可面临生死之际俱皆如难兄难弟般的糊涂，而这两位却能闯出这个怪圈呢？

仔细想来，撇开各人性格因素，也许其中还有着一些必然的缘由。

人的眼光总是看不太远的，吃着碗里看着锅里实属正常，但吃着碗里看着屋顶的如果不是昨夜落枕脖子弯不下来就是神志有些问题了。

各地都有民谣讽刺贪得无厌的人，大意都差不多：没钱想发财，发财了想当官，当了官想做皇帝，做了皇帝还想成仙。

人的欲望都是一步一步发展的。古话说暖饱思淫欲，连暖饱都做不到的人是没心思也没力气动花花肠子的。一个平头百姓若天天想着要做国家主席，八成不进看守所就得进精神病院。

形势不容曹操在追求不死上花太多的精力。曹操眼前，是分崩离析的天下，他使出了浑身解数，也不过勉强压住了其中三分之一；而且这三分之一名义上还不算是他曹家的，他离天下的共主还差着相当长的一段距离。任何一位有为的君主，在一步步攫取天下的过程中，都没有太多闲暇来考虑长生不老——逐鹿失败，下场就是死无葬身之地，遑论登仙？

秦皇汉武，都是在宇内大定、志得意满之后才把事业的重点转移到求仙上来的。当然，也包括唐太宗，尽管他的长生闹剧远没有这两位前辈那么轰轰烈烈。

朱元璋的情况则又是一种。他的清醒，源于一种来自骨子里的不自信。他老朱家祖祖辈辈不过是土里挣命的佃农，没有历朝历代开国君主那样显赫的身世高贵的血统，更没有一星半点根基。他多次说过，当年不过是为了活命才投的军，一开始根本没有什么一统天下的雄图。朱元璋很清楚，自己不过是天下数不胜数的凡夫俗子里的一个罢了，而且是个差点饿死、误打误撞发家、要过饭做过和尚的凡夫俗子！

于是，这位缺少自信的开国之君坐在龙椅上时总没有前任同行们的舒坦劲。洪武一朝，他日夜谋算的，都是如何守住这来之不易的天下，如何尽诛世上有嫌疑有能力谋夺他朱家王朝的对手。晦气了天下臣民，在密网下战战兢兢过了三十一年。

想成仙不死，也要有自信，相信自己是真命天子，所以自己相比亿万蚁民，更有成仙的资格：你看世间万事，朕不是都能在叱咤间做到吗？神仙对朕，也得给几分面子啊。与秦皇汉武比，老朱的确像个穷怕了的暴发户，整日防贼，不敢放手使用家当，哪有一点仙风道骨？

太自信的想成仙，不自信的要杀人，做他们治下的小民，苦！

事业未成、信心不足，却成全了两位在这方面的名声，倒也算另有收获。但再仔细一翻史料，却又有些沮丧：也许不然，不然！

《魏书·武帝纪》注中所引的张华《博物志》赫然云："（曹操）又好养性法，亦解方药，招引方术之士。"张华是西晋人，距曹操的时代不过几十年，其言应该可信。

朱元璋晚年也服起了丹药。这位史上首屈一指的无情皇帝，竟然宠信起了刘渊然等好几个道士，还留下了这样的诗句："丹鼎铅砂勤火候，溪云岩谷傲松年。"

罢了罢了，不过是五十步笑百步罢了！

朱元璋不用多说，无论是谁，龙床坐了几十年，自信心总会慢慢增加的。再说朱皇帝晚年，该杀的都杀了，该防的都防了，眼看天下一日日太平，心思闲下来，朕年纪大了，也学养养生，有何不可？

不死的念头往往都是从养生开始萌发的。其实曹操在《龟虽寿》里就埋下了伏笔："养怡之福，可得永年。"怎么养怡？他招徕的方士有名医华佗，也有左慈。这左某人，便是一位有名的道士，炼丹更是拿手好戏。后人多把曹操此举视为吸取黄巾、张鲁教训，把方士召集到身边以便控制，如曹操的儿子曹植说的："卒所以集之于魏国者，诚恐斯人之徒，接奸宄以欺众，行妖慝以惑民。"辩护很有力，但曹操难道真没有一点求长生的梦想吗？这位写过《龟虽寿》的诗人还有一组不太有名的诗，《气出倡》，内容却纯是游仙，有句云："愿得神之人，乘驾云车，骖驾白鹿，上到天之门，来赐神之药。"而且在众多高人教导下，曹操的服食修为也不算很差，据说"习啖野葛（一种毒药）至一尺，亦得少多饮鸩酒"（《三国志》裴松之注）。

曹植有句话说得有趣，左慈这些人，"若遭秦始皇、汉武帝，则复为徐市、栾大之徒也"。

明显，如果有生之年，曹操真能做到天下归心，八成接下去就该是接着走秦皇汉武的老路去了。

没人能真正挣脱长生的诱惑。

所以一句"吾皇万岁万岁万万岁"喊了几千年。

凭良心说，希望长寿，甚至不死，是一种美好的愿望，书里孙悟空拜师，第一目的也是为了长生不老。其实史上求长生的人很多，历代的隐士，不少就是为了求长生而避居山林的。有意思的是，人们对修仙的隐士一般都不反感，而且还多多少少有些崇敬。隐士出现在诗词里，多是一副深山采药，悠然高远的潇洒。李白得名诗仙，这仙气也是从禀性好神仙而来的。

只是同样一个善良的梦幻，到了帝王身上便成了笑话。也很简单，且不说隐士们除了少数鬼迷心窍一心想炼丹的，更多的是结合医学，服食草药养生延年；最主要的还是他们奉行的大多是老庄那种淡泊的心态，视万物为虚幻，无欲无求，有着生死随造化浮沉的豁达。而这种冰冷的修行是每个帝王一日都难以忍受的，起码任何一位都不能把皇位视作无物，在他们看来，如此槁木死灰般活着，就算真能长生也许还不如烈火烹油锦衣玉食爽上几十年过瘾呢。

于是帝王的长生之路便只能耗上大把大把的民脂民膏委托别人代

炼仙丹了。真要修行，倒也有法术，道家不是还有采补房中术吗？既能过瘾，又能长生，两全其美，快哉快哉！

如此求不死，怎能不成笑话？

很多时候笑话其实并不好笑。

很多人还是相信，神秘的药物总得往古里寻，越古越好。养生之术如果有皇帝掺和其中，更是身价倍增，再好不过。

当媒体上铺天盖地地宣传某某药选用宫廷秘方，有神奇的保健强身延年益寿功能时，不知有没有人费神算过，历史上的帝王除了死于非命的，平均寿命是多少，最久是几岁，有没有活过百年的呢？

相关医药知识摘录：

葛洪：东晋道教学者、著名炼丹家、医药学家。丹阳句容人，从祖葛玄，受业三国著名方士左慈，世称葛仙公，又称太极仙翁。洪博览群书，精研经史百家；一度入仕，以功迁浮波将军，东晋开国，赐关内侯，终隐居罗浮山撰述炼丹。著述宏富，最著名有《抱朴子内外篇》《肘后备急方》《神仙传》等。其《抱朴子内篇》是中国早期炼丹实践以及成就的全面概括和系统终结，同时也为中国炼丹化学的发展做出了重大贡献。《肘后备急方》则是中国第一部临床急救手册，主要记述各种急性病症或某些慢性病急性发作的治疗方药、针灸、外治等方法。书中对天花、恙虫病、脚气病以及恙螨等的描述都属于世界首创，尤其是倡用狂犬脑组织治疗狂犬病，被认为是中国免疫思想的萌芽。

外丹：相对内丹而言，又称炼丹术、仙丹术、金丹术、烧炼法、黄白术等，是近代化学物理前驱。指用炉鼎烧炼金石，配制药饵，制造长生不死的金丹。炼丹术在我国起源甚早，约产生于上古，汉武帝时方士李少君"化丹沙为黄金"以作饮食器，就是烧炼金丹。东汉魏伯阳著《周易参同契》，用阴阳论述金丹，被誉为"万古丹经王"。道家外丹黄白术在中国盛行了近两千年。

内丹：为道教重要的炼养方术。指在人体内炼成的长生不死药，其所需原料精、气、神，亦用外丹术语喻称铅汞。内丹之学，阐发于汉末，盛行于晚唐，并逐步形成完备的理论体系和多种修炼途径，形成了独特的人体生命理论，在气功、医疗、人体科学诸方面，有一定的影响和启发作用。

薏苡谤

——马革裹尸载诬还

建武二十五年（49年）秋，东汉都城洛阳。

拂晓，皇宫在晨曦中慢慢显露出了庄严肃穆的汉家威仪。高墙内渐渐起了些窸窸窣窣的响动，应该是宫女宦官们伺候皇上准备早朝了。吱呀一声，皇宫大门沉沉开启，慵懒的宦者刚想如往常一样回到自家岗位，但猛觉得门前阶下似乎有些什么东西，仔细一打量，不觉吃了一惊——

阙下竟然齐刷刷跪着一群人，麻衣缟素，而且用一条粗大的草绳依次缚绕腰间，把所有人都串在了一起！宦者刚想惊骂，话到嘴边却生生忍住了，因为他认出了那些人是数月前染疫殁于军中的新息侯马援马老将军的一门亲属，而领头的正是马将军的夫人！

宦者低低叹了口气，眼神温和下来，沉吟片刻，轻声道："我这就去禀报皇上，请诸位等候。"

这群人似乎没有听到，依旧如石像般跪着。但不知是不是天气凉的原因，那几个七八岁的娃娃微微发着抖。

秋风里，老夫人的白发飘摇。她一脸的平静，眼神空洞而茫然，但又好像隐隐闪着悲愤的火光。

"一家子请罪来了？"大殿上，光武帝刘秀的声音疲惫中带着讥讽，"你真不知你家马援犯了何罪吗——自己看去！"

"啪"一声，一份奏章扔在了马夫人跟前。马夫人的手不觉也有

46

些颤抖起来，她竭力调匀了气息，小心地拾起看着。

忽然，她甩下奏章，老泪纵横，重重地磕着头，号啕：

"皇上，冤枉啊！罪臣冤枉啊！"

"哪来的一车明珠，那只是一车薏苡啊！"

刘秀坐得很高，很远，谁也看不清他脸上是什么表情：狐疑，尴尬，还是愧疚？

皇上自然是圣明的，说一个人有罪，那肯定便是有罪。之后马家先后六次上书诉冤，言辞一次比一次哀切，刘秀才发了恻隐之心，让原本草草掩埋的马援归葬祖坟。这才陆陆续续有人敢来祭拜老将军。

马援的罪名有两条：一是这年平定湘西叛乱时不听人劝，选了虽然近些却险要得多的路线，结果敌军据高凭险紧守关隘，汉军难以前进，加上适值暑热，不少士兵染疫而死，连他本人也病死军中，这是何等严重的战略错误；二是有人告发他前些年平定交趾时搜刮了很多珍宝，据说仅合浦明珠便载了满满一车！

如此罪过，刘秀只是革除马援的新息侯爵位，没有罪及妻孥，已经是如天的宽大了，你等还来喋喋不休？

马援的第一条罪，马夫人想来是无法辩驳太多的，但她应该很委屈：一车薏苡，怎么就成了一车明珠了呢？这盆污水，可实在不能浇到先夫头上啊？谁不知道，马援年轻时有句响当当的名言：积累财物，贵在能够帮助他人，"否则守钱虏耳"！当年马援种田放牧有了牲畜几千头、谷数万斛，还不是全部分给了兄弟朋友，只给自己留了一套羊皮衣裤！如此好汉，难道临老竟做回"守钱虏"了吗？

那真是一车薏苡啊，皇上！

南征交趾回朝时，马援确实载回了一车薏苡。

薏苡，其实就是通常说的米仁，是一种禾本科植物的种仁，入药有利水渗湿、健脾、清热、除痹等作用。药用历史很悠久，现存最早的中药学专著《神农本草经》就有收载，列为上品，云："主治筋急拘挛不可屈伸、风湿痹，下气；久服轻身益气。"说得很神奇，但毕竟是味极普通的药物，全国大部分地区都能种植，产量也不低，从古至今好像从来没有走过红运值过大钱，目前在药店零售每斤一般不超过十块钱。

就是这十来块钱一斤的米仁，在奏章里却摇身一变，成了一颗颗珍珠宝贝，硬是作为确凿的罪赃扳倒了一位食邑三千户的新息侯。

有人为马援遭人中伤找原因，说薏苡一粒粒圆圆的、白白的，珠子一般，载在兵车上高高一堆，远远望去，谁能不眼红——须知马援是从出产珍珠的合浦那边回来的，能不顺手带些土仪吗？还有人说，薏苡不是有别名叫薏珠、菩提珠吗，一字之差，以讹传讹，误会也是难免的。

可当马援高歌凯旋之时，再疑心再嫉妒的人也只能是在背后嘀咕，谁也不敢上书告发，因为那时马援刚立了大功，皇上正宠信着。有一种说法，说马援也听到这种传言，恼火之余却又哭笑不得，干脆当众把一车薏苡倾入了江中，桂林更是附会出了有名的"还珠洞"。但这似乎是不确的，告发马援搜刮南方珍宝的奏章，要在五年之后才送到光武帝案头。

马援到死，也不知道这些吃了多年的薏苡到头来居然成了自己的赃物。

马援应该是很庆幸天底下有薏苡这么一种东西的，他载了一车回来，为的就是要留做种子，因为他发现南方的薏苡品种更好，个头大得许多。他认为自己的战功中也有薏苡的一份，因为他去的，是那比

48

后世诸葛亮在出师表里提到的"五月渡泸，深入不毛"还要南的南方，那里有着魔鬼一般可怕的瘴气。

所谓瘴气，不外是一些湿毒，由湿热的气候加之草叶兽尸腐烂而生成，发作为瘟疫、脚气、风湿，等等。而能利水渗湿的薏苡，正是对症的药物，用马援自己的话说，多吃薏苡"能轻身省欲，以胜瘴气"。

马援出征的交趾，就是今天的越南北部。

越族早在传说中的尧舜时代即与中原发生了联系。秦统一六国后，在越地置闽中郡、南海郡、桂林郡、象郡，大徙中原之民与百越杂处。秦末大乱，南海郡赵佗乘机起兵割据，击并桂林、象郡，自立为南越武王，后受汉封为南越王；终被汉武帝所灭，设了交趾、南海、九真等九郡，从此一直在汉王朝统治之下。

建武十七年，交趾徵侧及妹徵贰因与太守苏定不和，起兵反汉，攻占郡城。各郡"蛮夷"群起响应，攻掠岭外六十五城，徵侧自立为王。消息传到洛阳，朝野大震，光武帝几乎没怎么考虑就做出了决定：拜马援为伏波将军，征讨二徵。

马援帅水陆大军缘海而进，随山开道千余里。用了一年多时间，斩杀二徵，传首洛阳，平定了叛乱。就是由于这次大功，他被封为新息侯。

洗刷一番后，交趾重新纳入了大汉版图。

从此伏波将军之名威震南疆。其实，历史上曾任此职的人很多，如三国陈登、晋葛洪，等等——古时凡有水战都会用伏波的名号，以讨降伏波涛的彩头——但后人提及伏波将军时，"唯念马伏波"，至多再加上一位汉武帝时的路博德（便是这位伏波将军平定了南越，开疆海南）。至今海南岛天涯海角还有这两位伏波将军的雕像，面朝大海，威风凛凛。

但路博德究竟逊色多了。按理，外来的征服者理应受到土著的诅咒，但从此之后的千百年间，陕西人马援却被南方少数民族奉为神灵，世代香火不绝，甚至被称为"伏波大神"，在两广许多地区，甚至越南都有供奉马援的祠庙。

很简单，不怕死的勇将其实很多，智勇双全的大将已属难得，而智勇而仁慈的将军却往往不世出。且不说马援的军纪极为严明，宁肯露宿野地，也不愿进村骚扰百姓，甚至连吃水都不准士兵到民井里挑，更重要的是，马援并不是一个单纯的征服者。平叛的同时，他沿途修建郡县、治理城郭、凿渠灌溉，传授中原先进的农耕技术；而且规范整理了越律，为当地革除弊政，使当时真正还是蛮荒之地的南疆粗具了华夏规模。之后当地民众世代都"奉行马将军故事"。

建武二十年，越乱已平，马援遂立两根铜柱以为大汉南部边界，表功而还，其上铭文："铜柱折，交趾灭。"

凯歌高奏，五十八岁的老将军微笑着挥手告别了交趾百姓，启程回京。

只载了一车薏苡。

对于马援，伏波将军的称号其实不如安边将军合适，他的大半生都风尘仆仆奔走于大汉各边：定西羌、征交趾、扫乌桓，最后也是病逝于平武陵的战事中。

其中尤其值得一提的是他治理凉州西羌的政绩。王莽末年以来，西羌多事，金城（今兰州西北）一带多为羌人所据。建武十一年，马援为陇西太守。很快平定了各羌，降者八千余人，粗定西羌。

这时，朝廷开始讨论一个提议，很多人认为金城破羌（今青海乐都）以西，离大汉本土太远，羌人又常叛乱，发兵讨伐成本太高，不如干脆舍弃那块多事之地算了。马援上书，力陈破羌以西的城堡都还完整牢固，稍加修缮坚守不成问题；而且该地区土地肥沃，灌溉便利；更要紧的是我退敌进，假如舍弃不管，任羌人占据湟中，那么定然

"为害不休"——总之，该地"不可弃也"！

思虑再三，光武帝终于采纳了马援的意见。于是马援为羌人安置官吏、完善城郭工事、兴修水利、发展农牧；协调塞内外羌人，劝说他们弃嫌结好；礼待前来归附的氐人，奏明朝廷，恢复他们的侯王爵位；对铁心顽抗的，则发兵征讨，迫使羌豪率数十万户，逃出塞外，余者万余人皆降。

郡中百姓从此安居乐业："于是陇右清静。"

现代人看到朝廷居然想放弃领土，大概都会觉得不可思议，国土是神圣的，怎么能轻易放弃呢？

其实汉王朝已经弃了一回地了。西汉元帝时，汉武帝创下的家当，海南珠厓、儋耳郡，连年反叛。当年纵论秦汉得失的贾谊的曾孙贾捐之上书了，说海南原本不是冠带之国，老祖宗的《禹贡》，圣人的《春秋》，都没有把它算入华夏疆域，"弃之不足惜，不击不损威"，要征讨却得花极大代价，简直是把将士们推入汪洋大海，连敌人没看到自己就先死了。元帝于是下诏，"其罢珠厓郡，民有慕义欲内属，便处之；不欲，勿强"，挥挥衣袖，轻轻地舍弃了海南。

虽然也可以为元帝如此令人痛心之举找一些原因，比如那时国力衰微，焦头烂额捉襟见肘，确实是无力再经营万里之外了。但从中也可以看出一个事实，对于所谓的化外之地，汉家其实并不很看重；尤其是光武帝本身的性格也有着保守的因素，无论后人吹捧得多高，他也应该只是个走一步看一步，眼光不是很远大的人。未发迹前，他有句名言，"仕宦当作执金吾，娶妻当得阴丽华"，做个都城警备司令就心满意足了，远没有乃祖见了秦始皇出行的气派就感叹"大丈夫当如此也"的胸襟，也没有汉武帝开边那么大的野心。中兴后，汉威再震，西域纷纷遣使乞请归附，他竟然说天下初定，无力顾及外事，"竟不许之"。

朝野议论弃地之时，金城危矣！陇西危矣！

天幸有马援！金城至今固若金汤；建武十九年，马援平定交趾，顺势复置被弃八十多年的珠厓县，从此海天一统。

可惜的是，马援这样的安边良才实在太少太少，一千三百多年后，交趾还是永远地失去了。史家柏杨写到此节，不禁黯然："交趾王国本是中国领土，交趾人本是中华人。"他的笔端蕴涵着无比的愤慨："祖国的明政府带给新交趾省的，却是腐败的统治。第一是地方官员，大多数来自邻近的广西、广东、云南三省区，只不过略识文字，他们冒险深入蛮荒，目的只有一个：发财。第二是宦官，监军太监马骐，是事实上安南军区的太上司令官和交趾省的太上省长，他对人民施展不堪负荷的勒索，仅孔雀尾一项，每年即要一万只，数目不足时，就对交趾人逮捕拷打，极尽残酷。交趾人无处申诉，官逼民反的形势完成，于是叛变纷起，遍地战斗……历史沉痛地证实，贪污对中国的伤害太大了，无数民变兵变，辱国失地，政权覆灭，以及大屠杀大流血，几乎全都起因于官员贪污，和由贪污而引发的暴虐。"（《中国人史纲》）

那次羌战中，马援像往常一样身先士卒，小腿被流箭射穿，光武帝得报派人前往慰问，赐牛羊数千头，马援依旧全部分给了部下。

但这样的马援还是被人告发从交趾搜掠了一车明珠！

光武帝其实不应该相信那些诬告。

当年他就是凭着信任收服了马援。

王莽倒台后，天下大乱，各路英雄纷纷登台。隗嚣割据陇右，非常器重马援，任命他为绥德将军，参与决策定计。隗嚣有贼心没贼胆，不甘屈居人下但又不敢轻易豁命称帝，想依人成事却又举棋不定，于是派马援观察天下两大豪杰，公孙述和刘秀。公孙述是马援的同乡，原本交情很好，但一见面就盛陈兵卫大摆皇帝架子。接着马援去见与他素昧平生的刘秀，见面寒暄几句，马援见刘秀气宇不凡，身边也几乎没有防备，干脆问个敏感的问题。于是他盯着刘秀问："臣今远来，陛下何知非刺客奸人，而简易若是？"刘秀握住马援的手呵呵大笑："卿非刺客，顾说客耳！"

就这一句话收服了一颗心。从此，马援死心塌地，百般劝说隗嚣归汉不成后不惜与之决裂，一生忠心耿耿追随刘秀打天下守天下。多年来君臣相处甚欢，刘秀常言："伏波论兵，与我意合。"

可马援尸骨未寒，怎么刘秀竟然如同变了个人，几句小小的谗言便惹得他勃然大怒了呢？

没办法，进谗的是他刘秀的亲女婿梁松。

梁松与马援其实无冤无仇，不过是马援与梁父是多年朋友，觉得梁松有时太骄横了，作为父辈规劝了几句；还有一次马援生病，梁松前来探望，拜于床下，马援"不答"，没有回礼。依马援想来这很正常，不能乱了辈分礼节嘛。可马援年纪一把，还是不通人情世故，你能与驸马爷讲辈分吗？或者还应该加上这一次：马援在军中曾写信劝诫侄儿不可议论轻薄，交友尤应谨慎，效法豪侠不如学习老实人；这封家信却被抄了一份送到了刘秀那里，刘秀一查被马援归类为损友的人里还有梁松在内，便叫来好生责骂了一回，梁松"叩头流血"才算过了关。

他们早等着你栽跟头呢。好啊，你一意孤行，如今困在湘西了吧，奏！

料好像不足，最好再加上些什么。什么呢？马援这老头一辈子把柄太少了，还真不太好找。哦，那年平交趾，他不是载了一大车玩意回京吗？

再奏！

刘秀老了。人家都说，人老了，耳朵软。

后人也休怪光武帝无情，翻翻二十五史，刘秀还算是一个厚道的君主。要是换了他祖宗刘邦，或是后世朱洪武，就算有十个八个马援也可能早就报销了。

再说，马援的确有罪。

他罪在不知道他自己已经老了。

建武二十四年，湘西武陵五溪蛮叛乱，武威将军刘尚奉命征讨，全军覆灭。六十二岁的马援坐不住了，主动请缨。光武帝担心他年迈，不许。马援逞强，说："臣尚能披甲上马。"说着腾身上马，据鞍顾眄，倒也仍旧威风十足，果真如他少年时所云："丈夫为志，穷当益坚，老当益壮。"光武帝放了心，笑道："矍铄哉是翁也!"遂令马援率四万余众出师征讨。

刘秀也有责任。

他难道不知马援此回要去的是什么地方吗？还是那瘴气弥漫的险恶所在啊，而且此去的几个月正是酷热的时节。虽说马援曾去过交趾，可如今毕竟又老了四岁，自古名将如美人，是不许人间见白头的。

或许，刘秀是实在没办法了。刘尚军败之后，也换了几人征讨，如李嵩、马成等，但毫无战绩。遍观朝中，大概也只有此老堪用了。

不知老、不服老的白头将军，又偏偏硬气，选了一条险路。马援的本意是直扼咽喉、速战速决。他很有把握，以为凭他在交趾的经验，单刀直入，应该很快就能平定湘西。他完全没有考虑过，这样高风险高强度的行军，是不是会惹恼那些跟着大部队，想沾些军功镀镀金的权贵子弟。这些身强力壮的后生可是宁愿慢慢走远路的，平坦些安全些就行，管你后方粮运补给运艰不艰难!

但粮运再艰难，他应该也同样带上了薏苡，仍然想用它来帮助大军战胜瘴气。

不过，薏苡毕竟不是神药，当年征交趾出师有"楼船二千余艘，战士两万余人"，回到洛阳时，"军吏经瘴疫死者十四五"；历代医家也云，薏苡力缓，用量须大，且宜久服。

刘秀目送着马援为了大汉帝国，踏上了不归路。

终于，马援到了武陵。

山高水急，林深草密。烈日下，马援在江边喘息着，盔甲腻腻的，被汗水渗得几乎都生了锈，身旁那匹千里龙马的腿也在不住地颤抖着。

他紧皱眉头，仰头看着一只鹰在天上盘旋。忽然，那个矫健的生灵像是突然中了箭，一头扎了下来，石块一般落在水中，溅起一团水花，随即便被冲走了。

马援知道，这只鹰是被暑日下蒸腾的江水疫气熏着了，他也感到了一阵眩晕。

他努力调节了一会气息，回头看着身后一个个面色惨白东倒西歪的将士，平生第一次失去了自信。难道，我马援的归宿真的就是这里了？想到这里，他不觉低声吟道："滔滔武溪一何深，鸟飞不渡，兽不敢临。嗟哉，武溪多毒淫！"

他记起了从前堂弟对自己的劝告，他说人活一世，只要丰衣足食，乘安车，骑温顺马，做个郡县佐吏，守着先人坟墓过一生，在乡里搏个"善人"的称号，也就足够了——此外如果还想追求其他的，志向越大便越是自讨苦吃。

俯视湍急的流水，马援不觉苦笑。

他重新仰起头来，一手遮阳，在天空中搜寻着什么。终于，天边又出现了一个黑点，又一只苍鹰翱翔了过来。

马援突然想起了自己曾说过的话："男儿要当死于边野，以马革裹尸还葬耳，何能卧床上在儿女子手中邪！"

想到这里，马援顿觉精神一振，沉默片刻，他回身面对部众，沉声下令：

"渡江！"

相关医药知识摘录：

　　湿：中医"六淫"病因之一。所谓"六淫"，指风、寒、暑、湿、燥、火六种外感病邪。此六者正常情况下是自然界不同的气候变化，但当气候失常，而人体正气不足，抵抗力下降时，六气侵犯人体发生疾病，便称为"六淫"。淫，即太过和浸淫之意。

　　湿属阴邪，性质重浊而粘腻，它能阻滞气的运动，妨碍脾的运化。如果是外感湿邪，常见恶寒风热、虽然出汗但不热不退、四肢困倦、关节肌肉疼痛等症状；如果是湿浊内阻肠胃，常见胸闷不舒、小便不利、食欲不振、大便溏泄等症状。

　　湿邪为病，有内外之分。外湿多由气候潮湿，或涉水淋雨等引起；内湿则多为脾失健运，水湿停聚体内而病。

　　利水渗湿：凡能通利水道，渗泄水湿的药物即为利水渗湿药。本类药物，服用后能使尿量增多，将体内停蓄水湿从小便排泄。主要适用于小便不利、水肿、淋症、痰饮等病症；对于湿温、黄疸、湿疮等水湿为患，亦具有治疗作用。

　　常用利水渗湿药：茯苓、猪苓、泽泻、薏苡、车前子、滑石、木通、通草、海金沙、石韦、草薢、茵陈蒿、地肤子、冬瓜皮等。

当归何处

——姜维入蜀

"儿啊，替你娘寄些当归来吧！"

这是封一千七百多年前的家信。当归，是无论哪个药铺都不可一日或缺的当家品种，血虚症及妇科的良药，能补血、活血、止痛、调经、润肠。看上去，母亲让远方的儿子寄回一些当归是很寻常的事。

问题在于，这封信从甘肃天水发出；而甘肃，却是世上当归最正宗的产地，所产当归质量远远优于别处，最为道地。

收信人在蜀中。

收信人是姜维。儿子当然知道母亲写这封信的真意。

"良田百顷，不在一亩；但有远志，不在当归也。"家有良田百顷，不缺这一亩半亩；儿在蜀中但有远志，没有当归可寄。回信语气慷慨，千载之后读史至此，字里行间犹有余音铿锵。只是史料没有记载姜母何反应，民间传说则多云姜母见信知孩儿志向远大，十分欣慰；还有人说这封"令求当归"的信是曹魏逼她写的，收到回信后姜母便一头撞死以绝姜维的牵挂。

那年姜维正年轻，二十七岁，与从前诸葛亮初见刘备时同岁。

天水人姜维是这一年被诸葛亮带回蜀汉的。

姜维从此不归。

很多人，如诸葛亮，说姜维归蜀，是因为"心存汉室"，于是他的不归也就有了忠孝不能两全的悲壮；后人也跟着说姜维归汉是基于一种崇高的正统观念：

不是都说曹魏篡汉吗？

只有蜀汉刘皇叔才是天下正主！

其实，这种观念要到曹丕称帝近一千年后才真正成为主流，当时的人更是不怎么在乎三国之中谁的皇位来得正宗些。

也不是说当时天下人都把曹魏代汉看成天经地义，只是因为，早在东汉末期，所谓的皇位正统、所谓的中央权威，本身就已经有些苍白无力了。

两汉地方郡守，官秩与中央九卿相当，都是两千石，辖区的财政军大权一手抓，权重任久，除了不能世袭，俨然是一方诸侯。郡吏都由太守自辟，两汉讲究气节，有恩不报是很被人不齿的，所以被征辟的郡吏对于太守，名分其实类似君臣——当时都称太守为"府君"，此"君"，即有君主之意。郡吏为府君弃官、奔丧、乃至死节，是理所当然的。这种情况下，"除非任职中央，否则地方官吏的心目中，乃至道义上，只有一个地方政权，而并没有中央的观念。"（钱穆语）

这种心态，在中央自己不争气，把政事搞得一塌糊涂的形势下更加得到强化。与其效忠远在天边、冷酷颟顸的所谓皇上，实在不如效忠于恩待自己的地方长官。

当然，天翻地覆之时，毕竟不少人还是认血统的，尤其是那些动辄怀念过去好时光的多情人。刘备，一个编草席为生的破落户，能与根基深厚的曹操、孙权逐鹿中原，起家的资本正是他号称是汉景帝之子中山靖王刘胜的后代、所谓"汉室宗亲"的自我炒作。

不过，刘备一杆"汉"字大旗举得再高，蜀汉却还是三国中最弱小的。

最小的一方，血统再纯正，从大局来看也不过是割据。后世以北方为根本的政权，一般都视曹魏为正统，唐太宗还亲撰《祭魏太祖文》，尊曹操为"哲人"。北宋以兵变得天下，也是打着受禅的名义坐龙床，与曹家半斤八两，立场当然坚定，如欧阳修《魏论》云"魏之取汉，无异汉之取秦、而秦之取周也"，皇帝轮流做，今年到曹家。曹操最终被画上大白脸，倒霉就倒霉在那些被赶到南边去的落魄政权。西晋一完，习凿齿便在《汉晋春秋》中提出新议，主张应当以蜀汉为正统；南宋渡江后，"偏安江左，近于蜀，而中原魏地全入于金，故南宋诸儒乃纷纷起而帝蜀"（《四库全书总目提要·三国志》）。后世以蜀为正统，不过是都为天涯沦落人，同病相怜罢了。

正如一种象征，越是国力衰微，越是国土残破，越是要捍卫当年蜀汉的正统。

更晦气的是，破口大骂曹操"篡盗"的诸儒中有朱熹。后来朱熹走了大运，被捧成新圣人，明清君主尽管稳坐北方一统天下，但一看朱子此言，心里舒坦，顺水推舟树个反面典型，永世不许超生，看谁还敢谋篡咱家的天下？

南方小朝廷的怨恨和北方深宫里的权谋终于深深结合在一起，凝成了化不开的胶漆，从此，曹操脸上的白粉便再也洗刷不掉了。

但姜维入蜀时，应该还是没有太多的忠汉情结的。

蜀汉建兴六年（228年），诸葛亮首次北伐，由汉中率军攻岐山，关中大震。这时天水太守马遵正带着姜维等属从在外巡视，得报大惊，连夜独自逃到了上邽。姜维等发觉后追了上去，却紧闭城门不让进来。姜维无奈，回到天水冀县，可冀县也不放姜维入城，姜维走投无路，只好投奔了诸葛亮。还有一说是姜维倒是进了翼城，却被城中百姓拥戴去投降了诸葛亮。

其实，姜维更可能是为了自身的更好发展，顺势投靠了诸葛亮。

姜维的父亲为郡功曹，在羌戎叛乱战争中为了掩护郡将而殉职，因此"赐维官中郎，参本郡军事"。中郎是天子近侍，按理当为京官，落在姜维头上应该只是个安慰性质的虚衔罢了。他的本职不过是小小的从事，一个郡里的上计掾，每年向中央呈送郡国一岁中的租赋、刑狱、选举等报表，类似一个负责给上级送汇报的高级通讯员。

正史没有详载姜维年轻时的事迹，但晋傅玄《傅子》中的一句话，"维为人好立功名，阴养死士，不修布衣之业"，倒也透露出一些迹象。看来这姜维，从来就不是甘心平庸、糊里糊涂混一生的。而这样的角色，向来是庸庸碌碌的上级最忌惮的。

所以危难之际，太守马遵没有让姜维"参本郡军事"，反而"疑维等有异心"，抛下姜维逃命去了。

这足以看出，姜维在魏过得很不得意。诸葛亮未来之前，他也许就已经十分焦虑：如此年华老去、怀才不遇，大丈夫难道就如此郁郁过完一生了吗？

诸葛亮一见姜维，却十分满意，当即辟为仓曹掾、加奉义将军，奏封当阳亭侯——须知当年曹操给关羽的爵位也不过是个亭侯。还写信给人说："姜伯约（伯约，姜维的字）忠勤时事，思虑精密，考其所有，永南、季常诸人不如也。其人，凉州上士也。"永南、季常是蜀汉一时良才，诸葛亮不仅直言姜维强过他们，还为他勾勒出了一幅美好前景："此人才气超群，先让他练上五六千兵，结束军事训练后，就让他进谒宫中，觐见主上。"

如此恩遇，当时几如丧家之犬的姜维岂能不感激涕零、岂能不死心塌地？

"娘啊，恕儿不孝，儿先不归了！"面朝故乡，姜维重重磕头，擦干满面的泪水，他咬牙一扭头，打马南去。

心里暗暗发誓，我姜维终有一日，必将回到故乡，那时将是天下一统，儿也定是功成名就——娘，您一定要长寿安康，一定要等着孩儿回来！

演义里把姜维视作诸葛亮的继承人，这样描写诸葛亮喜得姜维："（诸葛亮）执维手曰：'吾自出茅庐以来，遍求贤者，欲传授平生之学，恨不得其人。今遇伯约，吾愿足矣。'"病重时还将姜维叫至榻前："吾平生所学，已著书二十四篇，计十万四千一百一十二字，内有八务、七戒、六恐、五惧之法。吾遍观诸将，无人可授，独汝可传我书。切勿轻忽！"

但尽管是演义，在诸葛亮遗言这般干系极大的事上也不能不根据正史如实叙述。诸葛亮病重自知难起，密奏后主："我如有不幸，后事可托付蒋琬。"病情恶化后，再次对后主派来的使者说："我之后蒋琬可接替。"使者问蒋琬之后该谁，诸葛亮说费祎，使者再问费祎之后，诸葛亮便再不回答了——

诸葛亮自定的接班人中，就是没有独传其"平生所学"的姜维。

也许早有伏笔。

姜维归汉后不久，诸葛亮便提升他为中监军、征西将军。

这"征西将军"的名号，是否有着诸葛亮的一番心机呢？

暂且撇开这个问题，先来重新审视一段千百年来争论不休的公案。

诸葛亮北伐之时，大将魏延提出了一个大胆的计划，他想请兵万人出子午谷奇袭长安，与由斜谷进军的大军会于潼关，而诸葛亮以为此计过险，不如"安从坦道"，否决了。魏延一直愤愤不平，讥笑孔明怯弱。后世对此众说纷纭，不少人认为熟悉地形的魏延此计切实可行，觉得陈寿评诸葛亮"奇谋为短"确实有些道理。

但魏延毕竟只是一员悍将。他有没有想过，就算得了关中，能不能守住呢？

蜀汉在三国中国力最弱，亡时有人口九十四万，军队十万二千；吴亡时有人口二百三十万，军队二十三万；而曹魏灭蜀汉这一年，人口为四百四十万，比蜀、吴两国之和还多上一百多万，按比例，至少有四十万大军。

很简单，猛虎再凶，能一口吞下一头巨象吗？演义中多写魏蜀征战，其实魏的主力大部分时间都在对付东吴，对蜀更多是防守待时，诸葛亮六出岐山无功，魏第三次出师便灭了蜀汉。趁人不备夺了长安，必然激怒曹魏，倾国而来怎能抵挡？

诸葛亮的日子委实难过，很多时候，他简直是绝望的。他在《出师表》中其实也表露过这种心情："以先帝之明，量臣之才，故知臣伐贼，才弱敌强也。然不伐贼，王业亦亡，惟坐而待亡，孰与伐之？"

家底最薄的蜀汉能够长存更多的是依赖地利，但强敌环伺之时如果甘心偏安，再险恶的关隘也不能挽救没落的颓势。所以他能做的只是尽可能把战场开到敌国，以攻为守，同时一小口一小口慢慢撕扯着曹魏的边境，一口口消化，慢慢积蓄力量。如果天不亡汉，也许有一日，后人终能复兴汉室；而他知道自己是等不到那个天时了——所以怎么能把矛头直指敌人敏感的关中呢？

关中现在还绝不能觊觎，而陇西，却是一块大补的肥肉。

当年诸葛亮见了姜维大喜，应该就是把夺取陇西的希望寄托在了这位精干的天水后生身上。

所以姜维在诸葛亮心目中正应该是征西将军，而不是全局的接班人。

陇西对于蜀汉的重要性，姜维当然知道，他也想利用自己的乡党优势实现诸葛亮的这一设想："维自以练西方风俗，兼负其才武，欲诱诸羌、胡以为羽翼，谓自陇以西可断而有也。"

然而，"每欲兴军大举，费祎常裁制不从，与其兵不过万人"。

正史中丞相的接班人与演义里丞相的单传弟子之间出现了矛盾。

其实费祎与姜维并没有什么怨仇，也不像是故意打压，他对姜维说过这样的话："吾等不如丞相亦已远矣，丞相犹不能定中原，况吾等乎？且不如保国治民，敬守社稷。如其功业，以俟能者。"

没人能继承诸葛亮大业，费祎也不能。

确实，连年兴兵国贫民穷，连诸葛亮本人都有"穷兵黩武"之讥，掌权者应该考虑大局也没错，但你费祎忘记当年坐亡的张鲁了吗？

你自认不如丞相，以俟能者，可敌国却始终虎视眈眈，能者辈出呢！你想保国治民，曹魏肯让你长久地喘息吗？

还记得丞相的《出师表》吗："自我出师汉中以来，不过一年，便丧失了赵云等七十多员将领，都是所向无敌的猛将；还丧失了西南民族骑兵一千余人，都是数十年间从四方纠集起来的精锐，不是一个州所能征集的。如果再过几年，就要损失三分之二了——那时用什么去抗敌呢？现在民穷兵疲，但战事不能停息；战事不能停息，那么驻守与进攻，劳费相等。既然如此，不及早攻打敌人，欲以一州之地，与敌人长久相持，这些都是我不可理解的事啊。"

有几人能理解诸葛亮屡屡北伐的良苦用心呢？

也许费祎认为自己是理解丞相的，所以他不是不用兵，只是要有节制，给你姜维一万人出征去吧。

这一万人在诸葛亮手里不知能不能干出一番大事，但对于姜维，远远不够。

尽管演义把姜维作为诸葛亮的传人，但遗憾的是，姜维离诸葛亮那等一流人才还很有些距离。

姜维归蜀，魏人并不在乎，并没有为难留魏的姜维亲属，如果把这理解为姜维当时还没有展示才能、不起眼，那么陈寿在《三国志》

中的评语却应该有些盖棺论定的性质，"姜维粗有文武"，常璩的《华阳国志》也说"姜维才非亮匹"。

但也有不少人站出来为姜维讨公道，如郭颁《世语》："时蜀官属皆天下英俊，无出维右。"老对手邓艾也感叹："姜维自一时雄儿也！"同僚郤正则撰文称赞姜维："姜伯约据上将之重，处群臣之右，宅舍弊薄，资财无馀，侧室无妾媵之亵，后庭无声乐之娱，衣服取供，舆马取备，饮食节制，不奢不约，官给费用，随手消尽……如姜维之乐学不倦，清素节约，自一时之仪表也。"

言语终归是无力的，还是看看姜维的事业吧。费祎死后，姜维终于在蜀掌权。自后主延熙十六年到延熙二十年五年间，五次伐魏，虽也有些胜绩，但总的来看还是劳而无功，其中一次还被邓艾打得大败，战士"星散流离，死者甚众"，从此，姜维威望大减。

也许这也不能全怪姜维无能，毕竟连诸葛亮也是出师无功。但姜维没有像诸葛亮那样做到节制用兵是事实，太从单纯军事角度看问题，严重伤害了蜀国元气，正如陈寿所评："玩众黩旅。"当时蜀将廖化也批评过他："'兵不戢，必自焚'，伯约之谓也。智不出敌，而力少于寇，用之无厌，何以能立？"

姜维至多是个将才，他不能承担治国之任。

更可惜的是，即便只是将才，比较古今名将，姜维也还不是第一流的。

蜀汉御敌，原本用的是刘备的战术，留大将镇守汉中，不让强敌进入一步。姜维掌权后，提出了新的策略："敛兵聚谷"，假如敌人来侵，则撤销外围守军，退守险要，"重关镇守以捍之"，坚壁清野，如此"敌攻关不克，野无散谷，千里悬粮，自然疲乏。引退之日，然后诸城并出，与游军并力搏之，此殄敌之术也"。

这个策略隐藏着极大的危机，成功了也许有诱敌深入再行歼灭的可能，但无效就是自弃险要，自己拆了一道防线：敌人未至，自己就已经后退了一步。

公元263年，魏大举伐蜀，钟会十万大军浩浩荡荡杀向汉中，蜀军依计行事。但钟会了解情况后，并不与之纠缠，只派两位偏将包围蜀军守城，自己却率主力径进——魏军未伤一兵一卒，不战而下汉中。

但胜负往往不能以单纯的军事战术来决定。须知姜维在蜀汉，本身就是战战兢兢，连成都也不敢居住，远驻在外。

其时宦官黄皓专权，政事大乱。姜维曾经上书，建议刘禅诛此奸宦，一片忠心反被昏庸的后主揶揄了一番，于是与黄皓结怨。黄皓想寻机废掉姜维，姜维心中恐惧，请求离朝，到沓中屯田种麦以资军用，避祸远出。

如此情形，姜维即便有通天的本事也无法尽用，指挥起来也定不那么顺手。

蜀汉似乎不该亡得那么快、那么容易的。

姜维听得司马昭派钟会都督关中，便已经明晓司马昭的图谋，立即从沓中上书报告后主，要求及时部属加强防备。后主迷信鬼巫，黄皓说神灵发话了，魏决不会进攻，刘禅即把姜维的奏章压下，歌照唱，舞照跳，"群臣不知"。

这样的情况下，姜维还几乎把钟会赶了回去。魏军主力到汉中后，姜维急行军，巧破魏将堵截，退守剑阁。钟会屡攻不下，后方遥远，粮运困难，一筹莫展，打算退兵。此时若不是邓艾那万把人豁出命去，凿山开路、攀木缘崖，硬行无人之地七百余里深入蜀中，用裴松之的话说，其时姜维"全蜀之功，几乎立矣"！

但偶然中有着必然，早在蜀亡的两年前，吴使臣回国后的报告中就可以看出，蜀汉不亡是没有天理的："（蜀国）主暗而不知其过，臣下容身以求免罪，入其朝不闻正言，经其野民皆菜色。"

民间俗语更是一针见血：这后主，真正是个"扶不起的阿斗"！

如果说姜维真从诸葛亮那里学到了什么的话，更多的应该还是一腔热血、一颗"鞠躬尽瘁、死而后已"的忠心、一份"知其不可为而为之"的悲壮。

降将姜维使出了浑身解数苦苦支撑着这扶不起的蜀汉。他的旧国——魏，曾在诏书中明明白白地指出："蜀所恃赖，唯维而已。"

邓艾的大军离成都不过八十里了。

刘禅召集群臣商议何去何从，没多大工夫就有了结果：全面投降。

命令传到姜维军中，将士们大怒，但又无可奈何，一个个拔出佩刀，狠狠地砍着石壁，壁上火花四溅。

读完后主敕令，六十一岁的姜维长叹一声，两行老泪汩汩而下。

许久，他终于做出了决定，擦干泪痕，整整衣甲，挺起胸，来到钟会面前。

一见钟会，姜维便觉得此人不寻常。他想起了刚才在军营中听来的那条消息，说是这位钟将军极是威严，连老将邓艾也不在他的眼里，甚至名将许褚的儿子都因为一点小过失被他处死了。姜维看着这位壮年的将军，突然有个感觉，像是看到了一座剑戟森森的兵器库。一刹那间，他有了一个大胆的计划。

"君侯运筹帷幄，算无遗策，司马氏的强盛，都赖君侯之力。"姜维平静地看着钟会，似乎说得很诚恳，"如今君侯又平定蜀国，威德震世。民众当然要颂扬您的功绩，但人主却会感到恐惧。如此，君侯还能够安全回去吗？您不如效法陶朱公及时隐退，这样才可以保全功名性命呢。"

钟会眼中光芒一闪，随即说："您扯得太远了，我做不到——况且目前的情况下，也应该还有别的路吧！"

姜维意味深长地一笑，悠悠道："别的法子君侯自然自己能考虑到，这就不必老夫多言了吧。"

两人对视良久，相向一笑，两双手不觉已经握在一起。

回营后，姜维连夜写了一封密信，命可靠人送到后主那里。

信中说："希望陛下暂且忍受数日之辱，臣一定尽力要使社稷转危为安，日月幽而复明！"

他的计划是策动钟会造反，尽诛北来魏将，然后再杀钟会，解决魏军，重扶后主复国。

他觉得有把握成功，因为他看出了，自傲的钟会有足够被他说动的野心。

果真，一切按姜维计划进行。钟会矫诏，说太后令他起兵废司马昭，接着囚禁魏将，紧闭城门宫门、严兵把守，把诸军将领都换成他的亲信……

当初任命钟会出师伐蜀之前，有人就向司马昭提出钟会这人也许不可靠，司马昭笑道："难道我不知道这点吗？但即使灭蜀之后这小子真如你所言不安生，又能有多大作为呢？蜀的败军之将、亡国大夫早已经心胆俱破，成不了什么大气候；而我方将士人人思归，绝不肯同谋——他钟会如果胡思乱想敢谋反，那只是自取灭族之祸罢了！"

司马昭说得没错，除了这一点，蜀汉还是有人没被吓破胆的。

钟会确实成不了事。

事机不密，魏军哗变了，狠狠攻打着宫门。

这是起事的第三天中午。蜀宫里，钟会乱了手脚，颤声问姜维："这些兵来势不好，怎么办呢？"

姜维慢慢系着战甲，面无表情地说："只有打了。"

他的声音像手中的铁剑一样冰冷。

他知道蜀汉这是彻底地完了。他面临的，是蜀汉，也是他姜维的最后一仗，一场已经注定了胜负的战争，一场只是为了最后的尊严而进行的战争。

格杀五六个魏兵后，白发散乱的姜维大口大口地喘息着，毕竟岁月不饶人，他发觉自己手中的剑慢慢重得如同一座大山。

他终于停了下来，拄着剑，静静地看着杀红眼的魏军潮水一般向自己扑来。

他轻蔑地一笑，抬起头，正午的阳光灼着他的眼。

姜维仰天倒下，鲜血从太阳中喷涌而出，洒遍了蜀山；失血的红日在他眼里突然幻成了一轮苍白的圆月，转瞬间，又化成了诸葛丞相忧郁而憔悴的脸。

姜维耳边突然响起了一阵飘忽的呐喊，伴着悠长的唢呐声，他清楚地分辨出那是熟悉而又陌生的乡音：

当归——当归——胡不归——

他闭上了双眼。

最后一刹那，姜维可曾闻到那缕缕纠缠了他三十五年的幽幽药香？

姜维有好几个墓，分别在家乡甘肃天水、在四川剑阁、芦山、江油，等等，孰真孰假争论不休。

难题在于，姜维死后被愤怒的魏军暴尸荒野，没有妥善安葬。像芦山姜维墓据说就只是掩埋着姜维的胆：史籍记载，姜维被剖尸，胆如升大。而故乡的姜维墓，也只是一个衣冠冢。

明月下，冷风吹。

三分终于归晋。今夜，姜将军孤魂当归何处？

相关医药知识摘录：

道地药材：由于地理环境复杂，各地水土、气候、日照、生物分布都有区别，因此同一品种的药材，由于产地不同，质量存在着明显的差异。其中将质量最好的，即历史悠久、产地适宜、品种优良、产量宏丰、炮制考究、疗效突出等带有地域特点的药材，称为道地药材。如当归，主产于甘肃东南部，以岷县产量最多，质量最好。

著名道地药材举例：

四大怀药：怀牛膝、怀山药、怀菊花、怀地黄。

四大南药：砂仁、益智仁、巴戟天、槟榔。

浙八味：浙贝母、杭菊花、杭麦冬、白芍、白术、玄参、延胡索、温郁金。

十大广药：巴戟天、广地龙、高良姜、化橘红、金钱白花蛇、春砂仁、广佛手、广陈皮、沉香、广藿香。

服石时代

——魏晋名士的危险快感

那是几卷翻动时册页间会响起衣袂飘扬声的史书。

"魏晋风度"。历朝历代，大概那一两百年的人活得最潇洒——有时甚至潇洒得不太像个人了。

在那个时代中随便挑个日子吧。东晋的某个雪天。旷野中，有一人披件鹤氅，大袖翻卷，踏雪而行。雪花纷飞，依稀可见那人眉目如画。有人刚好看到了这一幕，不由得感叹了一声："这真是神仙中人啊!"这声感叹，居然被写入了《晋书》。

雪中人名叫王恭，时任青、兖二州刺史。

但这时如果有人走近这位活神仙，陪他走一段路，便很可能会发现，此公似乎正在忍受着巨大的痛苦：全身微颤，五官不时抽搐，但又不像是冻的——尽管他在严寒里坦着胸怀、着双木屐，而鸟羽编成的鹤氅也并不保暖——因为他的头顶蒸腾着热气，没有一片雪能停留在上面。

最奇怪的是，这位神仙眼光迷离，神情恍惚。

但当时人是见惯这种神情的，他们一眼就能看出，王大人定是刚服了药。

服了五石散。

魏晋两朝，主要时尚之一便是服食五石散。

顾名思义，五石散就是以五种矿石为主，加上其他一些药物配成的散剂。一般说法，五石指的是石钟乳、石硫黄、白石英、紫石英和赤石脂，有人认为另外还有一种含砷矿物礜石。

服五石散其实是很麻烦的。吃药之后，必须疾走狂奔，闹出汗来散发药性，称为"行散"，后世"散步"一词便是由此而来。而且很痛苦，散发之后全身火热，之后又发冷——这是自然的，因为先前的热不过是提前消耗能量罢了。对付这冷却不能喝热汤，也不能多穿衣（事实也穿不了厚衣，发烧之后皮肤敏感，易磨破，只好穿些轻薄宽大的，倒也由此形成了魏晋穿衣潮流，留给后世一种飘逸的印象），用鲁迅的话说："倘穿衣多而食热物，那就非死不可。"总之，服石之后要"寒衣、寒饮、寒食、寒卧，极寒益善"，越冷越好，除了酒要温的。简直有点像自虐。

王恭有服石习惯，那日雪中漫步很可能正在行散。

但仅是麻烦、痛苦还好说，服五石散还很危险。且不说礜石一类的砷化物含有大毒（砒霜就是砷化物中的一种），仅硫黄等五种矿石的温燥药性就已经相当霸道，服用后人体燥热亢奋，极易中毒，轻则痈疮溃烂，重则致残丧生。医家称此为"寒食散发候"，还出现了专门发散和解毒的药方。但再多的解散方也不能避免中毒：陶弘景就提到过有人根据古法解散，冷水淋身满二百罐，登时僵毙，另一人则因为无法出汗，把自己关在小房间里四角点起火炉熏蒸，也当场送命。

谁也数不清几百年间究竟有多少人死于这五石散；服散风气到了隋唐后慢慢平息就是因为死人终于死够了、死怕了。编了《针灸甲乙经》的名医皇甫谧，自己就是服散不当，隆冬腊月还得光着身子嚼食冰块来压制石毒，吃尽了苦头，甚至闹着要自杀，提起五石散就咬牙切齿的；最后还是治不好，委顿而死。药王孙思邈在《千金要方》中更是感慨："宁食野葛（一种毒药），不服五石，明其大大猛毒，不可不慎也。"

如此凶险的五石散，为什么还能一代代风行下去；王恭他们，为什么热衷于往嘴里倒这些要命的石粉呢？

服石的风气据说是名士何晏所创。何本是曹操的养子，后来被招了女婿，长得很奶油，并以此自喜，"美姿仪而绝白"，"行步顾影"。鲁迅说他是"吃药的祖师"："他身子不好，因此不能不服药。"先生没点明，他身子不好是因为长得漂亮消耗太大：帅哥当然被女人喜欢，何况他也一样喜欢女人。《三国志》明言此公"好色"，时间一久势必掏空了身子，如时人评他的相"魂不守宅、容若槁木"，帅哥几乎成了色痨。

服石的记载最早可以追溯到战国。但大多数学者认为，五石散的源头应该是东汉名医张仲景的两个方子："侯氏黑散"与"紫石寒食散"，原本用来治疗"五劳七伤"与"伤寒"；何晏一日不知得了什么神启，把这两个方子合并加减成了五石散，带头吃起来。

如前所述，五石散药性燥热，这种霸道的兴奋对于虚劳病人作用很明显，如果用于房事，自然能壮阳。服用五石散后，何晏快活极了，兴头上还说了一句著名的广告语："服五石散，非唯治病，亦觉神明开朗。"另一些得了滋味的人也加油添醋，一吹再吹，简直把五石散吹成了长生不老药。

妙人儿如此赞誉，于是此风大行于世，而且一行就是几百年。

不过，将"五石散"简单定性为房中药，也不确切。毕竟服石的狂热信徒中，多有僧侣。客观分析，魏晋人服石，大致有三个目的，补虚、长生，末流才是增强性功能。

起码，早期服石的名流中，稍晚于何晏的嵇康，服食五石散，便是为了养生。

与何晏纵情声色相反，嵇康相当爱惜自己的身体。

史载嵇康"性好服食，尝采御上药"。他的诗文也常提到修仙，如在《养生论》中他认为虽然神仙不是强学可成，但如果"导养得理"，那么"上获千余岁，下可数百年"，还是有望实现的。并且他似乎有种自傲，觉得自己不是凡人，应该能修成正果：多有"俗人不可亲，松乔（传说中的两位仙人）是可邻""长与俗人别，谁能睹其踪"之类言辞。对如何养生，他也有一套心得："修性以保神，安心以全身；爱憎不栖于情，忧喜不留于意；泊然无感，而体气和平。又呼吸吐纳，服食养身，使形神相亲，表里俱济也。"还常拜访高人，学习长生之术。

但有个高人却一眼看出了嵇康别说修长生，连性命都可能难以善终。

苏门山中有位著名的隐士孙登，嵇康曾随其云游采药，但这孙登总是默然不应嵇康的任何问题。最后要分别了，嵇康无奈地说："先生竟无言乎？"孙登终于开了口："子才多识寡，难乎免于今之世。"意思是你虽然才学很好，但见识太少，在当今这个世道想保全自己，难啊！

"今之世"——那到底是个什么世道呢？

十六国后赵的建立者，羯人石勒，很看不起嵇康所在的那个时代，讥笑说："大丈夫行事当磊磊落落，如日月皎然，终不能如曹孟德、司马仲达父子，欺他孤儿寡妇，狐媚以取天下也！"汉末以来，围绕着那张残缺的龙椅接连上演了无数场残酷的政治斗争，嵇康采药时正值司马氏集团得势，摩拳擦掌准备篡魏。司马氏比起当年曹操更加毒辣，《晋书》云"魏晋之际，天下多故，名士少有全者"，短短一句话，包含着多少的恐怖和悲愤！第一代服散名士何晏、夏侯玄，就是因为拥曹而死在了司马氏手中。

曹家的衰微已经不可挽救，形势越来越明朗，司马氏离宝座越来越近。在迈出最后一步之前，他需要试探人心，就像当年赵高指鹿为马那样。于是他一手握刀、另一手捧着爵禄，四顾朝野——

目光森然流转，一片传说中的竹林，就此被推到了风口浪尖。

"嵇康居山阳，所与神交者惟陈留阮籍、河内山涛，豫其流者河内向秀、沛国刘伶、籍兄子咸、琅琊王戎，遂为竹林之游，世所谓'竹林七贤'也。"（《晋书·嵇康传》）

"竹林七贤"，如果代以现代词汇，差不多就是一个由当时最具影响力的名士组成的在野党，抑或说反对党。

把竹林名士视作反对党是有根据的，确切说，他们反对的其实不仅是当时的政治，而是整套维持政局的儒家礼法。嵇康说过一段著名的批判儒礼的话："六经以抑引为主，人性以从欲为欢……固知仁义务于理伪，非养真之要术；廉让生于争夺，非自然之所出也。"

当然，七贤的思想并不完全一致，但渴望挣脱世俗束缚，追求心灵最大的自由，则是他们共通的。这个群体一经缔结，其狂放不羁就在朝野间掀起了一重又一重的大浪。

他们的身上，似乎每时每刻都散发着酒气，竹林七贤的名号其实大半是醉出来的。而且喝酒时经常不穿衣，不戴帽。喝得最狠的是刘伶，某日有客上门，恰逢他赤身裸体喝酒，客人因此责问，他回答说，天地是我的房屋，房屋就是我的衣服，你们为什么钻进我的裤子中来？《世说新语》还记了件至今看来还不可思议的事：七贤之一，阮咸，有次与族人一起大瓮盛酒围地聚饮，有群猪闻到酒香走过来，毫不客气地挤进鼻子也喝了起来；诸人正喝得开心，竟不去理会，在同一个瓮里人喝人的猪喝猪的，直到人猪都酩酊大醉。

仅是狂饮滥喝，倒也罢了，这群人还不时发布一些惊世骇俗的言论。比如阮籍，写了一篇《大人先生传》，"天地解兮六合开，星辰陨兮日月颓"，居然连上下古今也不承认，除了杯中酒，即使天地神仙也毫无意义。

更令人震惊的是，阮籍竟敢大肆赞扬上古时"无君而庶物定，无臣而万事理"，"君立而虐兴，臣设而贼生"，公然提倡无政府主义，否定了君臣存在的意义！

可想而知，竹林诸贤给恪守礼法的传统士人所带来的冲击。在他们眼中，这片竹林无异于洪水猛兽，必须予以连根拔起。司隶何曾，就曾经建议司马昭严惩阮籍："宜流之海外，以正风教。"

出人意料的是，弑过魏帝曹髦的司马昭，竟哈哈一笑，放过了阮籍。

让阮籍逃过一劫的，居然还是酒。

竹林七贤，尽管都不满时政，但政治立场却不尽相同。司马氏淫威之下，七贤其实在慢慢分化，已经有人，比如说山涛，主动投靠了司马氏，最坚定的当属嵇康和阮籍，因为他们与曹家有特殊的关系。阮籍与曹家是世交，自然心向曹魏；而嵇康，干脆就是曹操的曾孙女婿。

重压之下，竹林名士自有竹林名士的办法。多喝酒，少说话。喝他个天昏地暗，喝他个不省人事！

这法子阮籍用得很好。司马昭曾想与阮籍联姻，希望让儿子司马炎——后来的晋武帝——娶阮籍的女儿；阮籍得知此事后，一连醉了六十日，使媒人根本没机会开口，总算是躲了过去。

名士中也有奸细，钟会就是一个。他善于观风向，很早就投到司马门下，经常来竹林刺探，得料后便怂恿司马昭下手治罪。这招在阮籍面前失效了，因为他每次出现，阮籍都是一副东倒西歪的醉猫相，连话都说不成气。

正是酒，充当了阮籍与司马昭之间的缓冲剂，避免了清醒状态下忍无可忍的正面冲突。

然而，竹林诸贤们喝酒，并不只是为了避祸。

文章开头的那位王恭曾经提过一个有意思的问题："阮籍何如司马相如？"有人答得好："阮籍胸中垒块，故须酒浇之。"——的确，阮籍胸中垒块，岂是司马相如可比！

或许可以用这样一句话来形容阮籍他们的生存状况：一群经历着天崩地裂的无助孤儿。

汉武帝起，"天人感应、君权神授"的理论树立之后，君君臣臣父父子子，社会秩序基本是稳定的，每个人都能在所属的阶层找到位置，灵魂也能在一座相对稳固的精神殿堂中得以安放。然而东汉末年，随着政局恶化，皇帝或废或立、或囚或杀，被权臣如傀儡般玩弄于手掌；而整个人间，更是沦为弱肉强食的屠场，可对这一切，上天却不闻不问——董仲舒为帝国设计的大一统理论彻底被血淋淋的现实击成了齑粉。

王纲解纽，皇权坠地。黄钟毁弃，瓦缶雷鸣，光明与正义被粗暴践踏，曾经可以让人倚靠、供人寄托的信仰土崩瓦解——

天塌了！所有人都成了乱世漩涡中的浮沫：

彷徨、迷茫、焦虑、癫狂，究竟该如何面对这种幻灭的绝望？

酒，只有酒，能够氤氲出一个心灵的临时避难所。

或者还需要石头。

饮酒之外，嵇康服石。

"服五石散，非唯治病，亦觉神明开朗。"何晏此语其实不虚。药性散发之时，尽管肉体很难受，但精神却可以进入一种茫然恍惚的迷幻境界，俗世间所有的烦扰愤懑，都随着热气泄出了体外。那一刻，似乎世间所有的一切都已不复存在，什么阴谋、政变、杀戮、耻辱，甚至父母妻儿，统统化为乌有，浑不知今夕何夕，只觉得天地间一片混沌，而自己则在这混沌中浮沉偃仰。肉体越是难当，可能心灵越是爽快，全身燥痛之时，似乎能感觉到灵魂破皮而出，融散在无边的宇宙之中，真正与天地合为一体……这种体验是喝再多的酒也达不到的。

直到药性散尽，才颓然醒来，抹一把冷汗，长叹一声，跌坐在肮脏的泥地上。

内心深处，嵇康服散到底是为了长生，还是为了感受这片刻淋漓快感呢？

不幸生在这个被阮籍形容为虱子乐园的裤裆世界里，服散与醉酒，都是名士们想拔着自己头发逃离地面的无奈努力吗？

不过，若将阮籍嵇康等名士看成只会借酒浇愁躲避现实，倒也小觑了他们。喝酒之于竹林名士，不仅是退却，同时还是进攻。

正如有破还须有立，嵇阮诸人，并不甘心龟缩于用酒精营造的虚拟世界，而是希望，赋予这个世界以真真切切的活力，以代替丑陋而不可救药的现实世界。

后人称这种思潮为"魏晋玄学"。

某种程度上，嵇阮等人的醉里乾坤，正是玄学的精妙之处。

"恍兮惚兮，惚兮恍兮，玄之又玄。"玄学，听起来很玄，解释起来也许更玄，其实基本内容不过是道家老庄那套。

但是，道家思想能够成为一个时代的重要思潮，所反映出的意义却极其重大。

国家本是精神的产物，一个国家必须有一种立国的思想。大而言之，这种指导国策的思想直接决定了政权的盛衰。当年秦能一统天下便得力于法家不少；汉初天下疲敝，黄老清静之术正宜于休养生息；国力恢复后，为集权中央，法家申韩之术重新抬头；但法家服务的终究只是治权阶层，到底不够光明，仅凭强压势必不能长久，于是武帝罢黜百家，尊崇儒术，尽管多受人讥"外儒内法"，但毕竟从此儒学走到了台前，成为帝国的精神支柱。

但东汉后期开始，随着帝国危机日益严重而最终分崩离析，统治思想界近四百年的儒学开始遭受了质疑；另一方面，儒学本身的繁琐化、经学化，也令士人对其日益厌倦。

久据神坛的儒学，面临着前所未有的尴尬与危机。

乱世中的人们，尤其渴望心灵得到救赎；对儒学失望之后，老庄道家重新进入了他们的视线。

魏晋玄学，开山鼻祖同样可以追溯到那位何晏：除了"吃药的祖师"，他还是"空谈的祖师"——很多时候，玄学，也被称为"玄谈"，或者"空谈"。风流公子只是他的一个方面，实际上，他还是一个相当优秀的思想家。正是他和同时代的王弼，第一个在思想史上提出了"名教"与"自然"是二还是一的问题。

所谓"名教"，也称礼教，即儒家三纲五常等伦理道德；而"自然"，则是遵从造化、万物归于虚无之类的道家思想。简单说，何晏首次将"道"，抬高到了与"儒"平起平坐的高度。

何晏更大程度上只是提出问题，不久之后，以嵇康、阮籍为领袖的竹林名士，高调地向天下亮出了他们对于儒道两家的态度：

"越名教而任自然！"

这七个字，无异于一道激烈的檄文，宣告了他们已然皈依道家，而与儒家的彻底决裂：

"礼岂为我辈设也？"从此之后神游太虚，再不受儒家任何礼法的约束！

于是，嵇康阮籍成了孔门的叛徒、儒教的罪人——

直到一百多年后，有人还对阮籍等人恨之入骨：如后秦姚兴时期的黄门侍郎古成诜，听说某人倾慕阮籍，也学着阮籍在母丧期间弹琴饮酒，居然恼得拔剑上门刺杀。

至于"空谈的祖师"何晏，更是被某些人视为罪恶深于桀纣，甚至认为正是经他奠基的玄学，最终导致了晋室的覆灭。

然而，一千六百多年后，另一位同样被很多人目为叛逆的哲人——鲁迅，却指出，很可能阮籍和嵇康才是名教真正的卫道士。

"魏晋时代，崇奉礼教的看来似乎很不错，而实在是毁坏礼教，不信礼教的。表面上毁坏礼教者，实则倒是承认礼教，太相信礼教。因为魏晋时所谓崇奉礼教，是用以自利……于是老实人以为如此利用，亵渎了礼教，不平之极，无计可施，激而变成不谈礼教，不信礼教，甚至于反对礼教。但其实不过是态度，至于他们的本心，恐怕倒是相信礼教，当作宝贝，比曹操司马懿们要迂执得多……因为他们生于乱世，不得已，才有这样的行为，并非他们的本态。"（《魏晋风度及文章与药及酒之关系》）

鲁迅所言有据。《晋书·阮籍传》云："籍本有济世志"；他曾有诗："昔年十四五，志尚好书诗；披褐怀珠玉，颜闵相与期。"颜闵为谁？孔门高弟颜回、闵子骞也！明显，阮籍也曾有过一番雄心，想用儒术兼济天下。而嵇康，"家世儒学"，明显也是在礼法熏陶下成长的。

"老子、庄周，吾之师也。"（《与山巨源绝交书》）或许，老庄典籍中，对竹林名士影响最大的是《胠箧》篇：

一只箱子重重缠绕道道紧锁，可遇到真正的大盗却丝毫无用——

他们连锁带箱扛起就跑，反倒担心箱子捆扎不牢撒了一地。

礼法，不就是帮助大盗捆绑天下人的绳索锁栓吗？

满目皆是道貌岸然的大盗。为何不索性剪断绳索、砸碎锁栓，将整只箱子翻个底朝天，将所有的一切，无论青红皂白、香臭美丑，统统袒露在太阳底下呢？

为卫道而毁道，其中苦涩，又有多少人能够理解？

从另一个角度，"越名教而任自然"，却也是一次思想的解放。挣脱礼法束缚，独立于已经僵化的社会组织之外，以自由的眼光重新审视世界，未尝不是一次个人的觉醒。某种意义上，具有如同西方"文艺复兴"类似的意义，日后王羲之顾恺之等人的成就，此时便已埋下伏笔。

然而，信仰的重铸，需要足够漫长的时间和机缘，阮籍嵇康，注定要倒在中途。而任何一个旧信仰崩塌、新信仰未立的时代，沉睡的人都远比清醒的人幸福：

阮籍出游，行到山穷水尽之处，不再有路，悲从中来，捶胸顿足放声大哭。

刘伶乘着鹿车，载着酒一路喝去，让人扛着铁锹跟着，说："死便埋我。"

嵇康则光着膀子对着熊熊烈火，狠狠地锤打着铁块。

当然，还有必不可少的饮酒、服散、长啸、青白眼……

竹林收容的，都是那个时代最敏感、最孤独、最痛苦的灵魂。

阮籍的儿子也想参加竹林之游，阮籍却断然拒绝；嵇康诫子：待人尽量和气、宁可庸碌也不可张扬，甚至连酒也不能多喝……作为父亲，无论阮籍还是嵇康，都不愿意下一代人继续走自己的老路。

然而，摇曳的竹枝，掩盖了他们的真实面容，致使后人迷惑于竹叶萧萧的风姿，却忽略了竹根深处的酸楚。

后世所仰望的，不过只是这片竹林筛下的斑斑点点的碎影。

就算有一只巨手一直在蹂躏着这多灾多难的人间，也得休息片刻。晋夺了天下后，满目疮痍的大地摇摇晃晃，终于慢慢稳了下来。刘汉、曹魏俱已成为劫灰，替代之间的恩怨也随着杀戮老死逐渐变得淡泊。板荡多年甫得安宁，举国上下好了伤疤忘了痛，开始享受这来之不易的和平。习俗越来越豪奢，风气越来越萎靡，世家子弟不用苦学、不用力行，仅凭门荫，便可平流进取坐至公卿。如此一步到位，精力无处可用，闲暇无聊，人人学起了名士。

他们按着自己肤浅的理解来回味从前的时代。对着镜子，蘸了胭脂水粉描抹几笔，把镜中人想象成前代的风流名士；又根据涂改过的镜中人重新打扮自己，摇摇摆摆，从此自己也应该是一位翩翩名士。揽镜自照，沾沾自喜。

但再明亮的镜子也只能照出皮肉，无法映出光彩背后的筋骨热血，更无法传达刻骨的疼痛。

但后起的名士其实并不想真切地体会那种疼痛，他们自有一套讲究。或许，他们最需要的，只是为躲避礼法约束、肆无忌惮的享受寻找一个似是而非的理由。

还是那位王恭，有句名言流传至今："名士不必须奇才，但使常得无事，痛饮酒，熟读《离骚》，便可称名士。"——他可知道？竹林深处自有一部《离骚》!

当然，要做名士最好还得服五石散。这习俗甚至传到了北魏鲜卑族。孝文帝时朝野流行服散，一日有人躺在路中宛转称热，说是服散石发；别人看他不像吃得起散的（五石散药材昂贵，乃至服散一度成为身份的象征），便问他何时服的散，他答："我昨天吃的米里面有石头，现在发散了。"

且莫笑他，任何人服石，到头都只能落个笑话。

服散确实是件可笑徒劳的事。

伤身的酒能救阮籍的命，但五颜六色的石粉却阻挡不了伸向嵇康的屠刀。

试探过阮籍的钟会同样试探过嵇康。他走到嵇康面前时，嵇康并没在喝酒，而是与向秀在柳树下打铁——打铁是嵇康极具个性的一大爱好。嵇康理也不理，顾自干活。过了很久，钟会无趣要走。按说一言不发倒也保险，可嵇康最后还是刺了钟会一句："何所闻而来？何所见而去？"钟会答得也妙："闻所闻而来，见所见而去。"冷笑着走了。

嵇康其实一辈子也学不了老庄。对此，他自己也有认识。他曾说过"（阮籍）口不言人过，吾每师之，而未能及"，而自己"刚肠疾恶，轻肆直言，遇事便发"。他岂不知在这世道只有像阮籍那样"喜怒不形于色""口不臧否人物"，最多翻个白眼才能安全一点，可硬是忍不过、改不了。

孙登应该就是看出了嵇康的这种性格。他的临别赠言另有一个版本："君性烈而才俊，其能免乎？"说你嵇康难免于今之世，是因为性子太烈。你自己写得很好："爱憎不栖于情，忧喜不留于意"，但只是空话，血太热的人，根本不能忘情世事，怎么能修道养生？

一言成谶。

钟会的谗言与嵇康自己"非汤武而薄周孔"的高论，给了日夜想做汤武二王的司马昭足够杀他的理由。

原本司马昭看这群名士就很不顺眼：自己煞费苦心高标礼教，可这群酒鬼老是挤眉弄眼阴阳怪气。不过那群人里还是有识相的，山涛、王戎就早早站好队了；就算阮籍老是敷衍，可也没敢拉下面皮。就只嵇康最硬气，想抬举他做官，却大摆臭架子，老朋友山涛来做思想工作，竟然翻转面皮，洋洋洒洒写了文章要与他绝交；此外听钟会说他与那些反贼眉来眼去关系暧昧，看来是留不得了——也好，就从那片竹林中挑出这根最硬的竹子试试刀！

四十岁的嵇康盘膝坐着。

他今天没喝酒，也没服五石散。他感到从未有过的清醒。

从此再也不需要这些东西了。他再也不用一次次劳而无功地逃离这个龌龊的世界，因为这个世界今天终于要彻底释放他了。他记起了《老子》里的那句话："吾所以有大患者，为吾有身；及吾无身，吾有何患？"

嵇康仰起头，看看天。天气不错，出太阳，有风，不冷，也不热。

他低下头来，眼光扫过四周。他坐在一个高台上；守台的武士拼命拦截着一浪又一浪涌来的人潮——不知有多少人号啕着、喊叫着想扑到台前，还有很多人手里高高举着酒壶，声嘶力竭地呼唤着自己的名字。看着那无数张泪流满面的脸，嵇康突然觉得心中一热，但随即又仰起了头。

阳光斜斜照着，应该还有点时间。

他突然开口："取我的琴来。"他说得很轻，但好像连最远处的人都听到了，因为全场的嘈杂声立刻停了下来。

"铮——"嵇康随手一拂，高台仿佛震了一下，所有人的呼吸都为之一窒。

嵇康闭上眼，信手弹去。人们似乎看到有朵乌云从他的琴弦间升起，慢慢升到半空中；乌云中隐隐有风雷之声，又好像有马嘶虎吼、兵戈交击，还有人在乌云最深处纵声长啸……

琴音越来越高亢，那朵乌云越升越高，终于，砰一声在空中炸得粉碎。

天还是那块天，冰冷的阳光直射了下来。

嵇康把琴推了出去，长叹一声："《广陵散》于今绝矣！"

他紧闭双眼，再不说话，散乱的长发在风中飞舞。

一双青筋毕露的大手提起了那把新磨的鬼头刀。

临刑前，嵇康将只有十岁的儿子嵇绍，托付给了因劝自己出仕而与之绝交的山涛。当时山涛已是司马昭集团的红人。嵇康告诉嵇绍："山公尚在，汝不孤矣。"山涛没有辜负嵇康，尽心抚育嵇绍，直到成人。

嵇康死后，向秀，也就是当年与他一起打铁的竹林同志，终于出山，接受了司马昭的官职；入都之后，司马昭问他："听说你有意隐居，为什么来我这里？"向秀回答："巢父、许由（古代著名的隐士）孤高傲世，并不值得赞赏。"听闻此言，满座欢喜。

向秀还作了一篇论文，表达与嵇康"越名教而任自然"不同的观点：人既然生活在现实当中，就做不到"绝五谷、去滋味、寡情欲、抑富贵"，所以不能摆脱社会规则，而应该"求之以道义、节之以礼"。

至于无君无臣，更是荒谬绝伦的酒话。

野马重新被系上笼头，最后一片叶子铿然坠地，从此人间再无竹林。

不过，若据史家陈寅恪先生考证，"竹林"云云，只是后人取佛家"竹林"之名，比附于嵇阮诸贤——

如依此说，天地之间，本来就没有存在过那么一片竹林。

相关医药知识摘录：

散剂：中药传统剂型之一，指将药物各自研碎，均匀混合而成的干燥粉末。有内服与外用两种。内服可直接冲服，亦可临用时加水煮沸取汁服，还可加茶、米汤、酒等调服。

中药传统剂型：汤、丸、散、膏、丹、酒、露、锭、条、捻等。

《针灸甲乙经》：为中国现存最早的针灸学专著。该书集《素问》《灵枢》与《明堂孔穴针灸治要》三书有关内容分类合编而成，原名《黄帝三部针灸甲乙经》，简称《甲乙经》；晋皇甫谧编撰于公元 259 年。皇甫谧本为史学学者，中年患重病，始研针灸医术，终成一代名医，被誉为"针灸鼻祖"。

《千金要方》：原名《备急千金要方》，简称《千金要方》或《千金方》，古代中医学经典著作之一，被誉为中国最早的临床百科全书，唐代孙思邈著，约成书于永徽三年（652 年）。该书集唐代以前诊治经验之大成，对后世医家影响极大。孙思邈认为人命贵于千金，而一个处方能救人于危殆，价值更当胜于此，因而命名。

远志小草

——淝水两岸

两晋南朝，世族名流好服食养生，多对医药有些研究。且不说医学史上名声赫赫的皇甫谧、葛洪、陶弘景等大家，连行伍将军亦有精于岐黄者。如东晋时曾两次主持北伐的殷浩便是其中高手，史称"妙解经脉"，有次居然只用一剂便治愈了一个百岁老人的痼疾。

但殷浩打仗却不如用药那么在行，北伐惨败，耗尽了朝廷多年积累的器械军储，被废为庶人。从此大权尽入桓温之手。一日，有人送了桓温一些草药——想来此公也有此好。他在药篓中挑挑拣拣，举起了一株，在座的人都认识，那是远志。这时桓温问了一个有意思的问题："此药又名'小草'，为何一物而有两名呢？"他斜睨着坐在身边的谢安，似笑非笑。

严格说，在医家看来，远志与小草并不是同一物，而是同种植物的不同部分：苗，也就是地上的茎叶称为小草；根才叫远志。两者功用也不尽相同，远志属于安神药，用李时珍的话说是能"益智强志"——这便是远志得名由来，可宁心安神、祛痰开窍、消痈肿，用于惊悸、健忘、梦遗、失眠、咳嗽多痰、痈疽肿毒等症；而小草却没有祛痰作用，只能益神、补阴气、止虚损。成书于北宋的《本草图经》说得明白："古本通用远志、小草；今医当用远志，稀用小草。"

也不知谢安是不是知道这些，但没等他应答，旁边有人已经高声替他回话了："这很好理解，处则为远志，出则为小草嘛！"这人也是行家，说到了点子上，处，藏在地下便是远志；出，发出苗来便成了小草。

可这时谢安的脸上，却不自然起来，据《世说新语》所记，是"甚有愧色"。须知谢安一生极有气度，有次泛海出游风浪大作，别人都吓得面无人色，而他却还能吟啸自若，怎么这寻常一句话，居然能令他变了脸色呢？

桓温看着谢安，笑嘻嘻地说了一句："这话倒说得极有意趣。"

谢安更是忸怩。

桓温他们很高明地调侃了谢安一下，意思是你这株积年的远志到底还是出来做了小草。

这年，谢安出任桓温帐下的司马。

尽管官职不高，但谢安的出仕震动了整个东晋。有句话在朝野间流传了多年："安石（谢安字安石）不肯出，将如苍生何！"几乎把谢安视作了救世主。可他一直无意仕宦，辞退了朝廷的多次召辟，甚至惹恼了朝臣，上书劾奏，既然给你脸不要脸，那就依法办事，禁锢你终身不得为官。他也不在乎，还是在会稽的东山一带，与王羲之等名流一起日夜游山玩水。做桓温的司马时，他已经四十岁了。

安石终于出了山，按理应该庆幸才是，怎么竟还有人调侃他由远志变成了小草呢？谢安自己也感到惭愧，难道在他心目中，居然还有比应时奋起、大济天下更高远的志向吗？

只能说那个时代实在太潇洒了，做一个劳碌的大臣远比不上做一个隐士来得超迈脱俗。远志小草之说，便是揶揄谢安由高士沦落成了俗人。且不细究其中是非，谢安能够在历史上享有大名，却应该是靠了他出山后的作为；否则，他最多像严子陵、林和靖那般，名声再大也是缥缈而平淡；并且类似的人谢安那个时代已经太多了，他一定会很快淹没在历史的烟云之中，成为第二流的古人。

远志刚刚抽芽，谢安的事业在他四十岁这年才真正开始。

直到六十六岁病逝，谢安的业绩是稳定了东晋政局，发展了国力，尽了一个朝廷当家人的责任；而且做得很有自己的特色：为政宽恕，事从简易；加之博学多才，风度优雅，不能不令后人感慨："江左风流宰相唯谢安耳！"

而他一生的巅峰，则出现在公元 383 年。

那年，在谢安主持下，淝水大捷。他只用了八万人马，便使前秦苻坚百万大军灰飞烟灭。

数百年后，李白想起这一役还是抑制不住地激动，幻想着自己也能有一日如谢安那般为自己的国家轻描淡写地化解一场劫难：

"但用东山谢安石，为君谈笑静胡沙。"

淝水之战，是历史上最著名的以少胜多的战争之一。然而仔细看了一番史料后，却不得不长叹一声，谢安乃有运之人也！

苻坚实在是输得有些莫名其妙。

苻坚也有他的远志。伐晋之前，他曾与高僧道安一起乘辇出游，道安想劝阻他息兵，万乘之主何必如此辛苦奔波！苻坚慨然回答："我岂是因为疆域太小、人口太少而征战呢？只是想统一天下，大济苍生啊。天生万民，为他们树立君主，正是为了替他们除烦去乱，怎么能怕辛劳呢？"

有志气的人不一定有本事，但苻坚不是一个只会做白日梦的平庸之辈。西晋垮台衣冠南渡，北方大乱，少数民族纷纷登台争战，史称"五胡乱华"。苻坚属于五胡之一的氐族，二十岁政变得位。当政后"盗贼止息，请托路绝，田畴修辟，帑藏充盈"。很快羽翼丰满，并于公元 369 年开始了统一北方的征战。次年灭前燕；公元 373 年攻取东晋梁、益二州，西南夷邛、莋、夜郎等小国降附；公元 376 年灭前凉，同年，乘鲜卑拓跋氏内乱，灭代；公元 382 年，派吕光进驻西域。此时前秦版图"东极沧海，西并龟兹，南苞襄阳，北尽沙漠"，疆域之大，远远超过十六国中任何一国及后来的北魏；从朝鲜半岛的新罗、东北的肃慎，到西北的大宛、康居、于阗以及天竺等六十二国，俱皆遣使贡物。于是，扫平北方的苻坚眼前只剩下了一个猎物：东晋小朝廷。

从淝水之战前的历史地图上看，前秦的势力覆盖了整个中国的三分之二以上，触角一直伸到当今云南边界，看起来就像一头巨兽大张了嘴，准备一口吞噬蜷缩于东南一隅的东晋。

客观来说，淝水岸边的苻坚离实现一统天下的志向真的只有一步之遥。

淝水一仗，留下了好几个著名的成语，投鞭断流是第一个。公元 382 年 10 月，苻坚在太极殿大会群臣，提出了伐晋大计。他举杯在手，踌躇满志："自我继承大业，至今已近三十年。如今四方大体平定，唯东南一隅不肯归降，每当念及天下尚未一统，我食难下咽。现我军约有兵力九十七万，我准备亲征伐晋，诸位意下如何？"群臣一片哗然，居然没有几位支持苻坚此志，反而纷纷劝谏，甚至还抬出了天险、星相做依据。苻坚不悦，毅然道："我有强兵百万、粮草器械如山，投鞭江中足以断流！我志已定，伐晋！"

次年七月，苻坚颁布伐晋令，百万大军浩荡南下。

但短短三个月之后，苻坚却单骑逃回了淮北，身上还中了一支流箭。

淝水之战，历代有人评析，从军事角度看，苻坚确实犯了大忌。这次史上空前规模的百万大出兵，听起来声势惊人，但冷兵器时期没有现代运输技术，战线势必拉得很长。苻坚抵达河南项城时，凉州兵方到咸阳，蜀汉兵才坐上船顺流而下，而幽冀兵已行到徐州彭城，东西绵延万里，百万力量其实发挥不出几成。

但尽管如此，东晋还是处于岌岌可危的境地。毕竟双方兵力差距太大，苻坚如若稳扎稳打，聚集兵力，确实能用压倒优势轻易粉碎东晋的防守。当时一位将领便曾对此加以分析："如秦百万之众尽至，的确难敌。所以晋能做的，只能是乘着诸军尚未到齐迅速出击；只要败其前锋挫其锐气，就有可能破敌了。"

是苻坚自己派人去为东晋出主意的。说出上面这番话的人名叫朱序，原本是东晋襄阳守将，兵败被俘，苻坚任命他为度支尚书。苻坚认为在百万大军面前，东晋只有投降一条路，于是命朱序前去劝降。但朱序一到晋营便背叛了苻坚，劝降变成了泄密加参谋。晋将听从建议，率五千精兵主动出击，打了一个胜仗。但也不过使苻坚损失了一万五千人，根本伤不了筋骨，东晋仍然面临着灭顶之灾。

可晋军主力还没真正发起冲锋，苻坚就一败涂地了。

某种程度上可以说，率军百万的苻坚败在了区区一个朱序身上——朱序的一阵呐喊挽救了他的故国。

正当秦晋两军隔水对峙时，苻坚收到了晋军将领谢玄的一封信，竟然要求秦军稍往后退，以便他们渡河一战定胜负：

"君悬军深入，置阵逼水，此持久之计，岂欲战者乎？若小退师，令将士周旋，仆与君公缓辔而观之，不亦美乎！"

信写得很漂亮，但这样的要求却有违常理：以微弱的兵力在严阵以待的强敌面前渡河，其实无异于自杀——兵法中有一招绝杀技：半渡而击，河水把对手拦腰断为两截，等于兵力再缩减一半。晋军既来送死，苻坚自然笑纳。安排好袭击半渡晋军的骑兵后，他冷笑着命令大军稍稍后撤。

符坚正期待着这场想象中最后的屠杀，但正当几十万战靴橐橐地往后踩着沉重的步子时，角落里突然传来一声凄厉的号叫："秦军败矣！秦军败矣！"——朱序发力了。在没有无线电与扩音器的时代，调动如此巨大数目的军队是件很麻烦的事，指挥必然笨拙而迟钝。其实朱序的呐喊也不能传达多远，他不过是在军团的脚后跟蓦地用针扎了一下。但这已经足够了，就像在一个巨大的火药桶慢慢倾斜时猛地推了一把，同时点燃了引信。

燃烧的火药桶轰然倒向自己的后方：军惊了！军惊对于数量越大的军队杀伤力最大，处于紧张状态的士兵是极容易恐慌的，况且前几日的败仗确实挫伤了秦军的锐气，连符坚都有过草木皆兵的畏惧。恐慌就像瞬间致命的病毒，一个朱序传给十个士兵、十传百、百传千、千传万、十万、二十万……涟漪迅速扩展，原本缓缓后退的大军顿时变成失控的巨浪，扭头照着自己的胸膛咆哮着打来！

后面的秦军还没收到撤退的命令，前面的战友便已经由后退变成了快跑，不少人还没搞清楚发生了什么事便被同伴重重践踏倒地，腹裂肠出；凭着求生的本能，剩下的人只能被裹挟着跑……快跑变成了疾奔，疾奔变成了奔命……

晋军乘势挥军大进。

谁能止住几十万奔得口吐白沫的挣命大军？秦军前线总指挥、符坚倚为肱骨的爱弟符融成了挡车的螳螂，被碾成了一堆模糊的血肉。

这次奔命也为后世留下了一句成语：风声鹤唳。可怜数十万秦军，听到任何响动都以为是晋军追了上来——甚至听不得风吹的声音和野鹤的鸣叫，只能挣扎着再跑，直到体力耗尽，倒毙于荒野。

鹤唳声中，前秦军团灰飞烟灭，连符坚乘坐的云母车，都成了晋军的战利品。

"朕若听了朝臣的忠告，怎么会到今天的地步呢？今后我还有什么脸面治理天下啊?"喘息定后,回顾污血淋漓的来路,苻坚不由得潸然泪下。

一意孤行的苦果,必然得一身承担。

有人说,苻坚下达的撤退命令本身就足以引起混乱,朱序于其间的影响并没有想象中那么大,但苻坚派朱序去劝降肯定是个错误——朱序毕竟是晋人、汉人。

问题还在于,如果以国家、民族划分,他用错的人远不止一个朱序。

在历史上,很少有人能做到如苻坚那样对降敌的宽宏大量,可以说,他是中国历史上最有绅士风度的征服者。对于战败投降者,他很少开杀戒。

先说他的同族对手吧。公元 380 年,族人苻洛叛乱,苻坚遣使劝告:"天下尚未一统,你我兄弟,不比他人,为何反叛呢?你若收手,我定将幽州作为你世代封地。"苻洛对使者的回话是:"你回去转告东海王(苻坚未登位前的封号),幽州太小太偏,容不下万乘之尊。我要君临咸阳,如果他能到潼关接驾,我可还他从前的封爵。"苻坚这才无奈用兵,很快平乱,苻洛被生擒。按理如此狂妄悖逆之徒理该碎尸万段才是,可苻坚只是把他迁徙凉州而已。相比历代皇家数不胜数的手足相残,格外令人唏嘘。

前秦合并北土后,境内杂处多种民族,如鲜卑、匈奴、羌人等,当然还有数量最多的汉人。对被他灭国的所有异族君臣,如前燕、前凉等,苻坚一概优容,封爵拜侯;并且,苻坚给他们的竟然不是养老性质的虚衔,而大多是真金白银的要职,甚至还常有领兵作战的。

相反,苻坚对本族人并不特别优待。他很支持汉人王猛打击氐族跋扈的豪强。为了给他撑腰,苻坚还杀了一个老资格的氐族权贵,甚至在氐族公卿攻击王猛时以帝王之尊帮着汉人王猛破口大骂。

符坚的族人很反对这种胳膊肘朝外拐的民族政策，尤其害怕虎视眈眈的鲜卑等异族寻机报复。有人提出来："这些慕容鲜卑是我们的仇敌，现在却布满朝廷，实在令人担忧啊！"符融说得更直接："虎狼不能驯养，陛下务必要留心！"符坚的回答却是："如今天下未宁，百姓应该安抚，夷狄应该和好，我既然要混同六合而为一家，便应当将各族同视为家中赤子，你们就不必多心了。"

民族矛盾，历来都是最难解决的，"华夷大防""非我族类，其心必异"，直到孙中山，革命之初还是打着驱除鞑虏的口号。而一千六百多年前的符坚竟然有如此襟怀，不禁令人动容。不难窥见，符坚的胸中，能容得整个天下，而他的眼光，也已经超越了民族界限。

能超越民族界限，那么门第界限更是不在话下。王猛，不过是个贩畚箕为生的穷小子，却有杰出的才能。桓温北伐入关时，他曾上门求见，披着破衣扪虱一席谈，博得桓温由衷赞叹："江东无人可与你相比！"便想请他一同南下，王猛坚决拒绝了，因为他知道东晋容不下他这样出身的寒士。而符坚一见王猛便大喜，道："我遇见你，就像当年刘备遇见了诸葛亮！"从此重用，曾在一年中五次擢升，官至丞相，终其一生荣宠无比，权倾朝野，辅助符坚干出了一番事业。

符坚应该是那个时代胸襟最广阔、眼光最远大的人。

是的，他看得很远，出征伐晋之前便为东晋君臣安排好了官职，晋帝为尚书左仆射，谢安为吏部尚书，并为他们在长安造好了官邸等着入住。

悲哀的是，任何人都不能超越时代。看得太过高远的人，往往会对脚底的深渊视而不见，也往往因之而万劫不复。

谢安又能看到多远呢？

回头看看他入仕做小草时的情形吧。谢氏世家大族，家门富贵，但在谢安出山前三年，顶梁柱谢尚死了，谢安的哥哥谢奕接班；第二年，谢奕也死了，谢安还是不出，只好由弟弟谢万顶上。可这谢万只是个庸才，没多久就吃了败仗，被革职。此时谢氏一门，所有人职位尚低，除谢安外谁也看不出能有多大出息，门第面临着中衰，前景甚是黯淡。

于是谢安终于出山了。

所以很清楚，谢安出山并不完全是为苍生，而首先是为了自己一族。这种心态在一次谈话中表露得很充分。有天谢安问众子侄："咱家子弟又何尝需要过问政事，可为什么总想培养他们成为优秀人才呢？"谢玄，淝水战役的前线指挥官回答："这好比芝兰玉树，总想它们生在自家庭院。"

"安悦"。

谢安的眼光总是围着自家庭院打转。

但谢安毕竟是谢安，他知道如何保持门第长久不衰的关键。掌权后，他并没有大肆扶植谢家，而是精心分配权力，达到各大家族势力基本均衡。淝水大捷后，他的声望如日中天，但仍然没有一家尽揽全国军政大权的盘算，而是让出荆、江二州给桓氏；他明白一门太盛容易成为众矢之的的道理。总之，他最大的成功便是协调了各世家大族之间及大族与皇室之间的势力平衡，既不过分削弱其中任何一族，也不让其过分膨胀，即使对自己家族也不例外。

可以说，谢安在各门第间的平衡正如苻坚在众民族间的协调，只是，谢安的目的首先是为了保全自家门第，而苻坚却是为了混同天下。

谢安也很无奈。东晋的政局就像一张缺腿的破桌子，上面挤满了世家大族，谁都不能动作太大，否则摇摇晃晃的桌子说倒就倒，所有人都得摔得鼻青脸肿。就算其中有谁想修补这张桌子，旁边的人也会反对——且不说你一动这桌子可能就先倒了，就算你能修好，那你自然功劳最大，还能甘心与我等占据差不多大小的地盘吗？这应该就是东晋历次北伐多受后方牵制，功败垂成的原因。这种情况下，没有桓温那种篡位野心的谢安的确是稳定局势的最佳人选。

钱穆有句话说的就是这个现实："诸门第只为保全家门而拥戴中央，并不肯为服从中央而牺牲门第。"

如果从这个角度看淝水之战，就很容易理解谢安当时的表现。前秦固然有取败之道，但东晋却绝无必胜之理。大军压境，朝野震恐，连久经沙场的老将桓冲都乱了方寸，谢安却置若无事；谢玄不知所措，前来讨教方略，谢安只说朝廷自有安排，随即驾车出游——

他难道真有成竹在胸？

得到淝水捷报时，谢安正与客人围棋，接信看后便放在一边，了无喜色，继续下棋；客人询问何事，他才慢慢回答："小儿辈遂已破贼。"像是此胜本该手到擒来，不足为奇。可一个细节出卖了他：下完棋回房，过门槛时碰折了屐齿都不知道——若真有必胜之算，怎会这般喜出望外？

撇开大难临头时强自镇定以稳定民心，即所谓的"矫情镇物"，谢安的从容，是否因为他相信即使一败涂地，自己连同整个家族的境遇，也不至于糟到哪里去。

他一定了解苻坚处置失败者的态度，所以他不必慌张。

后世战争中，弱势者很少有谢安这样的潇洒。一是本身心理素质比不上谢安那样用整个时代熏陶出来的风度，二是再也不可能有苻坚那样的征服者了。打败了被拔尽爪牙后如果还能苟活下来就算是行了大运，触目皆是斩草除根的屠戮。

莫怪胜者无情，这也是吸取了苻坚的教训。

淝水败后，前秦的强大军事威慑土崩瓦解。原来被征服的各族乘机卷土重来，割据厮杀，北方大地又是　片混乱。得了喘息不久的黎民重被卷入熊熊战火，利刃与铁蹄的蹂躏一刻也不休止。

柏杨感叹："淝水战役，使中国统一延缓两个世纪。"

的确，接下来的两个世纪，是中华历史上最黑暗的时代，噩梦一般笼罩着华夏大地。但这却是中华民族走向重生的一个必经过程，是不可避免的炼狱，谁也无法带领注定遭劫的苍生逃离苦海，谢安不能，苻坚也不能。

即使淝水战局逆转，苻坚如愿实现一统大志，他的帝国也同样将很快走向崩溃。尤其是加入东晋数千万汉人之后，前秦的民族成分将更加复杂，氐族所占比例将进一步稀释，仅凭武力，氐人能不能长期控制数目大大多于他们的众多他族更值得怀疑。至于不同民族的融合，则需要漫长的时间去遗忘仇恨、消除隔阂，而不是个别的、暂时的恩遇，何况这种恩遇对于被征服者来说往往无异于羞辱。还需要大家都慢慢信奉同一种文化，而这文化又能够包容各族，比如儒学。苻坚短短一生，只是在这条民族融合之路上刻下了一个路标，上面描绘着他所理解的"六合而为一家，各族同为赤子"的美好蓝图。为绘制这张粗略的蓝图，苻坚最终付出了生命的代价。

溃败之际，很多人有机会除去苻坚，鲜卑慕容垂就是一个。当苻坚搜集了千余骑残兵奔赴他时，慕容部有人马三万。鲜卑人都劝慕容垂杀掉苻坚，慕容垂犹豫了，他记起自己当初在国内被猜忌，走投无路来到前秦时的情形。苻坚居然出郊亲迎，拉着他的手亲切地说："天生豪杰，必然要让他们共建大功。我将与你一起平定天下，封禅泰山，然后送你归国，世代封爵。"连王猛都担忧他是个英雄，日后难以驾驭，劝苻坚趁早除了，苻坚却不以为然，说："我正要收揽英雄，统一天下，怎么能杀他呢？他刚到我就已经表示了诚意，匹夫尚且不能言而无信，何况万乘之主！"照样封侯拜将。慕容垂想到这里，不觉眼角湿润，不仅没下手，反而交出了所有的兵权。

但慕容垂这样的人只有一个，而且他也终于走了，自立山头，重树燕国大旗。既然自认为报了恩，那就能心安理得地攻击苻坚了。苻坚的事业已经不可收拾，叛乱此起彼伏，他曾经的铁腕已经虚弱无力，再无法拼凑粉碎的大地，他本人也由猎人变成了猎物。

淝水败后，苻坚在长安苦苦支撑了两年。公元385年五月，他带着妻女，在几百名骑兵护卫下逃到了五将山（今岐山县东北）。

七月，羌族叛将姚苌的追兵逼近时，苻坚身边只剩下了张夫人和十余个侍从。在越来越近的马蹄声中，苻坚神色不变，端坐在泥地上，以一个帝王的雍容，慢慢吃着自己的饭。

索要传国玉玺不得，请他禅让不肯，姚苌缢杀了始终横眉怒骂的苻坚，张夫人则自杀追随。之前，苻坚亲手杀了自己的两个小女儿，他怕她们遭受侮辱；他知道姚苌绝不会像他一般对待俘虏——很多年前，他在刑场上救下了这位现在自称为"万年秦王"的羌人酋长，并将自己即位前的爵号赐予了他。

这年苻坚四十八岁。在场的羌人，姚苌的部属，很多都流下了眼泪。

苻坚被杀的同年同月，公元385年八月廿二日，谢安病逝。

东晋朝廷以隆重的仪式为谢安发丧，孝武帝连续三天亲临灵堂吊唁，追赠太傅，谥文靖。十月，追封庐陵郡公。

谢安生命的最后一年，还在任所造船，准备一旦时机适当，便沿长江下三吴，告老还乡——

以圆满他向往一生的"东山远志"。

相关医药知识摘录：

中医认为，即便是同一种植物，如果入药部位不同，也会有不同的功能和疗效；这种情况，应该视为各自独立的几种中药。常见来源于同一种植物的不同中药举例：

白果、银杏叶：银杏科植物银杏，种子为白果，叶为银杏叶。

枸杞、地骨皮：茄科植物枸杞，果实为枸杞，根皮为地骨皮。

马兜铃、青木香：马兜铃科植物北马兜铃或马兜铃，果实为马兜铃，根为青木香。

瓜蒌、天花粉：葫芦科植物栝楼，果实为瓜蒌，根为天花粉。

金银花、忍冬藤：忍冬科植物忍冬，花蕾为金银花，茎叶为忍冬藤。

何首乌、夜交藤：蓼科植物何首乌，块根为何首乌，藤为夜交藤。

大青叶、板蓝根：十字花科植物菘蓝等，叶为大青叶，根为板蓝根。

槟榔、大腹皮：棕榈科植物槟榔，种子为槟榔，果皮为大腹皮。

草根天子

——南朝的宿命

有些中药也是像人一样有姓有名的，比如姓徐名长卿、姓何号首乌、姓杜排行第二叫仲，等等。但这作为药名原型的徐某人、何某人、杜某人一般都是传说中的角色，当不得真。可也有那么一味药，名号竟入了史书，而且赫然还是本纪——帝王的身份；更不简单的是，这本纪还是开卷第一篇：开国皇帝！

刘寄奴。

作为植物，这是一种菊科草本，叶似菊，茎似艾蒿，野生于山坡林下，各地皆有，江南为多，入药可活血祛瘀；作为人名，寄奴是南朝宋武帝刘裕的小名。

据说刘裕少年时，有次去江边砍芦荻，被一条数丈长的巨蛇挡住了去路，他便弯弓搭箭将其射得带伤而逃；次日，他在密林中发现有几名青衣童子正在捣一种青草，感觉好奇便上前询问，童子回答说他家大王昨天被一个叫刘寄奴的射伤，正命他们采药疗伤；刘裕闻言大喝一声，说他正是寄奴，童子们吓得抛下家伙立时逃散；刘裕取过药臼收得此草，日后带到军中用以疗伤，内服外敷确有奇效。

这并不是一则仅在民间流传的野谈，它甚至被郑重写入了严肃古板的正史，《南史》的第一卷，《宋本纪》，绘声绘色地记录了那条时运不济的大蛇以及刘裕与童子的对话。

《南史》中没指明这种青草究竟是什么，反正之后一种具有破血通经、敛疮消肿功用的野草得了"刘寄奴"之名；因为效果显著，还被称为"金疮要药"。

尽管蛇妖的传说荒诞不经，不过其中却也有深意在。把刘裕描述成一位射蛇好汉，显然是要将他与那个赫赫有名的典故拉上关系——西汉开国天子刘邦，正是以斩蛇起家的。

《宋书·武帝本纪》记载，刘裕本是刘邦之弟楚元王刘交的后代，还不厌其烦地书列了诸位先人的官职名讳，传承有序脉络清晰。然而，同时收录的小名"寄奴"，却令人不免对这套言之凿凿的华丽谱系疑窦丛生。

"斜阳草树，寻常巷陌，人道寄奴曾住。"（辛弃疾）

关于这个小名，还有一段凄惨的往事：刘裕出生时，母亲死于难产，当时老刘家穷困潦倒，实在养不起这个没娘的娃，老爹便想干脆弃了随他自生自灭；幸亏一个姨母大发善心，断了自己未满周岁的亲儿子的奶，喂活了这个小东西。因为是寄养在姨母家，故而得名。

刘邦的时代实在太遥远，无论刘裕的脉管中是否真的流着皇族的血，事实是到他爹这一代，家境已经十分不堪了。长大后，为了糊口，刘裕种过田、捕过鱼，还卖过草鞋，也打些杂工干点力气活，素为乡人瞧不起："为乡闾所贱。"（《资治通鉴》）

这位寄奴还有个毛病，好赌，但时运没到手气很背，输多赢少；有次他欠了一大笔赌债，很久了也还不上，竟被债主绑在拴马桩上，臭揍了一顿。

但就是这样一个寄奴，最终居然开了国，坐上了龙廷。

正所谓英雄不问出处。依照后人的看法，能打天下的，原本就应该是这些来自草莽的好汉；贫寒的出身、好赌的天性，正是成大事的重要原因。

同时代的魏主拓跋嗣，有次曾经和大臣崔浩谈起刘裕，将他与建了后燕的慕容垂比较，讨论二人谁更厉害，崔浩脱口而出："当然是刘裕。"拓跋嗣问他为何，崔浩答："慕容本是贵族，在故国有根基，稍微号召一下，族人便像飞蛾投火一般而来，很快就能纠集起一支队伍；而刘裕奋起寒微，赤手空拳干出了这番事业，这可绝不是一般人能做到的。"

　　崔浩的话蕴涵了无限的感慨：

　　以刘裕的出身，而终能攀上南方朝廷的巅峰，其中的委屈和艰难，未曾亲历者是绝对难以想象的。

　　东晋的天下，是门阀世族的天下；可以说，东晋的半壁江山就是门阀支撑起来的。刘裕正出生在门阀势力的鼎盛时期。

　　所谓"门阀"，"门"，指门第，"阀"，则通"伐"，即功劳，本意是有功勋的家族。功勋一物，非常时期尚能真刀真枪以命相博，但太平时代，平民若想出头便只能依照朝廷的规矩。而两汉选官所用的察举征辟制度，看起来公平，其实已经暗暗划了个圈子，把候选人限定在了一个很小的范围之内。出仕为官，经学是基本素质，但在纸张尚未普及印刷术还没发明之前，平民求学是项奢侈的投资，数量有限的学校以外，学问很大程度上已经被少数私家垄断。

　　很多时候，察举，就像一个投桃报李的抛绣球游戏，抑或是一桩以朝廷官职为私家筹码的反复交换。此番甲推荐乙的子弟做官，等乙的子弟站稳脚跟，回头再举荐甲族中更年轻的后人；如此再三循环，各大家族彼此互相牵引，在权力的阶梯上一步步攀援，并且随着职位上升能量增大，抛出越来越多的线头，最终收回无数条粗细不一的印绶，编织成一张巨网，将整个帝国的权力资源逐渐收入其中。如此几代下来，绣球在世家之间抛来抛去，相互提携着把彼此的家族拔离了地面，门阀由是渐渐形成。

东汉后期萌芽的门阀，后来又经过九品中正制的推波助澜，发展到东晋已是一股极为强大的势力，连皇帝常常都得看他们的脸色行事。晋室渡江能站稳脚跟，便是凭借了世族王氏的协助，当时有句话叫"王与马，共天下"，王姓居然还放在皇姓司马之前；元帝登基时，竟想请王导一起坐御座；成帝十几岁时见了王导还要下拜，给王导发诏书，还得恭恭敬敬地写上"惶恐""顿首"之类的词。

连年战乱，处于众矢之的的皇权被一刀刀削皮砍肉，骨瘦如柴；但世家大族却在兵火中暗暗壮大，愈发膘肥力强：兵燹之中，可怜的小户人家即使逃得性命，兵役徭役更是泰山般要把他们压成齑粉，想活下去，除了逃逸山林做野人或者横下一条心揭竿而起外，最好的办法便是卖身投靠大族，充当部曲佃户；而这些部曲，随时可以组建一支只效忠于私家的军队。

这股力量一时谁也压制不了，所以东晋的军政大权，始终被大族轮番把持。先是王氏、后是庾氏、再是桓氏、谢氏。他们的手掌严严实实遮住了微弱的阳光。官职的授受明言只看出身，德、才已经忽略不计，前生积德投了好胎，这辈子就该你享福当官，高门子弟"平流进取，坐至公卿"，"凡厥衣冠（高门华胄），莫非二品"，"上品无寒门，下品无势族"。为了保持血统纯正，士庶间界限森严，"士庶之际，实自天隔"，世族与庶人通婚被视作玷污，要遭人弹劾。这般"以贵承贵、以贱承贱"，如一块块巨石，重重镇住东晋朝廷的同时，也把亿万草民压得动弹不得。

可就在连这皇帝都无可奈何的重压之下，一介匹夫、破落户刘裕硬是从世族的指缝间挤出身来，掀翻了那一块块长满苔藓的巨石。

刘裕是以军功发迹的。从军后，先是在镇压孙恩卢循叛乱中屡立奇功，捞得了第一块垫脚的砖头。这个赌徒确有本事，属于那种得了一包颜料就能开出染坊、给一把梯子就能上天的狠角色，战功越来越显赫，渐渐成为朝廷军事重臣。之后连接干了几件了不起的大事，如平定桓玄之乱、北伐南燕生擒燕主慕容超、攻入长安擒姚泓灭后秦。这一连串东晋立国以来少有的辉煌，使刘裕威望日增、权势日大，一步步走去，终于离皇帝宝座只有一步之遥了。

义熙十三年（417 年）九月，刘裕整军入长安——须知长安自公元 316 年落入异族手中，已经有一百多年了。父老见到汉家旌旗，不禁热泪盈眶。刘裕谒汉高祖陵，大会文武于未央殿。百姓欢欣鼓舞：谁都相信，此时只要刘裕乘势挥军，不难平定陇右，重开西晋疆域。可是就在这大好形势下，他却不顾痛哭流涕的长安父老挽留，留下十二岁的儿子镇守长安，自己匆匆返回了建康。

他原本就没有久留关中之意，他心中有更重要的事要做。

他要去摘一个在他的功勋上生长起来的果实。他知道现在那个果实已经熟透了，摇摇欲坠，只要再吹口气就能落入他怀里。

次年，刘裕受封为相国、宋公；年底，刘裕缢死晋安帝司马德宗，改立司马德文为帝；一年半后，刘裕迫使司马德文禅位于己。

晋元熙二年（420 年）六月，刘裕正式称帝，国号为宋，改元永初，定都建康，史称宋武帝，拉开了南朝的大幕。

公元 479 年，萧道成受宋禅，即皇帝位，定国号为齐。

公元 502 年，萧衍据前代禅让故事，代齐即皇帝位，定国号为梁。

公元 557 年，陈霸先代梁称帝，定国号为陈。

有趣的是，刘裕之后，南朝的每一个新天子，也都不是高门中人，而且都是靠军功起的家。

萧道成自称"寒族"，临崩遗诏曰，"我本布衣素族，念不到此"；萧衍则与他同族；陈霸先最为寒微，他本人最初当的是小小的里长，也做过管油库的小吏。

从刘裕开始，门阀走了霉运，一次又一次被越来越卑微的草根天子跃过头顶。

寒门皇帝上台，自然要舒舒那几根穷骨头。且不说其中有多年憋屈一朝吐气的报复，打击豪族原本便是加强皇权的需要。

刘裕在东晋掌权时就已经开始裁抑门阀。

刘裕打击门第的一大措施是从豪族手中夺取效忠私家的黑户。他做事向来心狠手辣，会稽大族虞亮被发现藏匿亡命千余人，刘裕立时下令诛杀。鸡死猴惊："豪强肃然、远近知禁。"

同时，刘裕恢复了秀才、孝廉策试的制度，无论门第再高，假如通不过考试也不予录用。登基后，他正式下诏选备儒官兴办学校，多少让天下庶人看到了一丝出头的希望。

另外他还禁止豪强霸占山林——东晋以来，江左的山湖川泽已大多被大族私家控制，关卡重重，可怜百姓要砍几根柴火钓几条泥鳅都得给他们交钱纳税。

更重要的是，刘裕开始提拔一些寒门庶人、低级士族参政，尽管轻易不授予高位却给予实权。刘宋之后，这种政策代代相传——南朝的政治格局，可以一言概之：一步步走向"寒人掌机要"。

踩到头顶上来的泥腿一天比一天多。风光了几百年的门阀，正无可奈何地承受着来自草莽一轮接一轮的猛烈冲击。

打击门阀特权无论如何说都是一种进步的政策，按理，刘宋朝政应该蒸蒸日上，国力日渐强盛。但现实却是几十年便改换一次皇廷，小朝廷充斥着阴谋与厮杀，那张龙床始终拭不干鲜血。残酷的争斗中，南朝国土日削，一蟹不如一蟹，到了陈，已经枯槁得连当初三分天下的孙吴都不如。

皇权时代，一个王朝的堕落，根子先得从皇帝身上找。这些出自寒族的天子，坐上龙床后，一般第一代还能兢兢业业，毕竟创业的艰辛只有他们自己最有体会；但过不了多久，皇宫深处便会响起刺耳的磨砺声，寒光闪闪的屠刀盘旋而出，锐啸着扑向一个个被拉长的脖颈。

以刘裕的家族为例，先后九任皇帝，却有六个是不折不扣的暴君。有弑父的；有把叔祖一家开膛剖肚大卸八块、挖出眼睛浸在蜂蜜中号称"鬼目粽"的；有杀姑夫夺姑母的；有身边不离钉锥一日不杀人便不痛快的……

刘宋王朝最擅长骨肉残杀：刘裕七子、四十余孙、六十七曾孙，死于非命者十之七八。如刘彧夺取皇位后，孝武帝刘骏的二十八个儿子，尚在人世的，悉数被他"赐死"。这些被亲叔父处决的皇子皇孙，大的不过十岁，最小的只有四岁。

萧道成代宋后为刘氏把这项自我芟除的事业做圆满了，他帮忙把刘裕仅存的后代杀了个干干净净。

萧道成将自己得国的重要原因归结于这种自废武功的疯狂杀戮，弥留之际，他还如此告诫儿子武帝："宋氏若不骨肉相图，他族岂得秉其衰敝，汝深戒之！"

翻看《南齐书》，再对照高帝的这句遗训，却是一个天大的讽刺。

仅举一例，便可知以"五十步笑百步"来形容齐宋二朝再恰当不过：皇位几经辗转，萧鸾坐定了龙床，是为明帝。萧鸾是萧道成之侄，自幼丧父，道成视如己出，将其抚养成人，可他夺位后却把萧道成的子孙杀了个寸草不留——也不知萧鸾是什么心态，每次大规模杀人之前都要焚香祷告、涕泗横流。

萧鸾临终也有遗言，恰好与萧道成做个反面注脚："做事不可在人后。"意思是，与其人杀我，不如我杀人，先下手为强，后下手遭殃。

即使能将杀戮归结于政治斗争的残酷，但再怎么看，这些坐了龙床的家伙也不像正常人，做事荒唐得要命。有人喜欢松松垮垮套着汗衫短裤，东游西荡偷鸡摸狗，累了在大街上倒头便睡；也有皇帝喜欢通宵达旦趴在地上逮耗子；忤逆时能用草编成死鬼老爹的模样斩首示众，还有打算毒死老娘的，但孝顺起来却能做出为老娘置男侍几十人的妙事；甚至还能与几十名无赖日夜相处，纵使妃子与其中漂亮些的交欢，给自己大戴绿帽。

皇室的不堪造就，有两件小事能透露一二原因。刘裕一生简朴，眠床挂布帐，用粗布灯笼，墙上悬着麻绳绑的拂尘扫把。他孙子孝武帝看了却很瞧不起老爷子的寒酸，说："一个庄稼汉混到这个地位，也有些过分了吧。"异曲同工之妙的有齐废帝萧昭业。这小子登基后见了钱便咬牙切齿："老子从前想你一个也得不到，今天能用你了吗?"于是大肆赏赐大笔花钱，祖宗辛苦攒下的家当，"上库五亿万，斋库三亿万，金银布帛不可胜计"，不到一年就被他挥霍得见了底。

很明显，接过刘裕萧道成拼出命来打下的基业的，就是这些暴发户。草根出身，没有受过多少文化的熏陶，一旦大权在手，学恶容易学好难，便学着昔日仰慕的大族放浪起来——但有文化的才可以叫风流，没文化只能是胡闹。

残杀、荒唐、胡闹，这便是南朝皇族，尤其是宋、齐两代最主要的基调。

皇室如此不成器，那么那些被提拔的寒士在这场劫数中又表现得如何呢?

史家钱穆先生在《国史大纲》中下过断语："南朝寒人擅权，殆无一佳者。"

前文已经说过，在当时的条件下，学问大多被掌握在世家手中，加之连年兵荒马乱，学校形同虚设，一般庶人、甚至低级士族，要想得到书籍拜师学经，是很困难的。这必然导致寒人文化素质低劣，他们要想出头只能凭吏干、军功。这些人在向上攀升的过程中，只磨炼了倾轧、诡计等权术，却不再有从前儒士仁义忠孝的教化与约束，更谈不上兼济天下的胸怀。得权后贪贿残忍、胡作非为是意料中事——他们最多只有奔走做吏的才能，不堪治国。

于是也有人偏激地认为还不如重新让门阀世族掌权。梁武帝萧衍就是其中一个。他眼看着前两朝君臣闹得不像样，便想试着让门阀重新参与政事。

但萧衍似乎没有掉转思路想想，如果门阀还有能力参政，刘裕萧道成，还有他自己上得了台吗？

刚开始镇压孙恩时，刘裕不过是个下级武将，主帅是谢安的儿子谢琰。这个高门子弟极其狂傲，夸口："苻坚百万之众尚且送死淮南，这些区区毛贼如果还敢卷土重来，正是自寻死路！"孙恩不信邪，偏要重整旗鼓再起风云。谢琰手忙脚乱，一败再败，最终在一次大败后让部下给宰了。刘裕这才有机会上位。

谢琰是门第中的佼佼者，在淝水之战中立下过战功。他的被杀，标志着世家大族的手腕已经无力控制形势。门阀的下坡路开始了。

但百足之虫死而不僵，这么大的块头，就是烂起来也得费些日子。刘宋之后，尽管他们再不能像从前那样掌控军政大权，但政治地位依然很高，家底也依然厚实。或许是心存自卑，或许是满意他们的识趣，抑或许是一时还无力彻底铲除，刘裕，以及之后的历朝皇帝，并没有把事做绝，而是将王谢诸族当作活神仙高高供在一旁。给地位，给荣誉，给田地，给美女，只是不给权柄。这似乎反倒合了很多高门子弟的意。对于琐碎的世务，他们原本就极不耐烦。这倒也好，躲进家门成一统，管他墙头竖着的是哪一面皇旗——

南朝四代，世族没出过功臣，更没有为皇帝殉节的。

五谷不分节气不明，熏衣剃面傅粉施朱，隔绝了江湖的风雨，也隔绝了田野的霜露，一个个尊贵的姓氏在云端深处悄然萎靡。终于有一天，他们被一匹老马吓得面无人色，抚着胸口娇喘连连：

"这分明是老虎啊，为什么说是马呀？"

如此皇室、如此寒人权臣，加上如此门阀膏粱子弟，真是苦了苍生！

可他们却依然觉得自己高高在上，甚至对庶人的歧视日甚一日，连皇帝的面子也不给。此类例子不胜枚举：寒人王宏仗着刘裕宠幸，欲攀附名族以提高门第，刘裕令其求见琅琊王氏族长王球，就说我让你来的，能坐到他身边去就有希望；不料进门刚想落座，王球便慢悠悠举起扇子挡住了他："你坐不得。"王宏羞恼回报，刘裕却回答："我也没有办法。"

皇帝早已习惯了他们的摆谱。有次侯景打报告说想做士族王家或谢家的女婿，厚待门阀的梁武帝一口回绝："王、谢门第太高，不是你配得上的；你还是在朱、张以下挑挑吧。"

侯景的反应是一句誓言：

"终有一日，我要让这些门第统统做我的家奴！"

他做到了。他只率八千人马渡江，居然攻入了建康。侯景之乱，江南门第遭受了一次最致命的打击："（侯景）纵兵杀掠，交尸塞路，富室豪家，恣意哀剥，子女妻妾，悉入军营"，"（梁世士大夫）及侯景之乱，肤肥骨柔，不能行步，体羸气弱不耐寒暑，坐死仓卒者，往往而然"；王谢两家更是几乎被灭了族。

从此，南方的门阀一蹶不振。

受到重创的不仅是门阀豪族，经此一乱，江南"千里绝烟，人迹罕见，白骨成聚，如丘陇焉"。

如此残破的局面，陈霸先粉墨登场了。这条好汉出身比刘裕还低。刘裕好歹还能与刘邦牵上点关系，而他最有脸面的祖宗不过是个东汉的名士（即使这样还有人认为是他攀附）。陈霸先一生奔走劳碌，终于勉强稳定了局势。梁末浩劫之后，江南居然迅速恢复了些元气，甚至有史书称能维持小康，全仗他的苦心经营。但他已经耗尽了全部精力，再无力进一步整理江山，在位三年便溘然长逝了。

　　很快皇位传到了陈叔宝手里，这是一个昏君的典范。但他最出名的弊政除了好色豪奢外，便是不理朝政，日夜与一班文人狎客饮酒吟诗——能沉溺其中，是不是说明他的文艺造诣已经有了相当的高度，与宋齐捕鼠偷狗的皇帝相比如何？

　　联系前朝萧衍虽说后半生颠顸却也是极出众的儒雅博学，再想想陈朝诸帝尽管昏庸，但起码没出过宋齐两朝那样的暴君，这已经能说明：儒学的熏陶已经在发生作用，帝王素质已经在慢慢提升，尽管到陈叔宝这里升歪了路。

　　与此同时，寒人的参政能力也在不断进步。萧衍本想扶持门阀一把，可他也不得不哀叹仅靠那些高族大夫是办不了什么事的。用门阀不顺手，他便设五经博士开馆招生，招纳"寒门俊才"，鼓励寒人钻研经学提高文化素养。寒人毕竟是来自底层的力量，具有两脚离地的门阀所远不可比拟的强大生命力，有此机会，便扶摇直上。无须传承几代，他们就具备了真正做大臣的能力。一个职位的变迁能很清楚说明这个现象：御史原本是整顿朝纲的官员，宋齐两朝，世族目无王室自是不屑自行约束，也没有多少寒人敢行使监督权，"宋世以来不复有严明中丞（御史官名）"；但梁陈以下，此位渐渐称职——这些胆子越来越大，引经据典弹劾门阀越来越严厉的中丞，多是昔日卑躬屈膝唯唯诺诺的寒人！

　　然而南方寒人君臣长进得太慢了，艰难的进步过程耗尽了国运。

乱世中的天子并不是独生子，老天在北方也有儿子。

当陈叔宝凝神聆听《玉树后庭花》柔肠百转的吟唱时，北方的天子动手了。隋文帝杨坚派出了杨广、杨素等率大军五十二万，从巴蜀到沧海，旌旗舟楫横亘数千里，分兵浩荡伐陈。

隋将贺若弼渡过长江这天，陈叔宝正在昏睡——前一晚他喝酒到通宵，累了。

他不是不知道隋军已经南下，而只是很有自信："王气在建康，来犯者都会失败，他杨坚怎么不吸取教训呢？"

淝水一役符坚留下遍地尸首黯然北归之时，确实所有人都相信，江南气运未绝。但那已是两百多年前的事了。陈叔宝不知道，或者不愿不敢去知道，气运的天平已经不知不觉在逆转。

北方的气运也随着门阀而演变。这场注定的浩劫中，谁都知道北方将承担更无情的蹂躏，谁都想挣扎着避开。所以当初无奈被留在沦陷的国土上的，大半都是实力较弱、凑不够盘缠南渡的次等门第。他们的腐败原本就比南方大族浅，未入膏肓。心惊胆战地敞开大门迎接异族入主后，为了在乱世中保全家族，他们势必牢牢抱成一团，竭尽全力与残暴的胡人周旋，哪有心情像南人那样去谈什么老庄周易？所以北方门第一直没有丢弃治国平天下的儒学经术。为求生存与异族的隐忍合作中，这种处理实际政务的能力很快便在刚从马背上下来的胡人中脱颖而出，渐渐引起统治者的重视，于是这些汉人大族慢慢从被征服者成了参政者。

站稳身子后的北方士族在这几百年间并没有消沉，反而在长期的民族融合中，血液被注入了游牧民族的剽悍，这与南方门第为保持血统纯正反复近亲通婚而退化恰好形成了鲜明对照。北方门第仍是盛年，能将它们一步步赶下历史舞台的新生力量——科举制度——还在焦急地等待着出世。

如此一步步走下去、一点点掌握权力，终于，这些留守的士族熬出了头，重新从那些被岁月和享受腐蚀得骨软筋柔的胡人手中夺回了北方。

他们在血泊里、马蹄下、刀刃间，苦苦承受慢慢等待，就像在河洛关陕间架了一个巨大的熔炉，用几百年不灭的战火熔炼着不堪回首的苦难。

终有一日，一声龙吟虎啸，熔炉轰然炸开，一粒扭转气运的金丹放出万丈光芒。

很快隋军在枯井中找到了抱着两个妃子瑟瑟发抖的陈叔宝——

分裂几百年的南北中国终于重新一统。

从此金陵不复有王气，也不复有王谢大族的傲气。等日后秦淮河再次响起笙歌时，在桨声灯影里狂笑的已是踌躇满志的豪商大贾。

而那粒金丹已经在北方沃土中发芽抽枝，长成了一株参天的大树。根须牢牢扎入厚土深处，蜿蜒伸展，直到严严实实地攫持住整个华夏大地。

刘寄奴这味中药的原植物其实有好几种，但无论哪一种，都是柔弱的草本，最高不过四五尺，哪种也谈不上有多粗壮，更不用说长成大树。

已经无法探究这种草为何会因刘裕而得名、为何会在刘裕身上附会出那个传说。这也许就是神秘的谶言，把小名给了一种草药的刘裕，和他之后的萧道成、萧衍、陈霸先，谁都无法让各自的王朝摆脱草根的命运，嫩软的苗杆始终无力成为能承担整个中国世运的栋梁。南方高低不平盘踞着门第的土壤，不具备生长大树的条件，巨石垒积下，能发出苗来，已经是不小的成就。

每到寒冬来临，这一株株可怜的小草便得枯萎于冰雪之中。

但这些春风吹又生的寄奴们，却在自觉不自觉中填平了沟壑，铲松了冻土，最后自身也在战火中化成草木灰，与腐烂的门第一起，成为培育一个伟大帝国的绝佳肥料。

矜持的南方，现在已经能够为北方的根系提供丰富滋养；不久后开掘的大运河，便是源源不断北向输送元气的粗壮脉管。

树冠一轮轮扩展。慢慢荡尽膻气与血腥的中华，正在酝酿着一个辉煌的盛世。

相关医药知识摘录：

中药中的同名异物：由于历代本草记载、地区用语、使用习惯等不尽相同，中药中存在同名异物的现象，配伍时需细加区分。常见中药同名异物举例：

刘寄奴：一为菊科植物奇蒿的全草，疗伤止血，破血通经，消食化积，醒脾开胃；一为玄参科植物阴行草的全草，清热利湿，凉血止血，祛瘀止痛，主治黄疸型肝炎，胆囊炎，泌尿系结石，小便不利等。

禹余粮：一为氢氧化物类矿物褐铁矿，涩肠止泻，收敛止血，常用于久泻久痢，大便出血，崩漏带下；一为百合科植物光叶菝葜的根茎（土茯苓），解毒，除湿，通利关节，主要用于梅毒及汞中毒所致的肢体拘挛，筋骨疼痛，湿热淋浊，带下，痈肿，瘰疬等。

文蛤：一为帘蛤科动物文蛤的贝壳，清肺化痰、软坚散结，善治痰热互结而致的瘿瘤、瘰疬等；一为漆树科植物盐肤木、青麸杨等叶上的倍蚜科昆虫寄生的虫瘿（五倍子），收敛固涩，降火，用于各种滑泻、遗精自汗而兼虚热者。

重楼：一为百合科植物云南重楼或七叶一枝花的根茎，清热解毒、散结消肿，用治一切痈疮肿毒、咽喉肿痛、虫蛇咬伤等；一为蓼科植物拳参的根茎（拳参），用治痈疮肿毒、咽喉肿痛，功类重楼，但本品味酸，有收敛之性，常用于痔疮便血、赤白痢疾等。

竹黄：一为肉座菌科真菌竹黄的子座（天竺黄），祛风除湿、活血通经、定惊化痰，多用于风湿痹证、四肢麻木等；一为禾本科植物青皮竹被竹黄蜂咬洞后于竹节间贮积的汁液，干涸凝结而成的块状物，清热豁痰、凉心定惊，用治痰热惊风，热病神昏，为儿科要药。

镇 恶

——钟馗舞端阳

正正乌纱，捋顺红袍；深吸一口气，耸肩，挺胸，提臀；用力一跺底高五寸的皂靴，铿锵的鼓点里猛一声霹雳似的叫板："哇呀呀——"摇摇摆摆地舞到了烟火弥漫的红氍毹正中心。聚光灯下，一张花脸狰狞而妩媚，威猛而温和。

"蹭——"，腰间长剑出鞘，钟馗睁圆了那双倒吊三角金睛眼，透过重重迷雾，借着手中利剑吞吐的万丈寒光，怒视着这个乌云缭绕的苍茫大地。

五月初五，一年中阳气最盛的一天，这应该是三界魑魅最畏惧的日子吧。钟馗微微有些得意，罡风里，长袖飘飘。忽然，他看到了那只趾高气扬地在身边翩翩翻飞的黑蝙蝠，这不禽不兽的丑陋东西令他心里不禁有些发堵。扭转头，马上有个猥琐的小鬼谄笑着送上手巾。钟馗暗暗叹了口气，他讨厌它们，却又离不开它们。比如那只腥臭的蝙蝠，黑暗里，他全仗着它那物以类聚的方向感寻找邪恶。

他突然觉得软弱和疲惫：他怀疑起自己的力量是否真能抵抗无处不在的罪恶。他感到了一阵痛楚，就像当年在人间金銮殿上一头撞向石阶时的刻骨铭心。不自觉地他摸了摸额头，满手血红的油彩。

五月初五，首先属于草木。如果不同的时间会呈现不同的质地，那么，这一天的二十四个时辰，必然汁水饱满、气息泼辣。

这是一年中与中药联系最紧密的一个节日。"艾蒿""菖蒲""雄黄",把这几味药名放在一起,几乎就能使中国人的脑海中立即跳出"端午"两个字。

端午各地习俗不一,但几千年来,大多数地方都要在门上高挂艾蒿菖蒲、饮雄黄酒、洒雄黄水。这几种药其实效果各不相同:像艾蒿,药书中正名叫艾叶,功用温经止血、散寒止痛,捣绒制条烧炙,使热气内注人体,能温煦气血、透达经络;菖蒲则能开窍宁神、化湿和胃,用于神志昏乱、胸腹胀闷等症;而雄黄可解毒杀虫,多外用治疗痈疽疔疮、疥癣、虫毒蛇伤。乍看上去,这几味药没有多少相似之处,似乎不该出现在一起,但仔细一琢磨,它们还是存在着共性,都有特异的气味:艾蒿与菖蒲是浓郁的清香,就连矿石类的雄黄也有类似于蒜的浊香。有气味的植物多含有挥发油,经现代医学研究发现,艾蒿与菖蒲的挥发油都能抗菌,加上雄黄一起混合烟熏,对金黄色葡萄球菌、大肠杆菌、绿脓杆菌、伤寒副伤寒杆菌等,都有明显的杀灭作用。

古人没有现代化学知识,一般的药物知识都从经验中得来,有些还来自神秘的感观。像菖蒲,别名水剑草,因为叶片狭长,中心有脊,很像一把剑,应该就能辟邪;并且生命力顽强,几可"不假日色、不资寸土",很早便被视作神药,如《仙经》称之为:"水草之精英,神仙之灵药",历代都有服食菖蒲得长生甚至成仙的传说。而雄黄自从被炼丹术士采用后,功效传得愈发神奇,古籍记载:"(雄黄)能杀百毒、辟百邪、制蛊毒,人佩之鬼神不敢近,入山林虎狼伏,涉川水毒物不敢伤",民间故事中,只一碗雄黄酒就令千年白蛇现了蛇形。艾则是最古老的药物之一,古人以为艾灸能治百病,而且年头越久越灵验,《孟子》中就用"七年之病,求三年之艾"来比喻如果平时没有准备,事到临头就来不及了。

如此看来,这三种药都来历不凡,药力非同寻常。古人在千万种药物中独独挑出这三味，于端午这日郑重使用，其中有什么深意吗？

深吸一口弥漫于端午的药香，便能依稀嗅出一缕来自远古的神秘味道。

端午的由来有多种说法，如纪念屈原说、纪念伍子胥说、纪念孝女曹娥说、吴越民族图腾崇拜说，等等，但在历史上影响最大由来最早的，可能还是恶日说。

端午这天，在很长一段时间都不是个吉日良辰，甚至可以说是个凶险的关口。

早在先秦，五月便被视作恶月。《礼记》载："是月也，日长至，阴阳争，死生分。"意思是五月进入夏至，而夏至是一年中白天时间最长的，从此盛极转衰，所以这是阴阳二气交战最激烈的一个月，生物和死物各半，也就是生死概率各占一半。按干支历，五月属于午月，自然午月中的午日更是恶中之恶——为了计算方便，人们渐渐把五日当成了午日，尽管根据历法两者有时并不是同一日。

一言概之，五月五日，乃是古人心目中的阳月阳日，故又称端阳，意味着阳盛之极，不合协调中和之道，因而是一个不祥的恶日。

古籍中有很多关于此月此日不祥的记载，如《风俗通》说这月诸事不顺："五月盖屋，令人头秃"，"五月到官，至免不迁"——从此再也别想升官，只能等着被撤职。此外更云五月五日所生之子甚是可怕，"俗说五月五日生子，男害父女害母"，"五月子者，长于户齐，将不利其父母"，"五月子杀父与母，不得举也"，几千年来，也不知有多少不幸赶在五月来投胎的婴儿被恐惧的父母扼杀在褓褓之中。但也有不少漏网之鱼在历史上踩下了脚印，如战国时大名鼎鼎的孟尝君，便是他母亲背着丈夫偷偷抚养长大的；东晋名将王镇恶也是生于这日，父母本要将他送人——由此可知此陋俗在魏晋南北朝还未衰——但祖父前秦重臣王猛，高人的眼光独特，一见之下便说这孩子不一般，这才忐忑地留了下来，可毕竟心有芥蒂，于是取了个名叫镇恶。

镇恶，这两个字代表了几千年来人们对端午日的畏惧和希冀平安度过的祷祝。但这端午之"恶"，究竟该如何镇法呢？

对于这根据阴阳五行推算出来的邪恶，人们用同样的理论设计出了一些驱避的法子，如汉俗在端午这天要用五色丝线系于臂上，叫"长命缕"（魏晋之后战乱频仍，这种丝索多了一个功能，又被称为"避兵缯"）；或者高悬五色桃符，据说这样也可以驱邪。

但阴阳二气毕竟高妙，看不见摸不着，战况再惨烈，凡夫俗子也难以感觉。玄虚之外，老百姓自有老百姓所理解的端午邪恶：毒虫瘟疫。

农历五月是热天的开端，在惊蛰雷声中蠕蠕而动的蝎蚕毒虫经过一春的成长已经羽翼丰满；而随着暑热一些瘟疫之气也降临人间，加之天气炎热食物易腐坏也导致了很多肠道疾病，在医疗水平较低的古代，如何适应入夏的气候确实是对人体健康的一个考验，尤其是对于抵抗力弱的儿童。被动的方法是逃避，如"躲端午"：端午这天，父母带着孩子去外婆家躲一躲，以避不吉，至今不少地方还有这种习俗。但走到哪里这天都是端午，躲避不过是心理安慰罢了，人们还有减少毒害的现实方法：那就是在端午这天进行大规模的清洁洒扫、杀毒辟邪气。

于是艾蒿、菖蒲、雄黄被选中了，这些有着浓郁气味——人们都愿意相信那就是能避秽的正气——而古老神奇的药物又成了安然过端午的法宝。

如此用药物避瘟邪的习俗也很悠久，相传为夏朝的历书《夏小正》中便有记载："是月蓄药，以蠲除毒气。"

总之，几千年来，在端午这天，人们最重要的任务就是采取种种措施，无论有理无理、有效无效，以禳除不祥——

镇恶。

人们总是希望保护自己的力量能够更强悍些的。纤细易断的丝线怎么看也不像有多大的神效，雄黄菖蒲之类究竟也不过是几味常见的中药。为了稳妥起见，端午这日，庇护苍生的神灵在百姓的虔诚祷告下终于下凡了。

根据史料，至晚在北宋，端午日便有了张贴天师符、五雷符等符咒的习俗；还制成各种张天师的神像，有泥捏的，有以艾为头、以蒜为拳用百草编成的，还有用通草菖蒲雕成的等等，悬于门楣之上镇凶。天师需要法器坐骑，于是古老的菖蒲艾蒿也被收了编：菖蒲叶被截成了宝剑状，菖蒲根被刻成了神龙，艾叶被编成了猛虎，就连雄黄也多了一项任务，在小儿额上画王字，象征天师虎附体保佑。

民间信仰多种多样，道家张天师不是端午唯一的守护神，他的同行还有佛门护法韦陀，甚至还有年纪一大把的姜太公。但如果要为端午选一位最权威的神祇，或者说端午的形象代言人，这几位都得自觉靠边站，空出宽阔的神案，迎接一位后起的神灵——

更确切地说，是一位鬼，一位以捉鬼出名的鬼。

钟馗。

传说钟馗是唐时人，籍贯终南山。

宋沈括的《梦溪笔谈》和明《天中记》所录《唐逸史》，在历史上最早提到了钟馗其人其事。云唐玄宗有次病了，据说是恶性疟疾，太医忙活多日也不见好转。一夜玄宗昏沉睡去，梦见有个小鬼偷了杨贵妃的紫香囊和自己的玉笛，正待大怒，其时有一大鬼傲然而来，一把抓住贼鬼，二话不说，先挖出眼珠再撕扯着大嚼起来。玄宗问他是谁，大鬼答："臣终南进士钟馗，应举不捷，触殿阶而死。誓为陛下除天下之妖孽！"玄宗惊醒之后，疾病竟霍然而愈。于是命吴道子画钟馗像，画成之后瞠目久之，说："你难道与我做了同一个梦吗？怎么能这样像呢？"于是便高悬钟馗像于宫门之上辟邪，并刻版印刷赏赐大臣，后来还形成了习俗，每年岁暮与来年历书一起颁发给众臣，从此钟馗名满天下。起先是作为门神，之后地位越来越高，明朝起渐渐登堂入室，逢年过节都被高高供上中堂辟邪，端午这日更是责无旁贷地承担了镇恶求祥的职责。

吴道子的原画早已不存，据有幸见过真迹的人描述，吴笔下的钟馗是如此尊容："衣衫褴褛，只有一只脚穿着靴子，瞎了一眼，腰带上别着笏版，戴着头巾而头发蓬乱。"（宋郭若虚《图画见闻志》）画圣一笔定形，从此钟馗的法相便以奇丑的特点牢牢篆刻在了世人的印象中，好像千百年来所有人都做过同样的梦，都见过钟馗真身。

可自身也不过是一个鬼的钟馗是从哪里得来的法力呢，居然能使堂堂天师、韦陀也悄悄退居二线？

难道只凭一张丑脸就能吓破鬼怪的胆吗？

历代有好事者考证这个在大唐横空出世的钟馗的来历，虽然结论不尽相同，但都偏向于钟馗的名称其实早已存在。如明人胡应麟说："钟馗之名，盖自六朝之前因已有之，流传执鬼非一日矣。"还有人发现南北朝时就有很多人取名"钟葵"或者"终葵"以辟邪的。顺着这个谐音的线索一直往上探究，明学者杨慎、顾炎武等人得出了一个结论：钟馗者，即为远古逐鬼之椎也！

早在《周礼》中便提到了"终葵"，而注疏中解释为："终葵，椎也。"椎，即古代驱邪仪式上用来打鬼的大棒槌，多为桃木。考据很有力，从音韵学角度来看，"钟馗"或者"终葵"二字反切快读，正是"椎"字！

这么说，钟馗的原型应该是一根桃木大棒槌。

当然还有其他解释，比如说可能是远古祭禳驱瘟的傩仪上的主角，大神"方相"的演变。从有些流传至今的傩戏上可以看见，傩面具都雕画得穷凶极恶，这也可以说明钟馗貌丑的由来。

从这个角度看，由逐鬼法器或者上古神灵演变而来的钟馗，的确应该拥有几千年的法力，远比张天师姜太公深厚。可问题在于，这些考证，都是钟馗盛行之后由后世学者在故纸堆上推演出来的，民间百姓并不了解，他们心目中的钟馗也就不能与远古神力搭上线，他们所信赖的钟馗神通，究竟从何而来呢？

或者换个问题：从远古到大唐盛世，中间相隔几千年，为何作为一个人格神的钟馗，要隐藏在幕后这么久才蓦然现身呢？

自吴道子起，钟馗便是历代画家钟爱的题材之一，传世佳作很多，专门形成了一类"钟馗画"。入画的钟馗形态各异，但大部分都是戴纱帽或头巾、着长衫，一幅文人装扮。而后人附会的钟馗事迹，包括现存的三部明清钟馗小说，更是进一步发挥了钟馗的原话，把他塑造为科举失意的举人。说钟馗本是才华出众之士，高中状元，但皇帝肉眼凡胎，殿试时被他的恶貌吓住了，挥笔勾去了他的资格；钟馗悲愤之极，就一头撞死在皇帝面前。

很多钟馗画上，干脆题名"钟进士"。

这个面相可怖、法力高强，能震慑天下鬼怪的剽悍神灵，竟然是一个才高八斗的文人——

而且是个惨败于人间的自杀文人！

也许不少人会觉得这有些不可思议，但从某种意义上却可以这样说，钟馗神通的根源，很可能正是来自一个"文"字。

应该更确切地说，来自"皇"字支撑起来的"文"字。

说到底，钟馗是被唐玄宗一梦迎到人间的。而这位风流天子所掌管的天下，空前太平繁荣，正处于整个古代社会的巅峰，相比前几百年往往连自家性命都难以保全的乱世皇帝、割据皇帝、空头皇帝，自有后者远不可企及的权威和神圣。尽管之后很快唐玄宗就带领着他的王朝走向衰落，但毕竟从此历史大势是皇权越来越集中。这个趋势反映在民间，就是天子金口玉言的观念越来越深入人心，随便是谁，得了皇帝的册封便可脱胎换骨，何况钟馗一出场便露了一手食鬼绝活。在小说《斩鬼传》中，钟馗被皇帝封为驱魔大神，马上由一个冤死鬼变成了一个连阎王都得"下座相迎"的尊神。

但古往今来，得到皇帝册封的神祇不计其数，为何一个只出现在梦里的虚幻大鬼钟馗，却能跻身苍生最信赖最喜爱的神灵行列呢？

皇帝只是提供了一个封号，而为钟馗齐齐整整穿戴好官袍纱帽、佩上玉带宝剑的，却是历代文人。他们如此热心装扮钟馗，应该是钟馗出场的那句话深深震动了他们的心："臣终南进士钟馗，应举不捷，触殿阶而死！"原来这位钟兄，也是我斯文同道，而且，也是一位时乖命蹇的倒霉鬼！

文人同病相怜，从此把怀才不遇的郁气寄托在了这位不幸的前辈身上——而自古又有谁觉得自己的才能已经发挥得淋漓尽致了呢？于是，借别人的酒浇自家块垒，用自己的血肉充实钟馗的骨架，如此在唐玄宗留下的白描钟馗像上一笔笔涂抹着、勾勒着，来发泄自己的辛酸愤慨。这也许就是文人画钟馗像为什么越来越盛、历代不衰的重要原因。

这种心态，在小说中文人为钟馗配备的助手姓名上也表露得很明显：一名"含冤"，一名"负屈"。

文人喜好钟馗，应该还有另一个重要原因，那就是钟馗代表着他们所理解的正气。科举考的是儒家经典，那么钟馗自然是孔孟门人。孟圣有名言，做一个贫贱不移威武不屈富贵不淫的大丈夫，须得好生培养浩然之气；这气是天地间至大至刚的，用以破邪，无坚不摧。文人认为，钟馗的神力来源正是这股雄浑的浩然正气，他们用诗词书画描摹赞叹钟馗，也就是赞叹这股儒家的伟力；在他们心目中，钟馗简直能算是儒家的护法——为什么不能与天师韦陀平起平坐呢？

这股正气的力量甚至在"钟馗"一名上也能表现出来。

钟馗尽管出于玄宗之梦，但如前所说，其实唐前早已有此类名称。而"钟馗"的定名，显见有文人参与的痕迹：

"钟葵"或是"终葵"，都没什么大意思，"椎"更显得粗鄙；但"钟馗"二字铿然落地后，天下还有哪几个名号能如此阳刚大气呢？

钟，黄钟大声也，为音中至阳；馗，通达大道也，而在中国文人心中，天下最通达的大道，莫过于孔孟所言之人间正道！

两字连读，必须运用丹田之气，全身为之肃然；闭目冥想"钟馗"二字，若见天地间高悬一口金色巨钟，轰然作响如狮吼，世间万物尽被罩在音波中瑟瑟反省，抖尽尘埃彻体纯净方能踏上那条阳光大道昂然前行；如有丝毫污秽不除，滔天声浪便劈头打来，立时将之碎做齑粉。

文人想象中的钟馗，连个名号都有此类似于佛门六字真言的神威。

而不识字的平头百姓向来是崇拜学问、相信读书人的，见文人士大夫都如此推崇钟馗，一打听还有皇上的御封，于是便也恭恭敬敬将这位来头很大的钟大神请回家：既然连皇宫之邪都能镇压，那么护佑民间小宅小院更不在话下。

一个"文"字幻衍成的钟馗能具有如此神通，前提必须是儒学上升到近乎宗教的地位；而儒学地位的上升又需要使研习它的文人能得到回报，那就是换来出头的机会：无论你原来是多么卑微多么贫寒，都有可能因此参与政权。能满足这个条件的恰恰是导致钟馗送命的科举。这个意义上，可以说没有科举就没有钟馗，更无法想象儒家的钟馗能抢过佛道二教护法的风头。

所以钟馗出现在了科举确立后的唐朝。

沉寂千年的桃木椎抽枝发芽，化身为浓墨重彩的钟馗，晃晃悠悠，终于在纸上直起身来，猛地睁开精光闪闪的怪眼，一声长啸，稳稳站在了这天地之间。

端午有了钟馗加盟保驾，似乎再猖狂的邪魔魑魅都应该无处遁身了。需要镇压的，也就不再限于瘟疫毒虫，世人都希望钟馗能大显身手，除尽天上地下一切有形无形人形兽形的妖魔鬼怪。

传说钟馗最后被玉帝封为"驱魔帝君"，级别够高。但舞台上踉跄舞蹈的钟馗，却始终披挂着判官的行头。

帝君与小小的判官，相去几何？

小说里，钟馗还经常被一些藏匿在阳间的小鬼纠缠得焦头烂额，束手无策，简直像个脓包。写小说的总该算个文人，为何要如此调侃钟馗呢？

只有文人自己最清楚，文人毕竟只是文人；他们的理想、他们的正义，在现实面前其实往往极其脆弱、不堪一击的。

端午这日，他们能聊以自慰的，就是文人的老偶像，憔悴的屈原，自那年投江之后再无声息；而同样自尽的钟馗，却成了神，提着利剑重新回到阳间为天下文人出一口恶气。

无论怎么说，科举制度之下，文人的能力总在提升。

话又说回来，判官这职位的确最适合由文人承担：仲裁善恶，铁面无私，正是真文人的本色。

至于判了之后，如何执行赏罚，那往往就不在文人的职权之内了——天子阎君玉帝各有各的算盘。

因此驱魔帝君常常只能收剑入鞘，转身黯然拾起那支被磨钝了的判官笔。

再说，一个钟馗镇得住整个世间的邪恶吗？端午之后，仅仅只要再过两个多月，七月半，借着对亲人的哀思，普天下的游魂野鬼，不分善恶，都将在庄严肃穆的法事中狂蹈跳踉。

而那时的钟馗，是不是只能无奈而落寞地端坐在一副副泛黄的卷轴上咬牙切齿呢？

本质里，钟馗也不过是屈大夫吟诵的楚辞，不过是一部佩剑的《离骚》罢了。

所以有了钟馗的端午，照样需要艾叶菖蒲雄黄。对付某些恶物，也许还是这些药物更有效。

只是雄黄如今已经列入毒品管理，毕竟它是与砒霜类似成分的砷矿石，早有"雄黄见火毒如砒"的古训——一般药店都不销售，不容易买到了。

但好像也没多少人在意端午节少了雄黄。

相关医药知识摘录：

"雄黄见火毒如砒"：雄黄为单斜晶系硫化砷矿石，即四硫化四砷；如果炮制或者服用过程中遇火加热，高温后便会氧化为三氧化二砷；而三氧化二砷，即剧毒药物砒霜。故而雄黄通常生用，用水飞法研为细粉入药。

水飞法：将某些不溶于水的矿物药，置于研钵内，加入适量清水，研磨成糊状；再加多量水搅拌，待粗粉下沉，及时倾出上层混悬液，下层粗粒再行研磨，如此反复，直至全部研细；将前后倾出的混悬液合并静置，待沉淀后，倾去上层清水，将沉淀物干燥研粉即成。

雌黄：三硫化二砷矿石，常与雄黄共生，二者有"矿物鸳鸯"之说，有剧毒，入药可杀虫、解毒、消肿，但现代已经基本不用。在中国古代，雌黄经常用来涂抹修改错字。因此，在汉语环境中，雌黄有篡改文章的意思，如成语"信口雌黄"；除了修改错字，雌黄作为一种罕见的清晰、明亮的黄色颜料还被东西方长期用于绘画。

雄黄中毒中药急救方：防己3钱；或生甘草1份，绿豆2份，煎浓汁频服；并及时送医。

国　老

——名相狄仁杰

"厄酒向人时，和气先倾倒。最要然然可可，万事称好。滑稽坐上，更对鸱夷笑。寒与热，总随人，甘国老。"

这是辛弃疾词《千年调》的上阕。大约是南宋淳熙十二年（1185年）吧，辛弃疾的好友，江西转运使郑汝谐的新宅落成，其中一阁取名为"厄言"。厄言，源于《庄子》，指的是随人意而变，缺乏主见之言。这位郑大人其实是个力主抗金的热血男儿，辛弃疾曾称他"此老自当兵十万"，如今却为小阁取了这么个名；辛弃疾由此联想到自己一心报国却被劾罢在野，徒老年华，不禁感慨仕途人情，提笔做了这首字字带刺的小词。

这词是讥讽那种俯仰随流、八面玲珑的世俗小人的。上阕连用四喻：厄，古代的一种酒器，酒满向人倾斜，酒空便仰起平坐；滑稽与鸱夷，一为斟酒器、一为皮酒囊，两者配合，美酒源源不绝；而甘国老指的是一种最著名的中药——

甘草。

甘草，入药能补脾益气、润肺止咳、缓急止痛、解毒，但这些作用还不是甘草最重要的。它出现在药方中的频率很高："此草最为众药之主，经方少有不用者。"（陶弘景）早在东汉张仲景的《伤寒杂病论》中，二百五十多个方子，含甘草的便占了一百五十多，直到现代还是鲜有药方不用甘草，以至于有句行话叫"十方九草"。这就是甘草独一无二的功效：调和诸药，用李时珍的话说是："甘草协和群品，有元老之功，普治百邪，得王道之化，赞帝力而人不知，敛神功而己不与，可谓药中之良相也。"他称甘草为"良相"，是沿袭了中医药的传统理论，古人早云："（甘草）调和众药有效，遂有国老之名。"陶弘景还特地解释了此名："国老即帝师之称，虽非君而为君所宗，是以能调和草石而解诸毒也。"

辛弃疾是懂些药理的，他的药名词亦是一绝。此处他信手拈来甘草，用它随处入方，不拘主药寒热温凉皆能配合协调的特点，以笔为刃，向朝中那些不分善恶是非，整日"然然可可""痴痴笑笑""你好他好大家好"，万事调和的素餐大员狠狠地扎了一刀。

当然，甘草的寒热随人是为了使各种不同特性的药物能得到和谐，综合为一个整体，从而在治疗中发挥出更好的功效；便是它的甜味，也多少能缓和汤剂的苦涩，便于病人入口。药界的国老，甘草做得名副其实，劳苦功高。

人间朝堂上肃然端坐的国老呢？

历朝历代都有自己的国老，《礼记》中便有"有虞氏养国老于上庠"的记载；古往今来，也不知有多少人被称为国老，但翻遍二十四史，其中最有名望、分量最重的国老，或许当属大唐狄仁杰。

狄仁杰是大唐名臣，而他一生主要的事业都建立在武则天的时代。

女皇武则天不可一世，对狄仁杰却十分敬重，常称这位比她小六岁的宰相为"国老"而不叫出他的名字。狄仁杰入见时，她也总是不让他跪拜行礼，还说："每次看到国老下拜，朕身上也觉得一阵疼痛。"狄仁杰去世，七十六岁高龄的武则天痛哭失声，伤心地说："朝堂空矣！"后来每当国家有大事决定不了的时候，她就会想起狄仁杰，黯然叹息："老天为什么这么早就夺走了我的国老啊！"

给女人当差不容易，在中国历史上空前绝后的女皇帝手下为臣，更是艰难，谁不畏惧则天皇帝的严刑峻法铁腕无情？她可是连自己的亲生儿女都能下手诛杀的。可狄仁杰，一个仅仅是明经出身的官员——唐科举重进士轻明经，明经出身为人轻视，有"三十老明经，五十少进士"之说——居然能赢得这位冷血皇帝如此真心敬重，究竟凭的是什么？

难道，狄仁杰擅长的，也是甘草那样的调和功夫吗？

相反，狄仁杰以疾恶如仇出名，惜墨如金的史书详细地记下了他的几次犯颜直谏。高宗时有两位武将误砍了太宗昭陵上的一棵柏树，在皇家祖坟上动土，高宗自然大怒，下旨要处死这两个糊涂油迷了心的倒霉鬼。大理丞狄仁杰上奏了，说那两人罪不当死，高宗更是火上浇油，怒道："这两个混蛋使我做了不孝子，我一定要杀了他们！"在场的大臣都给仁杰使眼色，意思是你何苦蹚这浑水呢，仁杰只作不懂，侃侃而谈："根据国法，那两人不足死罪，现在陛下以昭陵一株柏杀二将军，千载之后人们将如何评价您呢？"硬是用身后名声迫使高宗赦免了二将的死罪。这不过是牛刀小试，毕竟拯救弱者相对算是容易的，狄仁杰的锋芒很快指向了权贵。其时，左司郎中王本立仗着皇帝宠信擅作威福，一般大臣都很怕他，又是仁杰挺身而出，弹劾其人不法，要求交付法司审理。高宗还想包庇王本立，仁杰毅然奏曰："陛下何必怜惜一个罪人而亏负王法呢？如果陛下定要曲赦本立，那么就请将臣放逐于无人之境，以告诫后世忠臣。"话说到这份上，高宗无可奈何，只好将本立依法定罪，"由是朝廷肃然"。

狄仁杰的耿直也使他付出过代价。高宗死后武则天执政，称帝的苗头越来越明显，唐宗室诸王感到岌岌可危，于垂拱四年纷纷起兵反武；只是这些富贵王孙岂是武则天对手，很快便被平定了。宰相张光辅自恃平越王叛乱有功，纵容部下大肆勒索钱财，狄仁杰时任豫州刺史，断然抵制。光辅大怒："你一个地方官竟敢轻视我堂堂元帅吗？"狄仁杰回答："乱河南的，一个越王罢了，如今一个越王死了却还有千万个越王活着。"光辅勒令他解释，仁杰慨然道："您率大军平一乱臣，却不知收敛兵锋，纵其暴横，而且杀戮降卒以邀战功，使无罪之人肝脑涂地，此岂不是又有一万个越王复生吗？我怕冤声腾沸，上彻于天啊。"他越说越激动，竟然对当朝宰相说出了这样的话："我若有尚方斩马剑斩了大人，就算就此送命，也是视死如归！"光辅目瞪口呆无言以对，恨其入骨。回京后便奏仁杰骄横无礼，贬了他的官。

升迁也好、贬斥也罢，狄仁杰全然不以为意，他只是凭着胸中一腔正气行事，坦然而无畏。人间强暴算得了什么？他连幽冥鬼神也不怕！一次高宗出巡要经过一个妒女祠，有人奏称民间传说盛服经过此祠的必将招致风雷之灾，建议发动数万人另开一条御道。狄仁杰说："天子之行，千乘万骑，风伯清尘，雨师洒道，一个妒女岂能作怪？"这才免除了一场浩大的劳役。高宗闻后不禁赞叹："真是个大丈夫啊！"后来仁杰巡抚江南，见此处滥造祠庙盛行巫风，立即下令捣毁淫祠1700多间，江南风气为之一变。如果说妒女淫祠什么的小鬼卑神还好下手，那么他对当时被武则天奉为国教的佛教的抵制更属难得。有次一个胡僧邀请武则天观看安葬佛骨舍利，武则天欣然答应，狄仁杰跪于马前拦奏："佛者，夷狄之神，不足以屈天下之主。"终使武则天中道而还。后来武则天欲造大佛，预计费用数百万，又是狄仁杰上疏谏阻才罢免这劳民伤财的工程。

这种在人、鬼、神面前的浩然正气，已经足以垂训万世，仅此一节，狄仁杰便已不朽；然而，这种直臣青史上代不绝书，乃至于将各人的事迹混淆了都不会有大错，反正都是那种神情：面对刀锯油锅凛然直立、横眉竖目据理力争……不是说这样的人不可敬，只是审美疲劳是谁也难以避免的。所以每当读史看到此类文字，很多人感佩之余常不免要打上几个哈欠。

然而狄仁杰绝没如此简单，他有自己鲜明的特点。仅凭着耿直正气是很难成为国老的，毕竟历史上如唐太宗那样善听逆耳之言的明君不多——即便是太宗，也好几次被多嘴的魏征恼得欲下杀手，谁喜欢身边老站着个又硬又酸的家伙，随时随地不留情面地纠正自己偶然的放纵呢？何况喜怒无常的武则天？

狄仁杰有着极其出众的智慧。

早在大理丞位上，狄仁杰便显示出了杰出的才能，短短一年判决了大量积压案件，涉及一万七千多人，无一冤诉，从此他断狱如神的名声大振。荷兰人高罗佩以此为基础，创作了一部著名的侦探小说，风行全球，"Judge Dee（狄法官）"成了欧美家喻户晓的东方神探，足以与福尔摩斯、波洛平起平坐。

智者不仅能分辨真伪善恶，更能自救。狄仁杰凭借他的智慧躲过了一次血光之灾。武则天刚称帝时，根基不稳，便施行恐怖政策。狄仁杰等七位大臣遭酷吏来俊臣诬构谋反，被下狱。按理遭此不白之冤，任谁都得竭力分辩，但狄仁杰一问之下便认了罪："大周革命，万物唯新，唐朝旧臣，甘从诛戮。反是实！"狄相居然如此爽快，连来俊臣都有些意外，心满意足之余也就不再用刑，狄仁杰免受了不少皮肉之苦。狄仁杰此非常之举，一来是他烂熟唐律，知道有条律令是"一问即承反者例得减死"，为最坏结果预留地步；二来也是为了使来俊臣等放松警惕。果然，定案后看守只等行刑，不复严备。于是仁杰撕碎被子，在碎布上写了申述状，缝入棉衣，以天气已热为由请狱吏转送家人去其棉。其子得冤状后持书上告，武则天召狄仁杰面询："你为何要承认谋反？"狄仁杰从容回答："那时若不认罪，老臣早已死于鞭下了。"

武则天又问："那你写《谢死表》又是为何？"——此表是来俊臣为置仁杰死地令人替写的，仁杰回答："臣无此表。"武则天仔细一对笔迹便弄明白了真相，立即下令释放狄仁杰等人。

由此看出，狄仁杰绝不是像历史上大多数忠臣那样只认死理一根筋，他明白变通的重要性，更有变通的能力。耿直正气，加大智慧，他已经具备了做一个国老最重要的素质。

当然，做一位合格的国老，还得有其他一些必备的因素，比如仁爱宽容、处政精干等等。不必怀疑狄仁杰的处政能力，天生的智慧加上多年的历练——他由基层做起，历任判佐、法曹、县令、司马、刺史、郎中、内史、御史、巡抚、都督、元帅，直至宰相——无论在哪个职位上，都能发出耀眼的光芒。更不用怀疑他的仁爱——且不说对平民，就是那些被卷入战乱成为俘虏的罪民，他也要想方设法挽救，譬如那次越王之乱，他恳请武则天开恩，免那些被胁迫的人一死，一次就从刽子手刀下救下了两千多人；而那回驱逐进犯河北的突厥后，他更是替那些被裹胁投敌的百姓求情，希望武则天"曲赦河北，一不问罪"。

武则天一概准奏。

到了这时，她已经越来越离不开狄仁杰了，史书上记下了这么一笔："仁杰好面引廷争，太后每屈意从之。"（《资治通鉴》）谁能令多疑嗜杀的则天皇帝"屈意从之"？只有狄国老！

武则天再有魄力、再坚强、再绝情，还是一个女人，她对狄仁杰的重用，原因之一或许便是深深被其人格魅力吸引。确实，一个正气、刚毅、睿智的男人，对任何人——尤其女人——都是有巨大吸引力的。但这么说，并不是想把这两位一千三百多年前的山西老乡引入什么桃色漩涡中，尽管这是当代人最喜欢想象的。《集异记》中记载的一件事，发生在狄仁杰，武则天，还有那个著名的面首、"面似莲花"的张昌宗之间，能明显看出三人的关系。尽管《集异记》只是部传奇，但毕竟是唐人所作，距武则天时代不远，还是常常有人当作史料引用的。

南海郡进献了一件集翠裘，珍丽异常。正好张昌宗在左右侍奉玩双陆游戏，武则天便赐给了他，让他穿上。这时狄仁杰入宫奏事，武则天就命他与张昌宗赌双陆。狄仁杰就局后，武则天曰："你二人赌什么东西？"狄仁杰答："就赌张昌宗身上这件裘衣。"武则天问："你拿什么下注呢？"狄仁杰指了指自己身上的紫袍说："我用这个。"武则天笑道："你还不知道吧，此裘价钱超过千金呢！你那件不能和它对等啊。"狄仁杰起身道："臣此袍，乃大臣朝见奏对之衣；昌宗所衣，不过是嬖幸宠遇之服。两件相对，我还不太甘心呢。"武则天只好由他下注，就此赌赛。而张昌宗早已心赧神沮，自然连连败北。狄仁杰就当着武则天的面剥了他的裘衣，辞谢而出。走到光范门，交给一个家奴穿上，打马而去。

两人赌赛之时，武则天倚在龙床上，静静地观察着这两个男人。原本她的目光一刻也难离俊美年轻的昌宗，但现在却一遍又一遍地凝视着狄仁杰那张饱经沧桑的脸。仁杰刚才那几句铿锵的话，在她心里激起了重重的涟漪，她一遍遍回味着，久久无语。目送仁杰出门后她还是痴痴地不发一言。

武则天也是一个大智慧的人，她完全明白狄仁杰对她，对她的武周，对她的王朝的意义。她庆幸上天能给她这么一位狄仁杰，但她无法形容这究竟是个什么样的人，只知道再棘手的事到他手里马上就会迎刃而解；她也无法了解狄仁杰究竟有多少本事，只觉得每次送他风尘仆仆出京，便能将某处使她焦头烂额的版图从疼痛的脑海中暂时抹去，安稳地睡几天好觉；她相信狄仁杰所到之处，野火会化成祥云，洪水会散作甘霖，荒漠会生出绿荫……

出将入相的狄仁杰，就像一块巨大的磐石，稳稳镇住了大唐，哦，不，现在应该说是武周天下。

直到宦者向她禀报狄仁杰把那件名贵的裘衣披到家奴身上，武则天才回过神来，扭头转向昌宗。入目却是一张如蔫了的茄子似的红脸，青筋暴起满头大汗，一脸的尴尬沮丧，全然失去了平日的潇洒，甚至很有些猥琐。

这张昌宗，的确不过是个玩偶、一个奴才罢了——狄仁杰才是社稷重臣啊。

武则天想象着狄仁杰在风中扬鞭策马，紫衣飞扬，长髯飘飘，不禁有些怅惘，突然想起了去世多年的丈夫对此人的评价，脱口而出："真大丈夫也！"

话音未落，她又想到了什么，沉吟片刻，轻轻地用她自己的话重新说了一句："国老……"

可做女主的国老在很多人看来并不光荣。

同是唐人所作的《摭异记》中记了另一件事。狄仁杰有日拜访一位堂姨，见堂姨的独子对自己不是很尊敬，以为自己对他们照顾不周，便对堂姨说："我现在做了宰相，表弟有需要我帮忙的事吗？我一定尽力。"他的堂姨回答："宰相自然尊贵，但我只有这一个儿子，可不想他服侍女主去呢。"

"公大惭而退。"

《摭异记》也不是正史，所以"公大惭"与其说是描写狄仁杰的真实心态，还不如说是反映了后世一些人自己的观点。而狄仁杰是不需要、也不会为此而感觉羞愧的。

当然可以用古人伊尹、柳下惠来为他辩解。伊尹多次奔走于桀、汤之间，而柳下惠不以事无道之君为羞辱，不因官职卑小而推辞，这两位都因兢兢业业做实事救济苍生而被孟子多次称赞。事实上，武则天的地位史有公论，尽管有着这样那样的荒唐毛病，但绝不是一个昏君。高宗初年，全国户口三百八十万户，到了武则天退位时，已经上升到六百一十五万户，执政五十余年间增长了二百多万户，上承"贞观之治"、下启"开元盛世"，连李白都把她列为唐朝"七圣"之一。狄仁杰在她手下大展拳脚，应该不能算是耻辱。

何况狄仁杰不仅想做伊尹和柳下惠，他有更远大的目标。

他要做一个苍生大医，为得了尴尬疾患的大唐，开方施药。

狄仁杰精医术。《集异记》还记有他的另一轶事，说他"性娴医药，尤妙针术"，有次见一少年鼻下生了个拳头大的瘤子，坠得两眼翻白、气息奄奄，狄仁杰只下一针便让肿瘤脱落，病痛全消。

大唐的疾患是外邪入侵，占据要害。自然，这外邪指的是武则天，对于李姓王朝，她完全是个异姓，何况是个女流，这在皇权正统、男尊女卑观念根深蒂固的中国绝对是个天大的荒谬与耻辱。而这股邪气却是另一个国老——太宗皇帝的大舅子，凌烟阁功臣之首——长孙无忌为大唐勾引来的。当初太宗原不想立懦弱的李治为嗣，是无忌硬劝才使他登基做了高宗。当然，这也有着他一厢情愿的私心，以为没主见的外甥做了皇帝，老娘舅的地位自然更稳固。不料横空出来一个武则天，高宗的懦弱反倒成了她的武器。等他摆出国老架子想与这个狐媚妇人较量一番时，一切都已经晚了。若换一个坚毅的皇帝，如太宗欣赏的"英果类我"的吴王李恪，一个过气才人再怎么厉害也是没机会翻身的。事实证明，出头之后的武则天是不可抗拒的，她把所有的须眉男儿都踩在了脚下。从皇后到天后，在对手的血泊中她一步步重重走来，直到最后的"圣神皇帝"，满朝文武硬是无可奈何，只好憋着一肚子火俯首称臣。

这股外邪实在太强悍了，用我们时代的比喻，简直像是令人绝望的癌症。

一位中医名家曾经提到自己治疗癌症的独到心得。一般医家都说要"扶正祛邪"，而他却认为应该"扶正安邪"，一字之别，境界迥异。他的理解是，既然得了癌症，要硬去驱邪是不现实的，更是伤身危险的；相对稳妥有效的办法是安抚病邪，把它的危害收缩到尽可能小的范围内，不去刺激它，让它慢慢减弱毒性；同时精心调理身体，逐步提高人体正气，如此治疗方有望一日水到渠成，把病患消泯于无形。

狄仁杰就是采用了这个方法来收拾长孙国老遗留下来的残局。他没有像早先的褚遂良、上官仪，后来的徐敬业等人那样高高挽起袖子想硬碰硬挤掉武则天，而是站在一旁冷静地观察着；当他肯定这个女人确实极不寻常，甚至有着比绝大多数男子还高明的治国手腕后，轻轻叹了口气，整整衣冠上路了。从此，他要凭着自己的才干慢慢取得女主的信任——他知道只有走到武则天身边他才有足够的影响力。好在这个过程君臣同路，都是为了治理好天下。

当他国老的地位不可动摇时，他终于可以出手施治了。首先，他尽可能用自己的人格魅力化解女皇的暴戾之气，引导她向正义的方向靠拢，如上文所说请求武则天赦免被裹胁的罪人、暗讽女皇应分清大臣与奴才、私情与国事就是这样的努力；其次，他在出色地履行国老的职责、整顿朝纲大济庶民的同时，仔细寻找人才，为王朝培养正气。

搜罗过程很有意思，曾有个年轻人劝狄仁杰留意储备人才，喻之为备药攻病，并自比为"药物之末"请他收用，仁杰笑答："你正是我药笼中物，一日也不能缺少的。"看来，狄仁杰自己也把这个事业当成一项储备药物的行动。

没几年，朝堂要津便布满了狄仁杰举荐的人才，先后有桓彦范、敬晖、窦怀贞、姚崇等数十位干员被委以重任，朝中顿时出现久违的刚正之气。有人对狄仁杰说："天下桃李，悉在公门矣。"狄仁杰回答："举贤为国，非为私也。"背过身去，他可能会狡黠地一笑，确实，我举贤是为了国，大唐国啊。

日后，这些狄仁杰举荐的人都成了大唐中兴名臣。

狄仁杰对自己调配的这剂药很有信心，因为他以智者的眼光敏锐地发现了病症根本所在：那就是作为一个女人的局限，则天皇帝注定不能躲避的宿命。

就算你做了皇帝，也还是李家的媳妇，武则天永远无法与李家决裂。她虽然在洛阳立了武氏七庙，但照样得供奉长安的唐太庙。她的这个皇帝，也做得很是纠结。随着年龄衰老，另一个令她夜夜失眠的难题出现了，这皇位，传给谁呢？儿子？那岂不是费尽心机杀人如麻，夺过来玩了几十年最后又老老实实还给李家了吗？侄儿呢？天下人会服吗？就算天下人服气吧，可侄儿毕竟不是亲儿，传给他不是一辈子替外人白忙活了吗？

狄仁杰看在眼里，心中可能暗暗好笑，但他还是慢慢等着。终于，机会来了，一日武则天召狄仁杰等来解梦，说："朕连夜梦到双陆游戏不胜，意味着什么呢？"仁杰不假思索答道："双陆不胜，无子也。这是老天给陛下示警呢！太子为天下根本，根本动摇，天下危矣。听说陛下想立武三思为后，姑侄与母子谁亲呢？陛下如果立庐陵王（被废徙于湖北的中宗李显，武则天亲生儿子），则千秋万岁后配食太庙，承继无穷；如果立了武三思，他的家庙可不会祭祀姑母啊。"武则天毕竟已经七十多岁，人老了多少会恢复一些人性柔情，听完后她眉头紧锁默默不语，也许，她还想听听别人的意见。

事前，狄仁杰早已经不露声色地做了工作。武则天的男宠，张易之与张昌宗兄弟，看着武则天一天天老迈，心中越来越惶恐，他们倒也知道自己的斤两，明白武则天驾崩之日便是自己的末路。于是，他们向智者狄仁杰请教"自安计"。狄仁杰告诉他们，只有一个方法能长保富贵：那便是劝皇上将李显迎回洛阳，立为太子；你二人若能立此奇功，一旦李显继帝位，便有了迎立之功，任何灾难也不会降到你们头上了。漂亮的二张听得眉飞色舞。

冰山之下，地火暗暗涌动。

女人总是浪漫的，即使是七十多岁的武则天。尘埃落定的那一刻也是安排得那么富有戏剧性。

一日，武则天专门召狄仁杰来商谈太子事，说到动情处，狄仁杰呜咽不已。武则天背过身去，悄悄拭了拭眼角，沉吟片刻，柔声道："还你太子！"

帷幕缓缓拉开，现出了同样泪流满面的李显——武则天终于把被放逐多年的儿子接回朝中了！狄仁杰一愣，随即欣喜之极，拜舞称贺，大滴大滴的泪润湿了艳红的地毯。

这一刻，史书记载"卒复唐嗣"，史家由此称狄仁杰为"唐室砥柱"。

从地毯上挣扎着站起身来，狄仁杰觉得一种虚脱似的疲惫，他忽然意识到自己的使命终于完成了。他算了一下，今年六十九了，抬起头，看着皇帝也是满头白发一脸沟壑，他长长舒了口气。

又有两行热泪汩汩流下。

两年后，狄仁杰病重。

床头的碗里还残有一小半汤药，可狄仁杰知道世间已无药能延长自己的生命，他这砥柱再也无力为天下承挡激流。但他毫不哀伤，因为他看到自己为大唐帝国搜集的药笼中物已经陆续下了罐，天地间已经弥漫开来一阵阵浓郁的药香。

能为大唐培育元气，他感到很欣慰，尽管他已经等不到药效彻底发挥的那一刻。但他似乎能看到那最后的一幕：一个孤独的老妇人蜷缩在深宫一角，听着门外传来狂喜的乐声，那是新皇登基的锣鼓号角；她双目紧闭，面无表情，好像很安详，但身子似乎在乌云般的黑色大被底下悄悄颤抖；寒风吹动檐间的铁马，发出冷冰冰的金属交击声，杂在鼓乐间很是刺耳。不知怎么，狄仁杰觉得有些心酸，居然庆幸自己能走得早些。

他甚至能猜到把这位妇人送入深宫的人是谁。张柬之，对，一定是他，这个襄阳老头子，他是自己用在武则天身边的一味重药，药性刚猛。

他清楚记得自己向武则天固执地推荐这位老人的情形，直推着武则天把他任命为候选宰相方才罢休。

想起武则天，他猛地打了一个寒噤，他仿佛看到了那双仿佛能洞彻一切的眼，就像别人看自己的感觉那样。他忽然认为，武则天八成也是能猜到这一幕的，但她就是不说破，由着自己安排，默默地等待着什么。

也许，武则天知道他狄仁杰所做的一切都是为了大唐吧。

毕竟，大唐是他狄仁杰的，更是她武则天的。她武则天与天下人斗了一辈子，终于来到了万仞绝壁脚下，再也无路。

回头，还是大唐；前方，将是更辉煌的盛世。

"大唐……"狄仁杰微弱地念叨着，在药香中阖上了双眼。

相关医药知识摘录：

甘草，"性能缓急，而又协和诸药，使之不争，故热药得之缓其热，寒药得之缓其寒，寒热相杂者，用之得其平"（《用药法象》）。然是药三分毒，甘草亦不可滥用，列举相关注意事项如下：

一："藻戟遂芫俱战草。"不可配伍海藻、大戟、甘遂、芫花。

二：甘草味甘，能助湿壅气，令人中满，故湿盛而胸腹胀满及呕吐者忌服。

三：嘈杂吐酸明显者，不宜用甘草。因甘草味甘甜，用之则助其胃酸增多而嘈杂吐酸更重，尤其是蜜炙甘草更不可用。

四：久服大剂量甘草，可引起浮肿；还可抑制皮质醇的转化，导致血压上升和低血钾症。

五：热证实证需清热时要用生甘草，虚寒证需补益时则用炙甘草。

传　灯
——鉴真东渡

　　"都在这里了吗?"

　　尽管声音仍旧温和,但已经带点嘶哑,那位清瘦的老僧应该很有些疲倦了。

　　这是日本天平年间。日本最著名的寺庙,国都奈良的东大寺内,偌大的经堂铺满了竹簟,每张竹簟上都摊着一包包形形色色的花叶藤皮石粉石块——那些神奇的中国药材。在过去的几个时辰中,十几个年轻僧人小心翼翼地沿着窄窄的竹簟间隙疾走,轮流把各种药材送到堂上盘膝端坐的老僧手里。

　　老僧眼窝深陷,居然是个盲人。他依次接过药材,摸索一会,然后凑到鼻端仔细嗅上一嗅,有时还要折下一小块送入嘴里慢慢咀嚼,最后点点头,高声一字字说出药名、功效与炮制方法,身旁的翻译——老僧说的是汉话——立即用笔记下,贴上标签让人送回原处。一般这个过程平静而快速,如流水般没有滞碍,但有时老僧也会神情冷峻地念上几句佛号,这时大家便都明白,一定又有掺了杂或是假的药到了他的手里。于是经堂便会有一阵小小的躁动,偶尔还能听到有人低声咒骂不怕报应的奸商。

　　"是的,法师,都鉴定完了。"翻译的回答恭敬而略带些生硬,他毕竟是日本人,汉话学得再好也说不出唐人的韵味。所有的药材都被重新包起并标上了纸条,看上去白花花一片,他满意地长出了口气,但后背还是凉飕飕的。他为东大寺正仓院收藏的药材中竟然存在这么多舛误而感到后怕，不少简直是张冠李戴，连独活木香都搞混了，这可是日本国最齐全最正规的药库了。日本有福，上天送来这么一位大师，他心中感激，看着老僧的目光中是无限的崇拜。

老人毕竟快七十岁了，这么久不停歇的紧张鉴定很是耗力，额头已经微微有了汗。此次对库存药材的全面鉴定，是他主动提出来的，因为他到日本后很快就发现此处百姓，甚至大多数医师，对中药都不甚了解，有时甚至连药名和药物都对不上号。尽管每年都有人冒死涉海从大唐贩来一船又一船的药材，也常常有人得了医学典籍埋头钻研，可连药都弄不明白怎能治病？

这个下午，他终于把所有药材都核对了一遍。闻着空气中浓郁的药香，他也轻轻舒了口气。虽然很久以前就已经失去了光明，但他对自己多年练就的辨别能力毫不怀疑；鉴定中他还联想到了自己的法名，鉴真，这真算是名副其实了。只要手指触摸到任何一种药材，哪怕只是一片树叶一粒种子，他也能清楚地在纯黑的幕布上勾勒出这棵植物的全貌，甚至还能看到根须在大地深处蜿蜒伸展。

每报出一个药名，他都会联想到生长着这些草木的那片广阔土地，还有土地上巍峨庄严的建筑、熙熙攘攘的人群……

最强烈的感觉来自薄荷。那种熟悉的清香马上使他想起了故乡扬州，谁都知道，那里出的薄荷是质量最好的。他还记起了一句名诗，"烟花三月下扬州"，顿时，一派春光驱散了无边的黑雾，鉴真严肃的脸上不觉微微有了一些笑意。

海那边的故乡现在应该还好吧。

鉴真眼前，盛开了一朵金光闪耀的艳丽牡丹，馨香散遍三千大千世界。

大唐天宝十二载（753 年）十二月二十六日，即日本天平胜宝五年，经过四十天惊心动魄的海上颠簸，六十六岁的鉴真被搀扶着走下海船跳板，踏上了日本国土。

鉴真没有立即上路，而是面朝大海站着。隆冬季节，带着腥味的海风迎面有如刀割，人们不觉掩紧了衣襟，但鉴真心中却是百感交集，心潮如滚沸般汹涌，丝毫没有寒意。"彼国太远，性命难存，沧海淼漫，百无一至。"弟子祥彦诚挚的劝阻，又在耳边响起，而他现在终于实现了十二年前的承诺："是为法事也！何惜身命？诸人不去，我即去耳！"

是啊，整整十二年，六次启行，三次航海，几经绝境，随从人员中先后有三十六人为此丧生，更有二百八十多人彻底灰了心，黯然退出，而最后，他鉴真还是站在了大海东岸。"师父若去，我等也去！"鉴真一个个默念为此捐躯的弟子名号，想起一次次在死亡边缘的挣扎，可怕的飓风、绝望的漂流、炼狱般的饥渴……鉴真那因为渡海而遭了热毒失明多年的双眼突然有了烧炙的感觉，像是有股滚烫的大浪在拼命冲击着须弥山般沉重的黑暗，枯涩的眼皮剧烈跳动起来。

海鸥在头顶盘旋着，叫声凄厉；潮水拍打着礁石，沉闷而慵懒，已全然不是在船上所听到的暴戾。鉴真面向西方久久伫立，如石像一般。

终于，他回过身来，理理袈裟，摸索着接过禅杖，毅然道："走吧。"

海滩上，鉴真的脚印渐行渐远，远远看去，就像荒漠中绽放了两行莲花。

十年后，天平宝字七年五月六日，在奈良唐招提寺，鉴真双腿盘坐如入禅定，西向面对大唐安详圆寂，终年七十六岁。

鉴真东渡自然是为了弘法。

随着大唐盛世到来，中国佛教空前繁荣，甚至已经超过了印度。曾游历各国的天竺僧人那提唐初来华后不禁感叹："脂那东国（指中国）盛转大乘，佛法崇盛，赡洲（指全世界）称最。"佛教内部各宗派也纷纷创立，盛行的有天台宗、净土宗、华严宗、法相宗、律宗、禅宗，等等，鉴真所弘之法便是其中的律宗。佛陀在世时为约束僧众制定了各种戒律，律宗便是以研习及传持戒律为立宗原则，重视从内心巩固和发展"止恶兴善"的一个派别。

鉴真由此也成为日本律宗初祖。

但鉴真在佛教上的贡献远远不止于此。佛教宗派虽多，却有共识：尽管都坚信自己这派是最完满圆通的，但还是认为各派经典都阐述了真理的一个方面。律宗之外，鉴真精研天台宗，对此宗在日本的传播也起了很大作用；更重要的是，由于日本佛经多由僧侣口传而来，错漏较多，鉴真以惊人的记忆力，校对了一遍日本佛经，纠正了其中错误，正如他鉴定中药材那样。

鉴真用枯瘦的身躯燃出万丈佛焰，照亮了这个混沌的岛国。

鉴真不仅仅只是个高僧，还是个百科全书式的智者。

他才如大海，佛法以外，在医药、建筑、书法、绘画、雕塑等方面都有高深的造诣，每个领域都可以说是日本史上不可忽略的里程碑式人物。日本汉医界把他奉为始祖，称他为日本的神农，直到江户时代，药店的药袋上还印有鉴真的肖像；甚至连豆腐、榨糖、酱油的制作方法，也有很多日本人认为是鉴真传授的。

日本人民十分爱戴这位伟大的"过海大师"，千百年来精心保存着有关鉴真师徒的一切遗迹，如他设计和主持修建的唐招提寺、他的手书墨迹、在他指导下由弟子完成的佛像，都被奉为国宝留传至今。

然而，时光流逝，如今对于一般世人，感恩膜拜的背后，却早已说不清鉴真舍身涉海所传的佛法——

若不是专门研究过佛教，还有多少人能记得鉴真是位律宗大师？

如果向鉴真请教这个问题：佛法的启悟与医药之类现实的救济之间，哪一项才是根本，他将如何回答？

那是个天朗气清的黎明，趺坐了四十八天的释迦牟尼终于从菩提树下站起身来。在晨风拂面而过的一刹那间，这位刚证得无上正等正觉的前王子已经遍观十方无量世界，洞见三世因果。看着满天霞云谲诡变幻，他爽然叹息："原来如此！"顿时大地震动，诸天神人齐声礼赞，地狱饿鬼畜生三道苦厄一时停息，天鼓齐鸣发出妙音，香花如雨纷坠三界。

释迦牟尼认为他已经找到了拯救这苦难人间的无上妙法。但那究竟是什么神通呢？佛典浩如烟海，宗派各有心得，有一本不过二百六十个字的简短经书，却是所有释子都烂熟于心的，那就是《心经》。据说此经包含了佛陀的最高智慧，也是大乘佛教精义所在。此经全名《般若波罗蜜多心经》，"般若波罗蜜多"是梵语，"般若"，勉强译为"智慧"，"波罗蜜多"，意为"到彼岸"，合则为"凭智慧到彼岸"的意思。先哲对此句的一般解释是："把生死苦难比作此岸，把涅槃比作彼岸，只有凭借着大智慧才能脱离生死，证得涅槃。"

从此经可看出，佛教的终极目标是带领世人挣脱今生，走向彼岸的极乐净土。

用当年教科书上的话说，佛家作为唯心主义哲学，根本观点就是把真实的客观世界视作虚幻，宣扬一切皆空。连我这身体也是空的，那么任何苦难自然也是空的，如此一念，便是脱离苦海轮回的因缘。因此，佛家的至高伟力在于一把拉你过河，而不是使你在此岸安居乐业。

这种观点于禅宗最为明显，他们是空得最潇洒最彻底的一派，视万物为雾电泡影，甚至连西方乐土也照样是梦幻——鉴真如此不厌其烦地在这不可挽救的虚空中劳心劳力，真如炊沙镂冰，有多大必要呢？

佛陀救济世人脱离老、病、死一刻不息的无间苦海的手段，可不是靠那些同为虚幻的草木之药啊。

佛陀悟道之后，曾感叹：“异哉！一切众生，皆具如来智慧德相，只因妄想执著，不能证得。”

是啊，红尘俗世芸芸众生，又有几人能一闻妙法就豁然彻悟到达彼岸——佛陀的渡船，在恒河沙数的愚夫愚妇眼中，实在太玄妙高深不可思议了，又能载上几位历经万劫修得慧根的幸运儿呢？

据说有一种残忍的美食：将甲鱼饿上几天，放在铁板上，下面架起火烤；甲鱼又热又渴，便会大口大口喝调好味的酱汤，如此不消多久，滋味入里，内外俱熟，便可上席。如果有开悟者目睹这一切，一定恨不能当头棒喝：你为何不跳下铁板？自然这甲鱼是被拴住的逃不走，但你看世人不也都在这火坑之中吗？只顾埋头止一时之渴，有几人想过解开束缚一步虎跳跃出火坑呢？

大多数满面尘埃的苦海众生总是看不太远的，他们最盼望的，就是能把勒在脖子上的绳索松上一松，饥馑、贫苦、刀兵、厄运、疾病，这些才是他们最迫切被减免的刑罚。就像一个被重担压得直不起腰的行者，他的目光只能落在膝盖前方的泥泞地上，踉跄奔走时根本没有余力抬起头来远眺前方。

尽管佛教也宣称，今生的苦难皆是前世的孽业，今生的修行也就有来世的福报，但对于这些受难者，彼岸固然是巨大的诱惑，来生也是美好的寄托，但更需要的还是此岸今生的抚慰。

这就是佛陀所说的“妄想执著”吧。但正是这种“妄想执著”把佛教从万里之外的雪山那边迎到了华夏中土。

佛教的传入，源于汉明帝一梦。一夜明帝梦见一个巨大的金人，全身放光。醒来后询问群臣，有人回答那应该是西方的神人，叫佛，"身长一丈六尺，黄金色，项中佩日月光，变化无方，无所不入，故能通百物而大济苍生"（《后汉纪》）。于是明帝遣使西去求法，于大月氏国遇高僧迦叶摩腾、竺法兰，白马驮经迎归洛阳，是为佛教传入中国之始。显然，明帝和他的臣民，都将佛视为传说中蓬莱岛上安期生一类的仙人。到了桓帝时，还将佛陀与黄老并行祭祠，把佛教看作道术的一种，祭拜的目的是为了求福祥、延寿命，甚至成仙飞升。

如此心态下，那些来自远方的高僧自然被视作活神仙。而早期佛教徒为了在这个陌生的国度宣传教义，也往往要显示一些方术，如《高僧传》载安世高通晓"外国典籍及七曜五行、医方异术"。直到南北朝，一般人还称佛教徒为"道人"——有道术的人。这道术，自然是施行于现世的"天文书算、医方咒术"一流。

诸多方术中，有确切疗效的医学最能吸引教徒。病痛中的人是最软弱无助的，最容易接受慈悲的救助，每一个宗教都懂得这个道理。从功利的角度来看，一个高明医生的号召力简直等于一位驻世活佛，他的妙手回春足以把那些犹豫狐疑的凡夫俗子引到佛陀那艘渡船边上来。

对于弘教的佛徒，把苍生引到自己身边不过只是传教的开始；但对苍生而言，皈依某个宗教，最大的目的还是得到更多看得见摸得着的救助——他们中的绝大多数，还是摸不着渡船、看不到彼岸。

此岸中更有聪明人，他们需要佛教提供的不仅仅只是医术神方，还希望佛教能为他们的城堡添砖加瓦、彩绘粉饰。

唐太宗李世民并不能算是一位佛教徒，但他一样扶植佛教。他的理解是：佛教教义"慈悲为主"可以"膏润群生"，讲因果报应可以教人"积善"，对治国定然有利。凡有利于治国的，他都支持，所以他儒道释三教并用。

武则天对佛教的信仰却要狂热多了，居然造了个九百尺高的大佛。这位虔诚信徒的心里也有个小九九：她授意僧人宣扬自己是弥勒佛转生，自然该取代过了气的李家坐天下。

日本模仿大唐进行大化革新，也迫切地需要一位镇得住全岛的高僧。由于佛教僧侣享有不负担赋税的特权，日本国民纷纷通过"自度"或是"私度"的方式出家以规避课役。政府虽然多次申禁"私度"，但那时日本受戒制度不健全，也只好默认事实了。且不说没有完善的戒律会导致僧侣行为放纵腐化堕落，无限制的自由出家更是政府财政的一大流失，于是日本政府派人越洋来到大唐苦苦寻访传戒大师。最后，他们在扬州大明寺找到了十四岁就出家的、在唐朝享有"独秀无伦，道俗归心"盛誉的鉴真大师。

李世民、武则天、日本天皇，就算能登上佛陀的渡船，他们能舍得离开这片经营多年的国土，进入永恒而冰冷的涅槃吗？

当然可以说这些帝王家大业大牵挂多，可谁没有父母妻儿几间草房？有多少人能挥挥长袖，抛家弃子，在亲人绝望的哭泣中扬长而去呢？就是当年佛陀出家，也只能半夜逃离。

太多人眼里，只有脚下的此岸。

鉴真没有令日本失望。感激至极的天皇，毕恭毕敬地授予了这位盲目老僧"传灯大法师"的称号，并请他担任佛教界领袖——"大僧都"，给予最高礼遇。鉴真所建的唐招提寺也就成了日本第一级别的大总寺。

其实鉴真之前，日本已经聘请过两位高僧，一位来自中国，另一位来自印度，然而都不能使日本朝野满意。尽管可以简单归结为这两位的威望都不能与鉴真相比，但应该还有另一个重要原因，那就是他们于佛学之外的一些技术，如医药之类，远没有鉴真高深。

也就是说，他们的法力无法在此岸给予足够的救济。

如果他们能看到鉴真十年间在日本的作为，衷心钦佩之余，也许还会感到些惭愧。因为既然有这么多人无法超脱此岸，那么真正的佛子便应该一肩担起两岸。

既然你放不下重担，那么便该为你托上一把力，让你直直腰；既然你跳不出火坑，那么便该为你挡挡火，浇些水，让你喘口气。

就算你的苦痛呻吟只因为你自己前生造孽，但只要入了我眼，便该为你金针度厄！

无论是智者还是愚人、无论是帝王还是草民、更无论是华人还是倭夷，都该在这悲悯的佛心中得到所需要的慰藉。

别说此岸虚幻，就连地狱恶鬼，也一样需要救度——

"我不入地狱，谁入地狱？"

"地狱不空，誓不成佛！"

如果只顾自己解脱，弃这些执著于虚幻的众生于不顾，佛陀也就不成其为佛陀了。佛家有"五明学"，内容包括很多世俗学问，如语言文字、工艺技术、阴阳历数，等等。其中专有一明："医方明"，便是各类医学知识。

即使是虚幻，也要为沉溺其中的苍生建造出一个少病少灾的天堂。

当一连十八天独据论主高坛，宏旨大论滔滔不绝，五印度各宗各派学者无一能与辩驳的玄奘在戒日王、鸠摩罗王陪同下骑象游行时，中华智慧已经在佛陀的故乡显示出强大的活力；再过一个世纪，当鉴真在东大寺庄严主持日本史上空前规模的受戒仪式，为上至天皇皇后、下至普通沙弥几百人授戒时，来自神州大地的佛光终于笼罩了整个亚洲大陆。

大唐，也就成了这个虚幻而又真实的天堂的中心。

每次看着鉴真伛偻着身子坐在炉前亲自为病人煎调药物，无论信不信佛，人们都会不自觉双手合十深深弯腰，向这位年老的中国僧人礼敬。同时每个人的心中都会涌起一种清凉，所有的烦躁苦恼都似乎随着药罐中袅袅上升的蒸气，瞬间消散在空中。

熟读佛经的人这时往往还会出现一种幻觉，烟雾氤氲中，蒲团变成了莲花台，上面结跏趺坐的是一位左手持药钵，右手结与愿印的金身菩萨：药师佛，那位誓为众生解除一切疾苦的东方净琉璃世界教主。

这时不知是谁开始轻声诵经，立即有人跟着念起来。人越来越多，声音越来越响亮，起先还有些生涩，但很快便很流畅，不多时，围绕着鉴真颂佛之声大作：

"愿我来世，得菩提时，自身光明炽然照耀无量无数无边世界……

"愿我来世，得菩提时，以无量无边智慧方便，令诸有情皆得无尽所受用物，莫令众生有乏少……

"愿我来世，得菩提时，若诸有情众病逼切，无救无归，无医无药，无亲无家，贫穷多厄，我之名号一经其耳，众病悉除身心安乐……

"愿我来世，得菩提时……"

鉴真只是微微笑着，侧过身子仔细去听药罐中水沸的声音。

相关医药知识摘录：

中药鉴定：鉴定中药的方法，通常可分为基原（原植物、动物、矿物）鉴定，形状鉴定，显微鉴定与理化鉴定等。最传统也最常用的方法是形状鉴定，即用眼看、手摸、鼻闻、口尝、水试、火烧等一些十分简便的手段来检查药材的外观形状。

中药形状鉴定主要内容：形状、大小、颜色、表面特征、质地、断面、气、味、水试、火烧。依次进行。

著名中药经验鉴别术语举例：

"芦长碗密枣核艼，紧皮细纹珍珠须"（人参）

"马头蛇尾瓦楞身"（海马）

"金井玉栏"（桔梗、黄芪、板蓝根等）

"怀中包月、观音坐莲"（川贝）

"乌云盖顶"（羚羊角）

"铜皮铁骨"（三七）

"狮子盘头"（党参）

"蚯蚓头"（防风等）

"菊花心"（甘草等）

"朱砂点"（苍术）

"鹦哥嘴、红小辫、蟾蜍皮、马尿臭"（天麻）

云深采药去

——诗人们的隐逸情结

　　背靠着那株需要两三人才能合抱的大松树坐下，贾岛感到一阵怅惘。

　　汩汩的涧水声时时被不知名的鸟叫阻断，忽东忽西，忽高忽低，清脆而稚嫩。贾岛很想看看这些可爱的精灵，但目光所及，尽是在风中摇曳的苍翠，还陆续飘来缕缕烟云，如草书的飞白一般刷过峰峦，遮遮掩掩的不让人看清。

　　贾岛觉得身上有些凉意，摸摸衣袖，有些潮潮的。低头看去，正好一缕云低低流过，连脚下似乎也朦胧起来，竟有些飞升的意思。

　　他无奈地叹了口气，回头看看那个半大孩子。可那孩子一直在松树下埋头挑拣着草药，没空搭理他——再说，他贾岛能与一个孩子聊些什么呢？

　　这时，远处隐隐响起丁丁的砍伐声，贾岛不觉精神一振，忙站起身来。但等他循声望去时，云雾早已经在湿气中渗涸开来，把群山隐得只露几个峰尖。

　　贾岛突然有了作诗的冲动。只一思量，脑中便有了一首完整的诗。他反复默诵几遍，居然觉得比他那些捻断了胡须多日苦吟出来的还要好些。他强按捺住兴奋，定定神，曼声吟道：

　　"松下问童子，言师采药去。

　　只在此山中，云深不知处。"

"云深不知处——""云深不知处——"山谷间，回音久久不绝。

贾岛为这首诗取名为《寻隐者不遇》。

那天，他没有遇见这位慕名已久的隐士。

隐士采药去了。

人类是群居动物，但自从互相搀扶着走出岩洞，开垦、筑室、建城，一步步远离山林的途中，有些人的耳边却始终萦回着来自山野的声音。或是松风，或是猿啼，或是鹤唳，甚至是狼嗥虎啸，呼唤着他们重新离开人群。

自古便有隐士，但到了唐朝隐士们才真正迎来了黄金时代。隐士再超脱，也得有强盛国力的保障，天下大乱时哪座山能避开战火、容得下这么多闲人呢？说什么隐士，大都是被逼入山的难民罢了："（隋末）治日少而乱日多，虽草衣带索（指衣着粗劣的隐者），罕得安居。"（《唐才子传》）而到了开元年间，谁能说清，就在这笙歌鼎沸的万丈软红边上，终南山、华山、嵩山，莽莽苍苍之中，究竟隐藏着多少布衣麻鞋悠然来去的高人？山林深处袅袅升起的炊烟，竟飘到了庄严的朝堂之上，有的居然还交织成了登天之路。终南捷径，这个讽刺伶俐人利用隐居引起朝廷注意从而迅速得官的成语，自然是对真隐士的莫大侮辱，但这种全社会对隐逸生活的空前向往，却是之前任何一个朝代都没有过的。即使这种心态不能算唐朝最为兴盛，但起码有一点是值得夸耀的：还有哪个朝代对这个若隐若现的群体留下了这么多记录？而且，这记录本身就是不朽的艺术品。

有谁统计过，厚厚一部《全唐诗》，其中究竟有多少首诗提到了隐士，或者隐逸生活呢？

反正几乎每个诗人，李白、杜甫、王维、白居易、韦应物、柳宗元、刘长卿，当然还有贾岛，等等等等。大大小小、有名无名，随手翻去，诗集中往往都能找到几首隐逸诗。

原本清苦的隐士生活，由此被一个个天才给披上了令人陶醉的诗意。

正如农夫的耕作，采药是诗人想象中最具象征意义的隐士行为。一身短打扮，斜斜挎着竹篓，腰插精致的小锄，于雨后初晴的清晨，在鸟鸣声中踩着被露水润得有些滑脚的野草走入深山。茂密的森林把阳光筛得支离破碎，落在脸上斑斑驳驳的，有些麻麻的痒。不时有猴子或是松鼠从头顶跃过，落下几片树叶，隐士见惯不惊，就这么慢悠悠走着。突然，某种特殊的草木香气钻了鼻孔，于是停下脚步，仔细打量着四周，很快，一株少见的药草进入了视线。他解下药篓，取出里面的葫芦——那里面是自酿的果酒——拔开木塞小小呷上一口，然后高高挽起袖子，蹲了下来。

也许是灵芝、也许是苍术，还可能是茯苓、黄精……反正都是延年益寿的好东西，按古代药书的夸张说法，久服还能成仙。

"昔闻庞德公，采药遂不返。金涧饵芝术，石床卧苔藓。"（孟浩然）

"春风生百药，几处术苗香。人远花空落，溪深日复长。"（卢纶）

"南入商山松路深，石床溪水昼阴阴。云中采药随青节，洞里耕田映绿林。"（李端）

"幽人寻药径，来自晓云边。衣湿术花雨，语成松岭烟。"（温庭筠）

诗人向往的隐士生活就该是这么安逸脱俗。在他们想象中，再险恶的老林也是桃花源，再陡峭的山峰也是奇景仙境，根本不去考虑跋涉于其间需要耗费多大的体力、需要冒多大的风险——他们从不会担忧药草的叶底是否会盘着一条暴怒的斑斓毒蛇。

高适算是现实一点的，知道隐得再深也离不开钱，但在他笔下，这钱来得还是一样的潇洒:"卖药囊中应有钱,还山服药又长年。"

没有这种浪漫也就不成其为诗人了。

诗人从来不愁手头没钱,他们只怕肚里无句。

因为大唐帝国的舞台上,唱主角的就是诗人。诗人出生在这个时代需要修行几辈子:无论是谁,只要诗作得好,就有可能得到梦想的一切。

这种利益是用科举的形式兑现的。

科举确立后,起初很注重儒家经义,用"帖经"与"墨义"来考核考生对经典的熟悉程度。所谓帖经,类似填空,要求考生填上经书中被帖住的文字;墨义则类似问答题,要求写出经文大义。至于文采,则要当场作杂文两篇,最早主要是写作箴、铭、论、表之类实用文体。随着盛世来临,唐诗创作日益繁荣,上至帝王权贵,下至牧童竖子,无不喜欢吟诗作赋。这种背景下,诗赋终于被引进科举,很快就取代了杂文:玄宗天宝年间规定,进士先试诗赋,次试帖经,最后策问,即对时事的看法。从此诗赋成为科考最重要的内容,即使帖经不合格,诗赋做得好一样能过:"主司褒贬,实在诗赋。"

当年唐太宗看着新科进士鱼贯而出,不禁有些得意忘形,说了句未免带些奸雄气的话:"天下英雄入吾彀中矣!"

短短一百来年后,进入李家王朝彀中的天下英雄便都变成了诗人,他们提着饱蘸浓墨的如椽巨笔迈步走向了帝国的中枢。

于是,这个当时世界上最强大的帝国,正如汪洋大海上的一艘巨船,从船长到水手,每个人都在吟唱中行使着各自的职权。这首船也因此散发出了独特的魅力,连破开的海浪,高低起伏也符合平仄的韵律,层层荡漾,就像是一行行摇曳于碧波中的妙句。

在唐人看来,诗赋取士实在是高明极了。写诗贵在独出机杼,诗人当然是天底下最有创新能力的；而那些死啃故纸堆的老夫子，循规蹈矩墨守成规，一派暮气，哪能当好活力无限的大唐帝国的家呢？

御辇上，雍容优雅的唐文宗看着帖经墨义那写得密密麻麻的卷纸，目光里充满了不屑："只念经疏，何异鹦鹉能言！"

然而，三百多年后，终于有人对这个高明的取士标准发表不同意见了。

王安石，这个坚毅的改革家，在抛出一系列施政大纲的同时，把矛头指向了诗赋取士。他说："少壮时正当讲求天下正理，而书生们却闭门学诗作赋；等他得第做官后，世事却都不熟悉。这就是诗赋取士的科法败坏人才，导致不及古人的原因啊。"他提议罢考诗赋，专考儒经大义与时事策论。

此议一出，立时引来众多反驳。王安石的老朋友兼老反对派，苏轼，也洋洋洒洒写了文章辩驳。他说："自文章而言之，则策论为有用、诗赋为无益；自政事言之，则诗赋策论均为无用矣。"他的意思是，诗赋诚然于政事无用，但甄别处理政事的人才，天下又有哪种标准是更有效的呢？

这个问题难回答。即使现代招考公务员，究竟用什么知识才能最有效地衡量人才，仍在探索之中。

暂且把这个问题放在一边，重新看苏轼为诗赋辩护的奏疏吧。其中有一句话非常有力："自唐至今，以诗赋为名臣者不可胜数，何负于天下，而必欲废之？"

是啊，诗人哪里对不起天下苍生，你王安石何必定要废除呢？

苏轼的文章自然是铿锵的。但细思之下，却又疑惑起来：历史上真有这么多名臣诗人吗？做到大官的的确不少，但有几位出色的诗人能做出了不得的事业，力挽狂澜扭转乾坤呢？

苏轼所言的名臣之名，究竟是以臣名还是以诗名呢？

或许在诗人们看来，这两者没有区别。他们认为自己治理天下的才能原本就蕴涵在诗才之中：笔落惊风雨、诗成泣鬼神，只要能做出好诗连天地鬼神都有感应，此外还有什么做不到的！

看看活跃于大唐诗坛上的弄潮儿吧。

在诗人们的传记中，有一类词很常见："恃才傲物""倚才陵藉"。

初唐四杰之一杨炯，常称呼达官贵人为"麒麟楦"。旁人不明其意，他解释："你不见那些演麒麟戏的吗？披着一身假皮神气活现，倒也像那么一回事。可扒了皮还不仍旧是头驴？"

杜甫的祖父杜审言，在苏味道做吏部侍郎时参加了官员的选判，出来后见人就说："苏味道必死！"旁人闻言大惊，忙问缘由，审言慢悠悠道："他见了我的判词，还不得羞愧而死吗？"他甚至扬言：他的文章就是屈原宋玉也得打下手，他的书法王羲之也得向他拜师。临终还狂了一把，对前来探病的人说："我活着老是压着你们，使诸位不能出头；如今我终于要死了，遗憾看不到接替我的人啊！"

贾岛更是狂到了皇帝头上。某日他在一座寺院中吟诗，恰好唐宣宗微服出游至此，闻声寻来，随手取过案上的诗卷便想看看。可刚要翻阅就被贾岛一把夺了回去，还斜睨着皇帝说："你先生衣食华美也就足够了，何必懂这些呢？"宣宗笑笑走了。后来贾岛反复思量觉得不对劲，一打听才知道那是皇上，吓了个半死。

或许狂傲也是随着时代盛衰而消长的，中唐以后，诗人的狂放多少收敛了一些，却又多了轻浮的毛病，乃至有了一句俗语，叫"进士轻薄"。

"春风得意马蹄疾，一日看尽长安花"，这联诗确实好，可一想到作者孟郊写这诗是抒发进士及第的狂喜，那就不得不令人感叹此人气度窘促难成大器了：区区一第何必如此炫耀！白居易的挚友元稹，有次在驿站遇见当红宦官仇士良，两人居然为了争房间闹了起来，结果元稹被打破了脸皮。阉宦固然可恶，但朝廷对此事的评判，说元稹年少轻威难道没有一点道理吗？如果这事还不能说明元稹确实不够稳重的话，那么日后他当上宰相后众人的评论："举动浮薄，朝野杂笑"，"素无检，望轻"，就不应该是空穴来风了，因为他很快就被免了职。对于世人的指点嗤笑，杜牧洒脱多了，毫不理会。当官时夜夜寻欢青楼，宰相收到巡街官员报告杜大人在妓馆平安的帖子装满了整整一箱。一次有个同僚开家宴，顾忌杜牧类似于纪委的御史官员身份，不敢请他，可杜牧了解到那家的歌女号称一流后，竟然厚着脸皮暗示自己很想参加。同是逛窑子，温庭筠却要猥琐一些，有次喝醉了在妓院破口骂人，结果被巡夜的军士打落了牙齿。

也许这几位还不太够分量，那就在大唐星空中找到最耀眼的双子星座，看看诗圣与诗仙吧。

杜甫与李白都有远大的政治抱负，一位是"致君尧舜上，再使风俗淳"，一位是"但用东山谢安石，为君谈笑静胡沙"，都想"济苍生"，"安社稷"。但有大志气的同时往往也有大脾气。

先说杜甫，这并不是个好性格的人，《旧唐书》载"甫性褊躁，无器度"。他一生可谓穷困潦倒，甚至还活活饿死过儿子。流落蜀中时，很长一段时间赖着世交、剑南节度使严武的照顾才有比较稳定的生活。但对这衣食靠山，他照样"恃恩放恣"，甚至有次喝醉了登上严武的床，直瞪瞪地盯着严武说："严挺之（严武父）竟然有这么个儿子！"恼得严武想宰了他，最后还是严母出面才按住了。

李白的傲气则世人皆知。一旦喝高，连圣旨都不想理会："天子呼来不上船。"玄宗倒是欣赏这种潇洒，于是李白更加肆无忌惮，醉醺醺地在金銮殿上写诗，居然还伸出脚，逼着宦官头目高力士为自己脱臭烘烘的靴子。这也是古往今来仅此一遭的妙事。

诗人们因了这些令凡夫咋舌的言行而永生。千载之后翻到属于他们的那页史书，那寥寥数行字仍在扭动跳跃，似乎还想挣脱纸张飞到空中，为世人拼凑回那一个个大袖飘飘的傲岸身躯。

在诗人的名义下，任何性格，无论再怪异，都是合理的，甚至是必需的。张扬与傲骨，是诗人绝不可少的禀性；所谓的轻浮，换个角度可以理解为天真浪漫，喜怒哀乐不加掩饰尽情流露；至于风流多情，更是诗人本色。

一个稳重老成、八面玲珑，如西汉霍光那般二十来年出入殿门每次脚步都不差分毫的人，怎能写出有血有肉、活泼泼的好诗——

然而，又有几位诗人在政治上的事功能与霍光相比呢？

自从诗人参政的第一天起，他们的仕途就笼罩着厚厚的乌云，很少有人能走得顺利从容。这点诗人自己也体会到了，他们把这种坎坷归结于命运：所谓"文章憎命达，魑魅喜人过"（杜甫）。其实早有人斩钉截铁地下了定论："高才无贵仕。"（梁·刘峻：《辩命论》）这声哀叹世代传承，元代辛文房撰《唐才子传》，写到李杜一章时也不禁感慨："能言者未必能行，能行者未必能言；呜呼哀哉！"

诗人们究竟有没有治国的才干？就说李白吧，真有如他诗中反复自诩的王佐之才吗？没有机会施展自然不能下结论。但他令高力士脱靴一节，倒可以引人深思。对阉奴的鄙夷，自然是合乎正常人心理的，何况清高的诗人。但凭良心说，高力士不能算是个坏人，一生对玄宗忠心耿耿，性格谨慎没有野心，也没干过什么伤天害理的勾当。相比李白对力士的当面羞辱，几百年后，名臣张居正却采取了另外一种方式。他主动与太监来往，一步步打点关系，终于在太监的帮忙下，取得了执政资格，这才放开手脚大干起来——须知明朝的太监名头可比高力士时臭上万倍。唐朝的宦官乱政，那都是高力士之后的事。

张居正写诗没什么名头，但他知道要做些实事，先得站稳脚跟。他清楚，你有再美好的理想、再高明的治国手段，如果不能爬到相应的高度，都只能白白烂在肚里。而这个高度，绝不是凭着一腔浩然正气清清白白就能获得的。甚至可以说，一个人有限的一生，大部分时间都是浪费在艰苦的攀爬过程中。往往是等你终于上来了，抹抹额头的冷汗，准备干活时却惊惧地发现自己居然已经老迈得举不动手腕了，曾经的血性锋芒更是消磨得无影无踪，从此只能瘫软在高台上喘息着，等着被人挤下去——而那个颤颤巍巍冒出来的头颅，当然也是一样的雪白。

如果以成败论英雄的话，上台之后还有余力做出大事业的人，才是英雄。有句老话，英雄不问出处，也可以理解为英雄一路走来，往往是不太光明的，常常得手脚并用连滚带爬。

你李白弯得下腰吗？

诗人们往往连正常的官场礼节都很难适应，类似"拜迎官长心欲碎"的苦涩句子，随处可见。

可不弯腰，你怎么爬？

攀爬的过程，其实就是与人竞争的过程；而这个竞争，靠的往往不是文才道德，而是计策权谋。常常需要妥协、迁就、迂回方能前进，起码不能在原本就狭窄的小路上为自己再堵几块大石头。史书上，诗人们扬眉吐气的痛快事之后，几乎都附缀着类似的词语："僚吏疾之"，"为时所忌"，"由是斥去"……诗人们这样无谓地四处树敌，想凭着手中一杆狼毫横扫千军，现实吗？

而那些放浪轻浮的诗人情调，更是让天下人怀疑，如此瘦削溜滑的肩头，岂能扛得起这沉重的江山。

所以真正的诗人做不了政客。

应该说很多诗人并不欠缺才能，如刘禹锡被称为有"宰相器"；

杜牧精于兵法，"指陈利病尤切"，但对于政客来说，这些并不是最重要的。他们实际最需要的，只是能在污泥里匍匐着战斗，能在豺狼群里龇牙咆哮——而这正是远离尘埃站在洁白云头的诗人们最不屑的，是诗人致命的死穴。诗人总是高傲地把目光投向远方，而政客则聚精会神盯着脚下。诗人也许能出色地治理一方，更能舍身对朝政进行激烈的谏责，可一旦加入王朝核心权力的角逐，诗人的性格便立刻使他们到处碰壁，前赴后继地落入陷阱坠下悬崖。

"安得倚天剑，跨海斩长鲸！"你李白就算真有斩鲸的神通，那柄倚天剑也落不到你手里！

另外，不少诗人还有一个严重缺陷，那就是对实际事物的不耐烦。

孟郊及第后得了个县尉的小官。但他上任后诸事不管，终日喝酒赋诗。县官急了，禀告上司，干脆派了一人替孟郊处理政务，同时分享孟郊的一半俸禄。

当然这也可理解为孟郊认为自己才大，不齿做小官。可天下政事，都是如此繁琐的，公门百事皆有期，哪能真如你李白想象的"谈笑"间搞定朝野万机呢？庙堂案上，很多时候并没有斩鲸的倚天剑，而只是一团团没有头绪的乱麻——

你李白能皱起眉眯起眼，低下头，一根根去清理吗？

"乍可狂歌草泽中，宁堪作吏风尘下！"

还是喝你的酒写你的诗去吧！

这些错位的痛苦，足够折磨你们一生，写出千千万万好诗了。

诗歌，原本就是在错位的追逐过程中，蘸着血泪的吟唱。

诗赋取士，成就的不知是大唐还是诗坛。

毫无诗意的现实面前，焦头烂额的诗人也是会慢慢改变的。那就是每个人都必须做出抉择：是从此弯腰屈膝学着做政客，还是咬着牙，仍旧一条道走到黑。

因为诗人们终于绝望地发现，上天不允许他们脚踏两条道；而谁也无法将自己劈成两半。

于是，真正的诗人与职业的政客慢慢分流，文学离政坛越来越远。

纵然是同一位诗人，作品的质量一般也与他的官职成反比；他们的代表作大多创作于贬谪的途中。

唐诗之后，文学大河的洪峰是宋词，之后是元曲，再是明清小说……

文学一步步走向民间，走向政坛的对面。

但任何朝代都有诗人不甘心离开政坛。或者应该说，真正的诗人永远不能忘却大济天下的责任。

于是，他瘦弱的身躯便必须得承受这种错位带来的所有痛苦。

全身的血液隐隐作沸，灼烧得手脚颤抖。诗人拼命控制住自己，不让胸腔在极度的悲愤中爆炸。

蓦然，他嗖一声抽出腰间的长剑，用力劈向冰冷的石柱。火星四溅。手心一热，原是虎口裂了开来。

像是一道倒射的闪电。扬手，带着血光，缺口的利剑被抛向高天，抛向那疾滚的乌云深处。诗人闭上眼，黑暗中，还是飞速地盘旋着那一张张脸，肥胖、庸俗、颟顸，但都趾高气扬，用冷酷的眼角扫着你，就好像扫视着一只垂死的瘦鼠。诗人痛苦地呻吟了一声，猛抬起头来，胸口剧烈地起伏，终于一声厉啸：

"大道如青天，我独不得出！"

啸声长久不息，直至诗人委顿地蹲下身来，大口大口地喘着气。良久，他又慢慢站起，冷笑中带着无限的疲惫：

"安能摧眉折腰事权贵，使我不得开心颜——

不如归去！归去！

人生在世不称意，明朝散发弄扁舟！"

风起，乱发在诗人眼前飞舞，幻出了缥缈的云山。云山深处，有人高歌来往，影影绰绰的，似乎还背着竹篓，戴着笠帽。

"尔去掇仙草，菖蒲花紫茸"，好，随他采药去。

可是，就这么走了吗？这么些年，日夜萦绕于心的"功成，名遂，身退"，功在哪里？名在哪里？

诗人的眼角，一滴浊泪慢慢滑下，蚀出了满脸的皱纹。

这身，又该退向何方？

这问题纠缠着每个头破血流的诗人。

深山，也就成了失意的诗人们梦中遁逃的最后家园。

但遁逃也不必非要隐入深山。

王维晚年"万事不关心"，孤居一室，夜夜焚香独坐，屏绝俗务以禅诵为事。斋中除茶铛、经案、绳床、药臼外一无所有。

韦应物的书斋想是也有那么一套药臼的。

那日天气甚是寒冷，风雨大作。韦应物裹着毛毯独坐书斋，焚起一支香，思绪悠然。

也许是看到了桌上的药臼吧，他记起了一位隐居深山的朋友。这么冷的天，他在干什么呢？

是穿着蓑衣在溪谷间收拾柴火，还是已经回到了简陋的草房，正坐在火炉前慢慢煎熬着刚挖得的药材？

他忽然很想自己也坐到草房里去，与这位朋友一起喝点酒，在这风雨交加的夜晚。想到此节，他来了诗兴，挥笔写道：

"今朝郡斋冷，忽念山中客。

涧底束荆薪，归来煮白石。

欲持一瓢酒，远慰风雨夕。

落叶满空山，何处寻行迹。"

书斋中，隐隐升起了带着草木清香的云烟。

来自远山的云烟。

一时间，韦应物不知身在何处，浑然忘却了天地间那彻骨的冷，忘却了俗世里的一切烦恼。

相关医药知识摘录：

中药采集相关知识：中药多为植物，植物在生长的各个时期，根茎叶花实各部分所含有效成分的量各有不同，故而应在含量最高时进行采收，通常有以下规律：

全草：植株充分成长或开花时采集。

叶类：花蕾将放或者盛开时采集；特殊品种，如霜桑叶，须在深秋或者初冬经霜后采集。

花类：一般在正开放时次第摘取，如菊花，旋复花；有些则含苞待放时摘取，如金银花、槐花、辛夷；花粉入药者，如蒲黄，须于盛开时采收。

果实、种子类：除枳实、青皮、乌梅等少数药材须在未成熟时采收，通常都在成熟时采收；容易变质的浆果，如枸杞、女贞子，应于略熟时清晨或者傍晚采收。

根、根茎类：古人以二、八月为佳，春初"津润始萌，未充枝叶，势力淳浓"，"至秋枝叶干枯，津润归流于下"，有效成分含量最高。少数例外，如半夏、元胡以夏季采收为宜。

树皮、根皮类：春夏时节植物生长旺盛、浆液充沛时采集；部分根皮，如牡丹皮、地骨皮等，则以秋后采收为宜。

壮气蒿莱

——从"牵机药"到"五国城"

宋奸相蔡京之子蔡绦有本笔记《铁围山丛谈》，记了北宋一朝不少秘闻轶事。毕竟他老子身居高位多年，频频出入宫禁，历代学者多重视其言，不以等闲视之。其中提到宋徽宗刚即位时曾巡视皇宫，发现有个无名库房，一问方知此库专藏毒药，库内的毒药分为七等，鸩排在第三等，第一等的毒药"鼻嗅之立死"。

即使没有蔡绦的描述，所有人其实都清楚，自从有了皇宫那天起，这个神秘的库房便已经存在。随便翻史书，不必费多大力气，总能找到一些"鸩杀""饮药死""毒杀"之类的字眼。这些字透着一股森然的寒气，凝视久了，似乎眼前还能幻化出一个密封的小瓷瓶，以及瓷瓶后令人毛骨悚然的微笑。

下毒杀人毕竟不是光明磊落的事，皇家自然对此讳莫如深，所以那瞬间勾魂的瓷瓶中到底装着什么东西，自古便是一笔糊涂账。其中最有代表性的，应该算是宋宫毒库中排名第三的鸩毒，以至于经常用"鸩"来统称所有的毒药。而这"鸩"为何物，从来便讲不明白，或者说令人难以置信。古书中说那是一种不祥的邪鸟，食蛇为生，全身剧毒，沾了它的屎尿连石头都会腐烂如泥，它的巢下数十步之内更是寸草不生，只要把它的羽毛在酒中划过，这酒就可致命。但亲眼见过的人极少，连博学严谨如李时珍都无法对它下定论：《本草纲目》中有关鸩鸟形状的记载互相龃龉，甚至还有些无稽之谈，说鸩鸟发觉木石下有蛇隐藏时，会如人间巫师那般"禹步"作法，"须臾木倒石崩而蛇出也"。

尽管荒诞，但历代还是有人认为世界上确实有过这种简直是来自地狱的生灵，只是人类觉得这种毒鸟太过可怕，所以才捕杀灭绝了它。

可天下终究是有毒药的，一桩桩见得人见不得人的阴谋阳谋都验证了它们的效果。那么所谓的"鸩毒"究竟是什么呢？据专家考证，很多毒药其实不外乎是砒霜、乌头之类，传说中的"鹤顶红"大概便是红信石：含有少量杂质的砒霜矿石；而著名的"牵机药"被认定为马钱子更是极少疑义。

马钱子又名番木鳖，是马钱科乔木马钱的种子，原产印度、越南、缅甸、泰国一带，有通络散结、消肿定痛的作用，可用于痈疽、跌打损伤、风湿痹痛等症，现代还尝试着用来治疗癌症。但有大毒，内服需经严格炮制，而且一般每日不能超过0.3克到0.9克，否则所含士的宁碱中毒，引起全身伸肌与缩肌同时极度收缩，从而剧烈抽搐，出现强直性惊厥，不立即抢救很快就会身体严重佝偻，窒息而死。

这完全符合古籍中关于牵机药的记载："服之前却数十回，头足相就，如牵机状也。"——牵机之意，现代人不好理解，反正是布机织布时的一种状态。

牵机药在史上如此出名，是因为都说它夺走了一位天才词人的命。

写了"一江春水向东流"的南唐后主李煜。

李煜的结局，《宋史》等正史都未明言是被毒死，但《续资治通鉴》的考异说："李后主之卒，它书多言赐鸩非善终。"说得最详细的则是宋人王铚的《默记》，死于牵机药之说便是来自此书。

按说正史未载李煜被害，后人便该对牵机药之说打个大大的问号，但事实是大多数人宁愿相信一家之言的《默记》，为后主洒一掬同情之泪，也不愿相信《宋史》中平平淡淡的"三年七月，卒，年四十二。废朝三日，赠太师，追封吴王"。

因为很多人认为，《宋史》的不少章节值得怀疑，尤其是太祖太宗年间的事情，更不能全信——

毒杀李煜的疑犯太宗赵光义，早已将那段历史用金漆仔仔细细地刷了一遍。

其实隐饰李煜之死不过是顺手之举，赵光义的主要目的还是为了证明其继承于兄长的皇位的合法性，而最重要的，就是力脱自己在太祖暴卒中的干系。

太宗对史官修史的干涉力度很大，太宗朝所修的《太祖实录》先后返工三次，虽然已经做了大量的篡改和掩饰，他还是不满意。

但太宗已经得到了他想要的结果。太祖之死虽然留下了不少抹不去的痕迹，如"烛影斧声"，但毕竟已如太宗所愿，被历史封存，成了千古之谜。唯一的谜底，早已被深深埋入皇陵，无论太宗的双手有没有沾上兄长的血，千年后都已经彻底腐烂，化作了劫灰。

无论真相如何，结果只有一个：宋太祖赵匡胤，死于开宝九年（976 年）十月二十日，时年五十岁。

要到两年后，忙碌的死神才降临李煜的小楼。

太祖的早逝，于李煜悲惨的命运等于雪上加霜。只要太祖在世一日，他便不会与任何毒药牵上关系，因为以太祖的胸襟足以容下这么一个亡国的落魄之君。

苏轼的好友王巩写了本《随手杂录》，记了这么一件事。陈桥兵变后赵匡胤回师进宫，见宫嫔抱着周世宗柴荣的幼子，当时赵普等人都在，赵匡胤便问他们该怎么处理，赵普回答："当然得除去，以免后患。"赵匡胤却说："即人之位，再杀人之子，我不忍心。"就把这婴儿送给部下抚养，以后再也没问起过。

虽然此事正史未载，但太祖著名的三条誓约也足以印证他的度量：刻在碑上藏之深宫、世代传承的祖宗家法，第一条赫然就是"保全柴氏子孙"。须知太祖的帝位篡自柴家孤儿寡母，而李煜却是堂皇的猎物，于皇朝正统上的敏感意义远不能及。赵匡胤能容柴氏后人，岂能容不下一个整日凄凄惨惨的文人李煜？

反过来说，如果赵匡胤容不下李煜这等亡国之君，那么他为何要在大举南伐时如此郑重吩咐将领曹彬、潘美呢："城陷之日，不得随便杀戮。即使不得已必须攻打，李煜一门也不可加害！"

而世人都说赵光义杀李煜，不过是缘于他的名作《虞美人》中"故国不堪回首月明中"等句触怒了龙颜；或者还得加上这位好色天子对李煜美艳的小周后的垂涎——野史记得绘声绘色，说赵光义常召小周后入宫，而每次回来小周后都会对李煜又哭又骂。

不管什么原因，毒杀一个手无缚鸡之力、已经对自己构不成丝毫威胁的彻底失败者，都不是好汉的行径：如果李煜真的有罪，真该处死，为何不能明正典刑昭告天下？

只可惜，在史书上处处透露出做贼心虚的赵光义，原本就不是条好汉。

太宗一母同胞的兄长赵匡胤才是一条好汉。

这位天子的身上，有着一种历代帝王难得的草莽英雄气，而这种性格又迥异于同样来自民间的刘邦——刘邦身上多的是市井流氓气，赵匡胤则更像是一个传奇小说中的侠客。

史载赵光义自小"性嗜学"，像个斯文人，但他哥却是另一脾气，幼时没正经读过书，好舞枪弄棒，而且武功很高，几乎每个跑码头的都会耍的那套"太祖长拳"，据说便是创自他手。《宋史》中也记载了他的好身手，说他"学骑射，辄出人上"，随便学学就远远超过一般人。有次他试骑一匹没有笼头的烈马，那马发了劣性子狂奔，经过城门时，逸上斜道，赵匡胤的额头重重撞在门框梁上被甩下马来；旁人都以为这次老赵可完蛋了，天灵盖定然被撞个稀巴烂，可赵匡胤爬起来，立即发力奔跑，追及烈马腾身再上，竟然毫发无伤。看来，老赵起码练过金钟罩铁布衫和八步赶蝉之类的轻功。

赵匡胤从军前曾经浪迹江湖，那几年生涯在民间留下了很多传说，什么千里送京娘、华山摆棋摊云云，野史提及太祖身上的江湖气也是津津有味。比如说他称帝之初，不少昔日同僚有些骄横难制，于是一日赵匡胤将他们召来，每人授予佩剑强弓，他自己则不带卫士，与他们一起上马驰出皇宫来到一处深林饮酒。几杯下肚，赵匡胤冷不丁发话："此处僻静，你们之中谁想当皇帝，可以杀了我，然后去登基。"众人都被他的气概镇住了，全部拜伏在地，战栗不止。还有一次，御驾出巡，突然飞来一支冷箭，射中龙旗；禁卫军大惊失色，赵匡胤却若无其事地说："多谢他教我箭法。"——不准搜捕刺客。

野史也许夸张了些，然而正史的很多记载同样鲜活地凸现了这位赵官家的草莽豪情。《宋史》"质任自然，不事矫饰"只是笼统的虚写，生动的事例比比皆是。如说他好交朋友，动辄结拜，仗义疏财，酒肉大家吃，有所谓"义社十兄弟"；登基后在皇宫中待不住，老喜欢微服出行；爱吃赵普老婆做的烤肉，一直称呼她为"嫂嫂"，做了皇帝也不改口，每年都要来赵普家吃喝几次，有回居然在大雪之夜摇摇摆摆带着赵光义上门，倒把来开门的赵普吓了一跳；还有次宴会，赵匡胤倒了一杯酒给李煜的难友——南汉后主刘鋹，把刘鋹唬得魂飞魄散，当年他自己好用毒药毒臣下，这回看到皇上赐酒，以为大限到了，捧着杯子涕泪直流恳请开恩，赵匡胤见状呵呵一笑，拿过刘鋹的酒一饮而尽，另外给他倒了一杯。

正史野史的字字句句都带着热血侠情，还原了一个活生生的赵匡胤，这分明是个笑傲江湖的磊落豪杰！正如《水浒传》开篇所云，这位赵官家，硬是凭着一身好功夫打上了金銮殿：

"一条杆棒等身齐，打四百座军州都姓赵。"

秀才遇到兵已然是焦头烂额，面对这等好汉，生于深宫中、长于妇人手的李煜，又岂是对手呢？

何况在赵匡胤面前，似乎连李煜的文才都变得有些苍白。

陈师道在《后山诗话》中提到一事。宋军围攻南唐都城金陵，李煜急得无法，只好派名士徐铉北上做说客，希望用他那名扬天下的口才解围。徐铉见了赵匡胤后，夸耀李煜博学多艺，有圣人之能，还背诵了几首他最得意的诗。赵匡胤听后大笑，说："这等酸溜溜的诗，我才不作呢！"徐铉不服，将了赵匡胤一军，想听听这位大老粗的诗。赵匡胤随口念了一首当年闯江湖时的作品，写的是月亮："未离海底千山黑，才到天中万国明。"徐铉大惊失色，明白南唐已经不可救药了。

尽管文字粗俗，但这等气魄，确实远不是李煜的"春花秋月""红日已高三丈透，金炉次第添香兽"所能比拟的。

之后徐铉再来饶舌，赵匡胤终于咆哮了："卧榻之侧，岂容他人酣睡！"

很快，大军浩荡南下，长江上浮桥渡船纵横交错。

李煜的结局早已注定。

李煜能容于太祖朝，还有一个原因，那就是赵匡胤从来没有将这位才子看作够秤的对手。赵匡胤对李煜的轻视，早已表现在他一统天下的规划上。他的核心战略方针是"先易后难"，即先平定南方再设法攻取幽燕。李煜的南唐在赵匡胤看来正是一块软豆腐，实在好欺负。他一边毫不客气地大堆大堆笑纳南唐的进贡，一边命人召李煜入朝，几次三番推辞不来，就翻脸动兵，一了百了。他很清楚这些文人皇帝使不了几招花把式。

然而赵匡胤又是一个尊重文人的典范，遗训第二条便是："不得杀士大夫及上书言事之人。"他还督促才学不甚高明的赵普好好学习，自己也继续深造——据说行伍时老赵便转了燥性子，养成了爱读书的习惯，常常手不释卷。

这种策略自然是因为赵匡胤够聪明，明白"乱世用武、治世用文"的道理，他明确说过"作相须读书人"，这也是他能从五代末那么多武将中脱颖而出并且坐稳天下的缘由。但他有一次谈话却暴露了另一番心机。

他曾经感慨地对赵普说："我派一百个文官到各地做大吏，哪怕他们全部变成贪官污吏，也赶不上一个武将可能带来的祸害。"

原来在赵匡胤内心深处，一个武将足以抗衡一百个文人！

此言再联系到宰相从赵匡胤起便被撤了座椅，不再有前朝那般"坐而论道"的优待，能够看出，这位好汉出身的皇帝骨子里根本看不起瘦弱的文人，他真正的对手还是自己的同行：武夫军将。

换个说法，赵匡胤应该认为再桀骜再出色的文人他也能轻易地驾驭，就像收拾李煜那般简单；而跋扈剽悍的武将，却得绞尽脑汁小心对付。

对付武将，第一要务是收拢兵权，这是所有开国之君在天下初定后的心腹大患。历代为了达到这个目的，也不知淌了多少功臣的血，大多数帝王在这普天同庆之时都会残忍转身，举起屠刀狠狠劈向昔日的战友，新生的王朝上空总会笼罩着一层冰冷的阴霾。

为了同样的目的，赵匡胤却摆开了古往今来仅此一例的宴席。

那个晚上，他召集了诸位大将，他的生死弟兄，大碗喝酒大块吃肉，说说笑笑，回忆当年军中趣事，好不快活，金銮殿几乎成了梁山泊。

美酒一坛坛川流不息，大伙个个面色通红，手舞足蹈言辞含糊，都有了七八分醉意。这时，赵大哥忽然放下筷子一声长叹："兄弟们哪，还是你们快活啊！自打我做了皇帝，一夜也睡不好觉呢！"

众人不解，纷纷大着舌头问大哥如今富有四海一呼万喏，还有什么烦恼呢？

赵匡胤摇摇头，慢悠悠道："人呀，谁不想富贵呢？要是有一天，也有人把件黄袍披到你们中哪位身上——"他顿住了，意味深长地看着大家，目光澄澈宁静，竟然全无酒意。

几句话如同一个霹雳在头顶炸响，众人立刻回过神来这是皇宫而不是山寨，所有的酒精都化成了冷汗，连忙离席跪成一片。一时间，偌大的殿堂竟像是凝固了，每个人甚至能听见自己额头汗水落地的声音。

赵匡胤呵呵一笑，连连摆手请老弟兄们起来，还是慢悠悠地说："人生一世，真如白驹过隙啊。你们拼了大半辈子命，如今为何不多多积些钱财，给儿孙置办些好田地，每日喝喝酒听听歌，舒舒服服过完此生呢？"说着，他又端起了酒杯。

此言一出，大殿的气氛顿时松懈，沉寂许久，君臣一齐大笑。

次日，诸将一同称病，乞求解除兵权——"帝从之"。

赵匡胤毕竟讲义气，不屑做刘邦，收兵权的方式也别具一格，符合他江湖好汉的禀性，说话直来直去、明白干脆，甚至不绕一句什么忠孝道德虚文假醋。

收回兵权只是第一步，如何重新分配出去更有玄机。赵匡胤为防备武人再次夺权，设计了一套周密的方案。

过去一直由宰相统筹一切财政军大权，赵匡胤却把这三者拆分了，分别归政事堂、枢密院、三司管理。从此政事堂长官——也就是宰

172

相——再也无权过问军事；而掌管军机的枢密院只有调兵权，没有统兵权；另外由没有调兵权的三衙负责军队日常管理；临到出兵还得皇帝自己临时选将任命。这般兵无常帅，帅无常师，牢牢把军权捏在皇帝自己手里。

如此防备尚觉不够妥当，赵匡胤对天下军队也做了独特的部署。宋代军队分三种，一种是精兵，身长体重都有规定，还造了个木人作为募兵的标准，合格的才送往中央，称"禁军"；淘汰下来的老弱残次，则称"厢军"；另外还有一些地方性的乡兵。乡兵只是民兵，厢军名为军队，其实不过是地方杂役罢了，只有禁军才是正规军，被称为"天子之卫兵，以守京师、备征戍"。禁军平日集中于都城，轮番派出到各边防守；怕在地方扎根养成割据势力，不许在一处久驻，频繁换防，一年到头在路上跑。

这种措施，似乎也符合赵匡胤的性格：练武之人都重内功，禁军者，内力也，都城者，丹田也，力气须得由丹田发出才能雄浑霸道。

只是赵匡胤此举却是大耗内力：全国部队几乎天天在行军，这笔开支比之连年开战又能少到哪里去呢？

赵匡胤自然不是呆子，其中得失一目了然，但他实在想不出更好的法子既能保证丹田——首都——的安全，又能防备军队作乱。

卧榻之侧仍有人酣睡，契丹党项，虎视眈眈；而国都开封无险可据，燕云十六州失去之后，北方藩篱尽撤，胡骑南下三天可到黄河，渡河后即达都城门下，一有非常情况整个王朝就根本动摇。也不是没考虑迁都，但中原经五代战乱残破不堪，财粮依赖南方；可那时运河汴渠已坏，粮运只能通到开封，实无力再运到洛阳，遑论长安。赵匡胤曾说定都开封纯属权宜，终究还是要西迁的，但那要等四方平定之后。若想平定四方，则不能裁军；军队势大，更不能放心，只能以禁军厢军处置——集全国最精锐的部队于中央由天子亲自镇压。但禁军养在朝廷四处调动需要大量给养，反过来更依赖运河，愈发迁不得都。如此正应了一句老话：口渴喝卤水，陷入一个尴尬的怪圈，越陷越深终于不可自拔。

赵匡胤头疼万分，但最终还是没解决这个棘手的问题。长叹一声，他无奈地承认了现实，把这个沉重的负担留给了后人："不出百年，天下民力殚矣！"

只是他防备武人的初衷总算已经达到，终北宋一朝，武将都规规矩矩的。

裁抑武人的同时势必是尊崇文人。宋朝待文人甚为厚道，朝廷极力奖励读书，大开科举之门，录取名额越来越多，供养越来越客气：据说宋朝文官的俸禄是史上最丰厚的，而且只要做了官，只要不犯大错管你有无才干都能按着年资升迁，死了还赐你荫子荫孙。各地长官重用文人不说，皇帝还给惯于纸上谈兵的文人撑腰，提拔他们踩在武将头顶——最高军事机构枢密院的一把手，尽是文士。

猜测赵匡胤的心理，抬举文人也许只因为文人成不了大祸害，正好可以用来压制武将，可他赵家后代却不能领悟其中奥妙，崇文抑武的工作越做越认真，越做越真心。如此国策下，学子一日日扬眉吐气，武人一日日委琐自卑。很快，北宋朝野便洋溢着浓浓的书卷气，书院林立，文豪辈出，学说纷纭……

大唐崩解后被战火焚得只留一线的儒脉终于得以重苏，礼义廉耻、尊王攘夷、明夷夏之分的道统得以复兴传承，在国人内心重铸了一个文化中枢，在日后一次又一次的外来打击中始终屹立不倒。自然那是后话，当时只见文人意气风发，议论无忌，一人做事千口评价，人人自以为是国之栋梁，胸中有雄兵百万。

时人曾云："状元及第，虽将兵数十万，恢复幽蓟，逐出强寇，凯歌劳旋，献捷太庙，其荣亦无以加。"

武将则不问有无能耐，一律捆紧手脚窝囊地蹲在角落听候读书人发落；军人倒是越养越多，太祖开国时全部军队不过二十来万人，到了仁宗庆历年间，竟然仅禁军就达到了八十二万——林冲八十万禁军教头之名丝毫无虚。然而这些受文人指挥的大兵也似乎染上了文气，慢慢儒雅起来，轮到值夜班警卫时，居然使唤别人替他拿铺盖，发口粮时更是优哉游哉地雇人扛回家。

抑制武人是吸取五代兵祸教训而采取的正确举措，但赵匡胤如此布置也太矫枉过正了。他以一介武夫，如此处心积虑削弱武力，简直无异于武林高手自废武功。这能不能理解为一个征战一生的老兵，实在厌倦了厮杀，希望所有人都放下刀剑，至少，把大家的兵刃都磨得钝些、短些，让这饱经蹂躏的大地少一些血腥气呢——就像一个疲惫的绝顶高手决然焚毁一本威力极大的武功秘籍那样？

但在那寒冷的北方，刺耳的兵器锻造声，从来没有一刻平息。

雪亮的弯刀斜挂在马鞍上，在日光照射下闪着刺眼的光。

当全副铠甲的骏马嘶叫着从白山黑水的森林出发向南奔驰时，宋徽宗正在皇宫中凝神作画。

太祖死后不过一百来年，皇宫已被文气熏染成了艺术的圣殿。徽宗便是一个卓越的艺术家，尽管诗词方面的造诣可能尚不及当年李煜，而书画功底却已经远远凌驾于他。反正他们综合素质不相上下，以至于坊间流传徽宗正是李煜转世托生。

这两人确实有不少相像之处，都是风流儒雅，爱艺术胜于一切，但治国却昏庸懦弱的帝王。

而且两人都生不逢时，继承了一副烂摊子，没有福气把太平皇帝做出头。

理直气壮地享受厚待的文人集团越来越庞大，而同样庞大的兵卒却越来越不中用，越不中用则越得扩充：积年的冗官冗兵，早已硬生生地把个大宋朝拖累得面黄肌瘦、走一步喘三喘。

于是徽宗的结局也已经注定。

黄河渡口，铁蹄零乱水花四溅。马上的骑士随随便便披件生牛皮甲，斜袒半身，露出毛茸茸的胸膛，腰间系着滴血的人头，狞笑着挥舞弯刀。

尖厉的啸声中，一支支带火的鸣镝毒龙般射向南岸。

徽宗没有享受到李煜那样牵机药伺候的待遇。

但他的结局比李煜还惨。新兴的金人根本不必学太宗那般鬼鬼祟祟的假仁假义，对于俘虏，他们总是正大光明地虐待。徽宗父子被掳北上途中饱受凌辱，嫔妃遭到金将的残酷强暴，连皇后都被肆意调戏；押到都城后父子二人被献俘金帝祖庙，又是一番尽情羞辱；最终被解送到五国城（今黑龙江省依兰县）囚禁，还被嘲笑为"坐井观天"。在那里徽宗凄惨地度过了难熬的五年多余生。

陋室孤灯，父子俩相对泣下时，一定会想起当年命运相同的李煜。沦为囚犯的徽宗想必已经明白，自己的每幅书画，其实都是饱蘸着大宋脂膏而绘成，而李煜的妙词，同样付出了整个南唐的代价。

于是每次吟咏，便都会泪流满面。

只不知当他吟到李煜的《浪淘沙》时会有什么感触：

"往事只堪哀，对景难排。秋风庭院藓侵阶，一桁珠帘闲不卷，终日谁来？金锁已沉埋，壮气蒿莱……"

雪地冰天，北风狂啸，白茫茫一片，看不见什么野草蒿莱。

哆哆嗦嗦发着抖的徽宗身上，更是丝毫没有太祖的壮气。

相关医药知识摘录：

中药的"毒性"："毒药"一词，在古代医药文献中常作为药物的总称，如《黄帝内经》云"当今之世，必齐毒药攻其中"。古人认为，任何一种药物的药性各有偏性，这种偏性就是"毒"，而以偏纠偏也就是药物治病的基本原理。如张子和云："凡药皆有毒也，非止大毒、小毒谓之毒。"张景岳云："药以治病，因毒为能，所谓毒药，是以气味之有偏也……是凡可辟邪安正者，均可称为毒药，故曰毒药攻邪也。"

有毒中药：可分为广义和狭义的两种。广义泛指一切中药的作用或偏性；狭义则特指进入人体后能损害机体的组织器官，扰乱或破坏机体正常生理功能，使机体产生病理变化甚至危及生命的中药。

《医疗用毒性药品管理办法》规定的毒性中药品种：

砒石（红砒、白砒）、砒霜、水银、生马钱子、生川乌、生草乌、生白附子、生附子、生半夏、生南星、生巴豆、斑蝥、青娘虫、红娘虫、生甘遂、生狼毒、生藤黄、生千金子、生天仙子、闹羊花、雪上一枝蒿、红升丹、白降丹、蟾酥、洋金花、红粉、轻粉、雄黄。

纸上超然
——杞菊滋味与兼济情怀

　　"好个超然台！"读着弟弟苏辙的来信，苏轼连连颔首。

　　苏辙的信是一篇文章，确切说，是一篇骚体小赋——《超然台赋》。这是苏轼任密州太守的第二年。回想过去的一年，真是不容易。从富庶的杭州来到这个穷地方，一下马老天就不给好脸色，连着旱灾蝗灾闹开了饥荒，饿极了的人心一横做了盗贼的也不少，把苏大学士搞了个焦头烂额。好在东扶西凑竭力忙了一年总算渡过了难关，老百姓也大致安定了。刚能舒口气，苏轼风雅的兴头就发作了，把城上一个废台稍稍修葺了一下，做了文士雅集之所。那台四望开阔，倒也别有一番景致，只是台名未定，他便去信征求兄弟苏辙的意见。苏辙于是专门为此台做了一篇赋，并在叙中建议取名为"超然"。

　　"天下之士奔走于是非之场，浮沉于荣辱之海，嚣然尽力而忘反，亦莫自知也，而达者哀之……"苏轼拈须喃喃低诵叙文，浓眉不时扬起，双目隐有精光闪烁。珠玉在前，他觉得有些手痒，决定自己也做一篇《超然台记》。主题当然是与兄弟同调，都是表示自己超然物外，不为俗世俗务所累的豁达。

　　铺开纸，苏轼提笔濡墨，沉吟片刻便有了词句："凡物皆有可观。苟有可观，皆有可乐……"他笔走龙蛇，几无停滞，似乎文章早已烂熟于胸，无须思索。

　　"……果蔬草木，皆可以饱"，写到这里，苏轼不觉莞尔，他想起了去年饥馑时，自己也天天四处寻找野菜果腹的狼狈模样。他记得吃得最久最多的当属枸杞与菊花，春食苗、夏食叶，秋食花果冬食根，简直一日也离不得。枸杞与菊花都是中药，苏轼精于药理，明白这两样都是养生的好东西。枸杞果实能滋补肝肾，明目润肺，根入药称为地骨皮，善于清虚热止烦渴；清热明目的菊花在《神农本草经》中便被列为上品，道家也甚是重视此物，有"服之者长寿，食之者通神"之说，两者入食入药皆是妙品，是高人隐士的挚爱。但东西再好也经不起一顿顿接着吃，何况嫩苗花果的季节终归短暂，连出名嗜食杞菊的唐人陆龟蒙都为杞菊到了五月就枝叶老硬气味苦涩而遗憾。饶是苏轼长于烹调也有很多时候不得不对着案头的杞菊愁眉苦脸，举着筷子反胃。按理这等生活够令人苦恼了，但苏轼还是乐呵呵的，欣欣然安慰自己：杞菊确实滋养人，你看，我不过吃了一年，面容丰满了不少，连白头发都一天天返黑，如此坚持下去，定然能长寿——当年恩师欧阳修都称赞菊花乃"却老延龄药"呢。

"以见余之无往而不乐者，盖游于物之外也！"顺势一勾，苏轼完成了文章。搁了笔，退后一步，看着淋漓的墨迹，他又拈起了须。

他的须发浓密乌黑，也许真是杞菊的功劳。

或者，他原本就还年轻，不该有太多白发。

这年苏轼不过四十岁，正是年富力强的时候。

四十岁的苏轼真能超然物外、无往不乐吗？

在密州任上苏轼创作热情很高，留下很多诗词，包括千古名作《水调歌头》。他为枸杞菊花也写了好几首诗，其中最有名的当属《后杞菊赋》。在赋中，他又一次回顾了那段以杞菊为粮的艰苦时光，说是一天到晚公事繁杂，应酬不断，惶惶然片刻不得闲暇，却连一杯酒也捞不着喝；酒倒也罢了，连吃的都没有，只好用些草木糊弄口腹，做了十九年官，真是越做越没出息了。苏轼向来穷开心，赋中劈头便幽了自己一默："哎呀先生，是谁教你高坐堂上，号称太守？"

苏轼早已名满天下，从超然台上翩然飘下的一张张稿纸，不用多久便能流传到朝野各地。散布天涯的文人，赞赏之余多有唱和。好友文同、李清臣，元老重臣文彦博等人都为超然台作了诗赋，连远在洛阳的司马光也托人带来了《超然台诗寄子瞻学士》。司马光的诗前两联是："使君仁智心，济以忠义胆。婴儿手自抚，猛虎须可揽。"——几篇抒发超脱情怀的小文章，怎么在司马光眼中，却能看出仁智忠义，甚至还有揽虎须的勇气呢？

实际上，不仅司马光，当时所有人都能从苏轼这些飘逸诗文的字里行间看出言外之意，仔细咀嚼文辞，一撇一捺都带有苦涩或是辛辣之气。于是，大家会心一笑，肚里暗赞："这个姓苏的！"目光却如同冰冷的利箭，顺着文章的凌厉笔锋射向了高高的朝堂。

朝堂上危然端坐的是王安石，即是司马光诗中指的猛虎。

苏轼的《超然台记》也好，《后杞菊赋》也好，其实都是不满于新法的牢骚。诗文中多次提到为官的穷困窘迫，便是讽刺王安石变法中削减州郡"公使库"之事。公使库的钱、酒，是地方专门用来开支官员入京或来往应酬时的费用的，苏轼认为国家对待士大夫该有相应的规格，才合"养士"之体，王安石上台后削减太过，地方贫困，一遇灾年连太守都发愁生计，实在不妥，"凋敝太甚，厨传萧然，则似危邦之陋风，恐非太平之盛观"（苏轼：《上皇帝书》）。

看起来，苏轼不过是为了自身待遇被降低而感到不满，其实不然。他不是那种贪图享受的庸人，否则褒贬春秋的司马光岂能勉以"仁智心、忠义胆"之语？苏轼攻击的，绝不仅仅只是削减公使库这类枝节变革，而是整个安石新政。这在他的文章奏疏中有明确的论述。

苏轼原本可做京官，但因与王安石政见不同，向皇帝反复谏争后毫无效果，被放外任。司马光也有相似经历，在朝中与安石争论多时终是枉费力气，先是坚辞枢密副使高位以示不合作，后来越看越恼，干脆退居洛阳修《资治通鉴》去了。

非议新法的苏轼自然是司马光的战友。

他们不会孤独，因为他们的战友遍布四方；而当时的帝国中心，卷起袖子大干的却都是王安石的人。

王安石的人，被称为新党；司马光苏轼等靠边在野的牢骚客自然是旧党。

苏轼咽着杞菊那些年，正是新党春风得意的时候。

北宋党争之反复激烈，为历史上所仅见。新党得政打压旧党，旧党归位放手报复，不久天道循环又是倒个个……颠颠倒倒几十年，一刻也不得安生。

党争先代也有，但宋朝的党争却有其特色。史家王桐龄先生曾云："中国前此之党祸，若汉之钩党，唐之牛、李党；后此之党祸，若明之东林党、复社党、阉党，皆可谓以小人陷君子。唯宋之党祸不然。其性质复杂而极不分明，无智愚不消，皆自投于蜩螗沸羹之中。"一句话，明争暗斗水火不容的双方阵营，完全不能以君子、小人来区分——尽管人人都自以为自己这边才代表正义，对方尽是龌龊小人。那几十年间，几乎所有的君子都陷入了党争的泥潭不可自拔，人人挥舞拳脚，各自用不无偏激的笔墨为后人留下了厚厚一摞涂涂抹抹的卷宗，使得这场糊涂官司历经千年还是夹杂不清。

这公案确实难判，司马光苏轼他们自然是君子，然而他们的大对头王安石也同样具有高尚的德行。即使是最苛刻的反对派，也很难在他的私生活上找到把柄，只好讪讪然攻击他不讲卫生，不洗澡不洗脸不换衣服，没多少说服力地一口咬定如此不近人情定然是个欺世盗名的大奸大恶。

对于为何独独宋代出现如此难分是非的党争，王桐龄认为不外两个原因，一是宋朝国策尊文抑武；二是集权太过，财政军诸权皆集中于中央。因此天下人想得志只能从文，而文人若要立功名只能奔走于都城；但朝廷职位毕竟有限，能施展抱负的"仅有二三执宰"，以一国之大、人才之众，分配少数官职，不争才怪。所以他下了结论："有宋一代之历史，谓之争夺政权之历史可也！"

此论自然有理，但细思下去有些问题：哪个朝代不是争夺政权的历史，为何仅有宋朝闹出了这场盛况空前却又黑白难辨的混乱党争呢？

答案可能只有一个，因为双方都是真正的儒家弟子。

儒家的最高理想是"兼济天下"。孔子曾说如能"博施于民而能济众"，那么此人别说当得起"仁"字，还能称"圣德"了；孟子则言做人应该"穷则独善其身，达则兼善天下"。这种兼济情怀在儒学代代传承中深深铭刻在了每个学子心中。兼济须有施力的平台，然而从孔子起直到宋朝，儒者作为一个独立的群体，从未真正占据政坛最高处。操纵帝国核心权力的群体，从先秦的血亲，到两汉的外戚宦官，都是君王私家力量的代表。这种形势其实从汉家官制也可以看出：所谓九卿，追本溯源不外是些门房、车夫、警卫、傧相，带有皇家私奴的痕迹，说难听些与宦官没有本质区别。其间尽管儒学终于战胜诸家学说成了主流思想，但儒者大多数情况下仍然只能以个人身份参政，经不起多少风浪，流水的儒臣铁打的外戚和宦官。所以很多儒者为了稳固地位还得想方设法置换身份，以做成皇帝的岳父或者舅子。东汉解纽后，中枢无力，门第渐渐取得实际权力，于是轮番亮相掌权的只是各家门户的代言人。直到隋唐，科举才给了所有平民儒生一个出头的机会，然而门第死而不僵，时不时掀一股逆流——牛李党争一大原因便是门第与寒门之间的矛盾；另外跋扈的武将、狠毒的宦官，也看不大起这些手无寸铁的读书人。可怜儒生虽然多了不少机会，但还是未能放开手脚实施济世宏图。

五代的兵燹终于在剧痛中彻底铲平了门第。不过蛮横的铁蹄同样蹂躏着文弱的儒生，儒学在那黑暗的时代奄奄一息，命悬一线几乎断绝——自身难保还能兼济天下？但儒学的生命力毕竟是极其旺盛的，天下重新安定后，凭着宋太祖的崇文政策，几十年便恢复了元气。等新一代的儒家学人终于养成，一声长啸极目四顾，竟然惊喜地发现，政治舞台原来已经空了出来，什么外戚、宦官、门第，统统不再盘踞，甚至连武将也畏畏缩缩，笼着手远远看着不敢靠近。

从孔子开始的千年梦想，终于有望实现！来自天南海北的儒者顿时觉得感慨万千，一身热血沸腾起来，挺起胸整整衣冠，迈着大步昂然登上了舞台。

从血亲、外戚，到门第、到科举取士，帝国一步步由"家天下"走向"天下人的天下"——尽管这个天下名义上仍旧属于天之子，但起码，这治理天下的重担，已经落到了天下人自己的肩头。

终有一日，母亲改嫁、自己在寺庙中天天就着咸菜喝粥苦读成才的寒士范仲淹，喊出了那句令所有儒者都激昂振奋的千古名言：

"先天下之忧而忧，后天下之乐而乐！"

这是所有真儒者、真君子的共同心声，不分党派阵营。

王安石自不必多说，《宋史》中尽管不无贬义地称他"果于自用"，但也承认他"慨然有矫世变俗之志"，日后的挺身改革足以佐证此志之坚。而他最顽固的政敌司马光，所怀的忧国之心也毫无逊色。二十岁初入仕途做个小小的华州判官后，家人发现他多了个怪异的行为：卧床休息时，常常会突然起身换上官服，拿起笏版正襟危坐。多年以后，有人问他这究竟是为何，他回答："我当时是忽然想起天下大事来了。考虑天下事，不能不恭恭敬敬啊！"

正因为他们都有相同的理想：为天下开太平，所以王安石担当大位之前，两人惺惺相惜，结下了深厚的友谊。司马光曾说安石独负天下盛名多年，只要他当政，"则太平可立致，生民咸被其泽"；甚至到了安石初任参知政事，别人已经察觉苗头不对时，司马光仍然赞扬他"文学高一时，名誉传四海，勇于立事，急于进贤"，"材高古人，名重当时"。

如此赞誉王安石的，不仅只是司马光，文彦博、富弼、欧阳修、曾公亮等名公巨卿，提及这位后辈总是赞不绝口；欧阳修所言很有代表性："（安石）守道不苟，自重其身，论议通明，兼有时才之用。"他们多次向皇上推荐这位难得的人才，认为此人若出，四海升平有望矣！

可王安石终于如他们所愿成为宰辅之后，他们很快便连肠子都悔青了。

同一个病人，不同医生开出的药方差别很大，但谁也没料到王安石下的药会如此猛烈。简直是只眨了一下眼，新法便雪片般从朝堂洒落，青苗法、方田均税法、免役法、市易法、均输法、保甲法、保马法，帝国的城乡山川顿时剧烈震荡起来。看着诏书漫天飞舞，一时间大人们先是有些不知所措，待仔细一琢磨新法的内容，顿时变了脸色。

客观说，王安石的每条新法，用意都是极好的。如青苗法，于每年农民青黄不接时贷以官钱，使他们免受豪绅高利贷的盘剥；市易均输，由政府参与商业管理甚至经营，避免商人操纵市场平民吃亏；免役法则让各阶层公平负担政府必要的公役。司马光等人却从政令中看出了新法的致命弊端。

司马光是史学大家，历代得失烂熟于胸，加之性格谨慎，有名言曰："视地然后敢行，顿足然后敢立。"他的施政要点还是传统的从人上下手，主张先培育人才，改革须得在有合适人才施行前提下稳妥逐步进行。而王安石却是急性子，上台还未坐稳便一笼统抛出政纲。于是司马光断言，如此有法无人、急功近利的新法，只能成为奸员滑吏的扰民工具。

也许是这种观点本身正确，抑或是欧阳修、文彦博等人年岁已大，有了暮气，几乎所有的名公巨卿都认为新法太过急刻、实行起来有可怕的隐患。众人觉得有必要提醒王安石，于是他们斟酌词句，小心翼翼地提出了质疑。但他们低估了这个南方人性格的倔强执拗，安石谦逊地听完之后，竟全然不予采纳。

王安石心中自有算盘，他看准的路就一定要走到底。

他在聆听司马光等人的抨击时，肚里或许如此嘀咕：老兄啊，你说得当然对，但你可曾看见，咱大宋实在不能再拖了，真的支撑不住了呀。难道你不知道，太祖皇帝那时埋下的病根已大发作、快入膏肓了吗？冗兵冗官，包袱一日日沉重，如此臃肿虚弱，自然得受身轻矫健的外人欺负，每年为了买个太平，要给辽、夏大笔大笔的银帛，真正是饮鸩止渴，国库眼看就要见底了呀！假如用老兄的缓方，不消多久，不等外人来打，咱自个就得倒了啊。民间的苦处，你不也很清楚吗？百姓"所食者糠籺而不足，所衣者绨褐而不完"，这不是你的话吗？

确实，受历史教训束缚太多的司马光过于稳重，担不起非常之任。其实有次他也曾说自己像是药中的甘草人参，治疗一般毛病效果还不错，但遇见重病就有些力不从心。重病自然须用猛药，依照此喻，王安石才是当之无愧的大黄巴豆。

王安石是极自信的，他默然转身，回到书案，继续研究新法。

他坚信真理掌握在自己手里，所以想通过实际效果来打消司马光们的不安，然而司马光们同样认为自己才是正确的，为了苍生，为了大宋朝，他们必须要拉住王安石的手。既然劝你安石犹如青石板泼药，那么只好谏奏皇上，一次不行两次，两次不行三次……非得罢了新法不可。

王安石寸步不让，司马光等势在必得，拉扯久了无好话，谏争慢慢升级为中伤谩骂。王安石的回击太伤这些文豪的自尊了，他居然说谁不服新法便是"不读书"，是"流俗"。这还了得，极度充血的面皮彻底撕破，双方似乎成了不共戴天的仇人，泼妇般日夜辱骂，简直斯文扫地。连庄重如司马光都气急败坏了，有次竟在皇帝面前与安石手下干将吕惠卿厮打起来。

好，您皇上拉了架，那就请您圣裁这段是非！

年轻的神宗没怎么犹豫就把赌注全部押在了王安石身上。他毕竟血气方刚，实在不想看到大宋如此贫弱，也等不及慢慢来的改革。

王安石得理不让人，顺我者昌、逆我者斥！我这是为了行道济苍生，天变不足畏，祖宗不足法，人言不足恤，更顾不得世俗人情了。当年四处为我延誉、举荐的前辈也好，司马光苏轼这些旧友也好，你们让开吧，我们自己干！

很快，文彦博出守魏；富弼解除使相；吕公著降为颍州刺史；程颢、范纯仁等相继去职；范镇夺职致仕（辞官退休），欧阳修也乞求致仕。

天下又是一次次大震。

但就算全天下人反对，我安石也要做下去，你司马光不是说我"力战天下之人，与之一决胜负"吗？那咱们看看，最后的胜负究竟如何？

党争的本质的确是争夺政权，然而王安石司马光他们夺权的目的

186

难道仅仅是为了自身富贵吗?

相比唐朝牛李党争时被贬之人对权势的留恋,王安石当政期间,辞职、乞去、自求外任之人比比皆是;甚至有个老臣"真御史"唐介,活活气死并不是由于被贬斥,而只是因为王安石硬是不听他的谏阻。

"舍生取义"是儒家本色,只要一口气在,兼济情怀都使得他们不能放手不管,受到再严厉的打击也不肯脱身事外。正因为他们的争斗皆出于大济苍生的公心,所以任何一方都不会认错,忠奸誓不两立,定要弄个分明,绝不肯含糊过去,要死掐到底。这种斗争,全然不是庸俗龌龊的名利之争,所以每个儒生都怀着崇高的悲壮,全身心投入,直至把天下人统统卷了进来。

大宋天下,武将温柔可亲,而儒雅的文人们却几乎全变成了暴怒的斗鸡。

可文人毕竟熟读圣贤书,都好面子,像司马光那样在皇宫内打架怎么说都是很失身份的。其实他当时就意识到了失态,据《道山清话》载,两人被拉开后,吕惠卿"怒气拂膺,移时尚不能言",而司马光却"气貌愈温粹",气定神闲地看着不停喘粗气、说不出话的对手,仿佛刚才扭成一团的是另一个人。

被排挤出中央后,他们有了更堂皇的理由来表现这种潇洒。像司马光初到洛阳便依照《礼记》做了一套深衣大袖的古袍,换下多年的朝服,又整了个"独乐园",说是从此闭口不言朝事,要做个独乐乐的隐士了。

这种行为,与苏轼反复写那些带着仙气的超然诗文,正好遥相呼应——

罢了罢了,随你王安石闹腾去吧,我们退隐江湖了!

然而他们真能做个游于物外的隐士吗?

苏轼的超然好像很有点勉强，从古至今，任何一个真正看透世事的人都是懒得说话的——你苏轼为何一次次不厌劳苦撰文作赋，而且篇篇带刺呢？

还有司马光文彦博富弼等人，十几个加起来近千岁的老头子组织了一个什么"洛阳耆英会"，每日置酒赋诗作乐，看起来一副养老闲居的逍遥；可翻翻他们酒宴上所作的诗文，又有几首没有如同苏轼那般影射朝政呢？

更直接的证据，你司马光一把年纪，不好生调养，弄个一动就滚的圆木警枕，夜夜睡眠不足黑着眼圈起来读书修史，只是为了传名后世吗——《资治通鉴》的书名，足以显露著者寄予这部史书的现实意义。

司马光他们，谁也做不成真正的隐士，谁也不能一刻忘怀兼济天下的使命。

他们的超然只能写在纸上，内心深处，从不甘退出战场，即使在生命的最终。

司马光弥留之际，含糊絮语，说的尽是朝廷大事，没有一句私家话。

北宋党争还有一个不知该喜还是该忧的特点：第一次真正成为政坛主角后，面对宽松而礼遇的大环境，所有儒者的思想都得了一次大解放，简直又回到了先秦百家争鸣时代。几乎每个有才干的人都对孔孟学说有自己的独特见解，能提出自己的一整套理论，并且相信只有自己才是最高明的，所以只该依照自己的规划来治理天下。苏轼就是一个典型，他对任何人的政策都有意见。应该说，他的评论往往正中症结，那正是他聪明过人之处，但谁又能有一套无懈可击的方案呢？聪明人好挑刺，高人则纷纷自立门户，这势必造成他们只有在一致对外时才能团结，而一旦得胜得闲，自家阵脚便会乱起来。

新党倒台后，旧党分裂为洛、蜀、朔三派，内因大概正是缘此。

如果以泯灭党争的角度来看，南宋以后，朱熹的理学压制各派学说成为新的唯一主流，也有其积极意义：禁锢思想之余也避免了不少儒家内讧，所以后世的党争又回到了单纯的小人君子之争。

但是没有权威来仲裁的北宋党争仍然得在混战中继续。

可怜大宋帝国，恰似《笑傲江湖》中令狐冲那般，体内有那么多道势均力敌的真气横冲直撞，日夜受着折磨。

争斗久了，脾气越来越固执，有时简直蛮不讲理。像司马光掌权后力废新法，连已收到实际便民效果的免役法都毅然挥刀砍了。听到这个消息时，罢职闲居的王安石愕然失声："他连这个都罢?"良久又说："此法终不可罢也。"苏轼看不过去又来谏争，司马光就是不理会，气得苏轼连声大骂："司马牛! 司马牛!"

没过多久，苏轼住京城又待不住了，口里念叨着"又一个拗相公"，再一次开始了外任。

旧党的胜利并不代表任何一方君子的成功。

党争的最大赢家只有小人。

君子向来是道不同不相为谋的，所以被贬斥也好，自动离开也好，总之对新法不合作，像司马光欧阳修等人，摆明了与王安石叫板，硬是在自己的守地拒行新法。但新法毕竟是要大行的，对于君子们公开的反对或者暗中的抵制，王安石别无选择，谁能为他的改革出力便用谁。

这下小人的机会来了。他们鞍前马后拥簇着王宰相，表忠心、出死力，轰轰烈烈地把个新法推到了帝国的每个角落。旧党最担心的情况终于发生了，善意的新法的确成了小人们邀功晋升、鱼肉百姓的得力工具。以青苗法为例，救济贫民的法令居然成了硬性摊派，而且为了避免受贷方破产收不回本钱，贷款的对象不再是真正需要拯救的赤贫百姓，而是能抵押、家底殷实的富户，完全违背了本意。甚至有人以放钱得利为目的，随意提高贷款利息，原本是政府打击高利贷变成了政府发放高利贷，民间苦不堪言。其他各法的施行也是大同小异。

任何法令由小人操纵都只能落下这个结局。这也正是王安石的新法在他做县令亲自施行于一地时收效极好，而推行全国后却只能惨败的原因。

台下的君子们看在眼里，愈发觉得自己的见解英明，阻挠新法愈发慷慨激昂。于是党争愈发白热化。

然而党争越剧烈，小人越容易浑水摸鱼。

很简单，无论比权术、比毒辣、比阴险，君子们都不是小人对手。君子小人之间最大的区别，就在于小人没有一定的政见，随时可以转化立场，脸皮一抹就换表情，哪方占上风第一时间便会站到哪方。

司马光废新法时，要求各部门限时五日废除免役法，当众人还在喋喋不休争论是非时，开封知府蔡京第一个完成了任务，司马光大喜："使人人奉法如君，何不可行之有？"几年后，新党重新得政，商议如何恢复免役法，又是蔡京第一个开口："取当年旧法施行就行了，何必多说！"恢复免役法最积极的人还是他。

只是他此时的身份不再是知府，而已是权户部尚书。如此伶俐，自然官运亨通，直至最终坐上相位，并标榜自己才是王安石事业的正宗继承人。

要说超然，只有蔡京这些人才是真正的超然，真正的游于物外不问是非，管你什么新党旧党，能升官发财就是好党！

当时有个官员说得好："笑骂由人笑骂，好官我自为之！"

很快，一幅摹写新法施行之后百姓颠沛流离垂死挣扎的画卷《流民图》送到了神宗龙案。目睹画上衣衫褴褛瘦骨嶙峋的饥民，深宫中，太后不禁潸然泪下。

大宋王朝，就像一个浮肿而虚弱的黄胖病人，病势越来越沉重，只剩一口气吊着，而身边围着的一大群名医却忙着引经据典辩论治疗方案，互不服气，边吵闹边一遍遍鲁莽地把他翻来覆去折腾；好不容易拉拉扯扯上了手术台，剖开腔子后，名医们却要么忙着夺刀要么骂骂咧咧赌气不干，最后只好由那些水平低劣的下手操刀……

北宋终于在党争倾轧中耗尽了原本就先天不足的元气。

大局如此不可收拾，企图力挽狂澜的人，往往越是投入伤害越大。

苏轼也被党争害了一辈子，他几乎可以算是党争牺牲品的代表，新旧两党都不讨好，谁当政都得受打击。

而他一生最可怕的噩梦，几乎掉了脑袋的"乌台诗案"，罪状之一便是他在密州时写的那些超然诗文，《后杞菊赋》自然也在内。急于踩着苏轼上位讨赏的小人们，说他这是夸大民间疾苦，对朝廷心怀不满，非议皇上的英明决策。

受尽凌辱惊吓之后，苏轼好歹保住了性命。危急时刻，连他自己的很多亲友都噤若寒蝉，已经辞相的王安石却上书神宗："岂有圣世而杀才士乎？"安石终究是君子，对待政敌最严厉的惩罚不过是外放和降职，从未企图置人于死地。事后，读着安石为他求情的奏章，苏轼百感交集，有了一种很想与安石平心静气好好谈谈的冲动。于是一从黄州谪所召回，他便前往金陵拜会王安石。

苏轼的到访让这位赋闲的过气风云人物极为感动，他"野服乘驴，谒于舟次"，亲往迎接。二人同游蒋山，诗酒唱和，相处甚欢。

没人知道此时他们对政局的看法究竟能达成多少共识，只是从留下的诗文中得知，安石曾真挚地邀请苏轼也搬到金陵同住。

事业一塌糊涂，老年痛丧爱子，自身体弱多病，那时的安石应该已是心灰意冷了。然而，身上带着拷打疤痕的苏轼婉拒了安石的邀请。

他还幻想着，终有一日能登台实现大济苍生的抱负。

所以他还要继续走下去。

但苏轼绝想不到，他这一走，最后竟然会走到天涯海角，甚至人死了姓名还得走上奸党碑。

安石也不多劝，他只是给苏轼斟满酒，然后与这位昔日的政敌干了一杯。

两人举着空杯，半晌无言，互相凝视的眼中仿佛都闪烁着晶莹的光。

安石的憔悴自不必多说，就是比他年轻十六七岁的苏轼，也是花白了头发。

杞菊的力量，毕竟太弱。

相关医药知识摘录：

《食疗本草》中"甘菊"条：其叶，正月采，可作羹；茎，五月五日采；花，九月九日采；并主头风目眩、泪出，去烦热，利五脏；野生苦菊不堪用。

《食疗本草》中"枸杞"条：叶及子，并坚筋能老，除风，补益筋骨，能益人，去虚劳；根，主去骨热，消渴；叶和羊肉作羹，尤善益人；代茶法煮汁饮之，益阳事；能去眼中风痒赤膜，捣叶汁点之良；取洗去泥，和面拌作饮，煮熟吞之，去肾气尤良，又益精气。

《食疗本草》：古代汉族饮食疗法和营养学的本草专著。唐朝孟诜撰。该书是我国现存最早的食疗专著，也是世界上现存最早的食疗专著，后世多有引用，是一部研究食疗和营养学的重要文献。

洗 冤

——寂寥宋提刑

看着一股发黄的浓烟从熏炉孔隙中升起，宋慈暗暗叹息了一声，从身旁的差人手中取了一块切成半寸见方的生姜放入口中含着。仰天凝视了片刻后，他深深吸了口气，提起熏炉，慢慢左右挥舞着走上前去。

熏炉中烧的是苍术与皂角，苍术气味浓郁，皂角也是刺激之物，粉末嗅之便令人打喷嚏，此时烟雾氤氲，药气甚是强烈，掩过了刚才那股恶臭。但宋慈闻不到任何气味，他的两个鼻孔都严严实实地塞着纸团。他只觉得鼻腔滑腻腻的难受，因为纸团是在麻油中浸了多时的。

他在那堆用破芦席覆盖着的物事旁停住了脚步，放下熏炉，朝身后一挥手——跟着他的，只剩了一个走路有些蹒跚的老仵作。不知何时，来时前拥后簇的随从，包括那一路上喋喋不休劝说他这只是意外不必烦劳提刑大人大驾的殷勤知县，都捂着鼻子远远地站在了几十步外。仵作连忙赶了上去，眯着眼轻轻掀开了那张破席。

轰一声，破席下飞起了一群绿头苍蝇，但又不散去，围着宋慈二人团团乱转。只一打量，老仵作的脸色便青了，顾不得大人在旁边，扭过头去哇一声吐了。

身后远远围着的人群顿时起了骚动，刷刷刷又后退了好几步，还有几个人扭头便跑，干呕之声此起彼伏。

宋慈面色如常，像是没有任何感觉，紧紧袖子，在那堆物件前蹲了下来。仔细观察了许久后，从惨白着脸的仵作手中接过一个坛子，一勺一勺小心翼翼地将其中液体淋了上去。

空气中弥漫开来刺鼻的酸味，这是一坛子陈醋。

蛆虫秽污一点点被醋冲去，那物事慢慢显露出全形——

是一具严重腐烂的尸首。

苍术、皂角、生姜都是常用的中药。苍术属于芳香化湿药，能燥湿健脾，祛风湿；皂角则能祛痰、开窍，可治中风、头风、咳痰等症；姜更是医家必备之物，生姜干姜炮姜姜皮姜汁俱是妙药，发汗温里之力明显，炮制不同各有奇效。然而千百年来，以此三物作为验尸时辟秽气之用的，当属宋慈所创；更确切说，是宋慈第一个把这项功能写入了书中，写入了他的《洗冤集录》。

《洗冤集录》，全书五卷五十三目，七万多字，是世界上现存第一部系统的法医学专著，比意大利人菲德利的同类著作要早三百五十多年，影响巨大。宋理宗看过此书后大加赞赏，下旨颁行天下。在我国，自此书问世后，六百多年间，"听讼决狱，皆奉《洗冤录》为圭臬"，"官司检验奉为金科玉律"，后来虽然也不断有新的法医学论著出现，但无不以此书为蓝本。《洗冤集录》先后被译为朝、日、英、德、俄等多国文字，成为许多国家审理死伤案件的重要参考书。因此，国内外有很多人认为宋慈应该是世界法医学鼻祖。

无论宋慈是不是世界法医学鼻祖，他的国际影响力都不可否认。然而翻遍《宋史》，二十四史中最庞大的一部，浩繁496卷居然没有一个字提到这位宋提刑；《四库全书》中关于他的介绍是"始末未详"；甚至宋慈故里的《建阳县志》对他的记载也是惜字如金，明嘉靖版的仅存六字，清道光版的也不过百字。

但我们今天还能大致勾勒出宋慈的生平，得知他为福建建阳人，生于公元 1186 年，卒于公元 1249 年，早岁习儒，进士出身，终生于各地辗转为官，多次任提点刑狱使，终于广东经略安抚使任上。

这全仗他有一位好朋友，又幸亏这位朋友是个有名的文人，所作文章能传世，更幸亏这位朋友活得比宋慈长久一些。

如今有关宋慈的全部资料，都来自南宋末年文坛宗主刘克庄为宋慈撰写的《宋经略墓志铭》。刘克庄比宋慈年轻一岁，对宋十分钦佩，尊其为兄，这才有了这篇珍贵的孤文，宋慈才得以在别人的文集里隐藏七百多年，不至于彻底埋没。

《宋史》的列传收入了两千多位人物，为何便忽略了这位宋提刑呢？表面看来，道理也很简单。宋慈长期担任的提点刑狱使不过是"路"一级的司法监察机构负责人，后来职责有所扩大，兼及治安等事，但大致也只相当于一个省法院院长兼检察长、公安厅长，他最后的官职经略安抚使也不过是省级一把手，于历史高度看这位宋大人的履历实属平常；二来他一辈子几乎都在地方，远离朝廷，从未卷入任何中央的政治风波，也没参与侦破哪件震动朝野的大案，不具备因事留名的机缘；最后，在那个文风鼎盛的时代，宋大人也没留下一句半句有几分特色的诗词小调供人吟唱，以文留名的路子也走不通。

一句话，未入史家之眼，宋慈有一定的自身局限。

然而仔细琢磨那篇《墓志铭》，却又能发现一些矛盾之处。文中，刘克庄称宋慈"名为世卿者垂二十载"，声望能与辛弃疾"相颉颃焉"。尽管此类文章，多多少少有些抬举墓主，有谀墓之嫌，但这句话从刘克庄笔下写出，绝不能轻轻放过。刘克庄是辛派词人"三刘"之一，最崇拜辛弃疾，若宋、辛二人相差太远，绝不肯降低弃疾身份用来参比。这只能理解为，当时宋慈在朝野间的声誉定然非比寻常。另外，圣旨颁行《洗冤纪录》与理宗御笔亲书宋慈的墓碑，也从另一面证明了宋慈的影响似乎远远超过其官职，其实很可能有足够的资格写入正史。

但事实只有一个："史无一字"，"始末未详"。

也许，原因该从《宋史》上找。

《宋史》因原始资料所限，北宋详南宋略，头重脚轻，尤其是南宋中叶后"罕所记载"，宋慈不幸生于那时，原本便是蹑足于书页边缘晃晃悠悠，一吹便落的。而《宋史》与已往所有史书相比，还有一个最大的特点，那就是始终都遵循着理学精神。如《四库全书总目提要》云：宋史"大旨以表章道学为宗，余事皆不甚措意"；清代大学者钱大昕也说："宋史最推崇道学，而尤以朱元晦（朱熹）为宗。"很明显，《宋史》的取舍褒贬，都在一个理学的大原则下进行。宋慈未能选入，或许是缘于其与理学多少有些龃龉之处。

想来也很自然，对正襟危坐闭目凝神，探究天地人心的理学家而言，宋慈的特长也太不上档次了。翻检腐尸白骨，与蛆虫腐肉血污打交道，自古便是贱役的勾当，士大夫避之唯恐不及，岂能登大雅之堂？何况宋慈在《洗冤集录》中提及的验尸方法，更有不少大违礼教之处。比如检验尸体，据理学家的规矩，自然是应该"非礼勿视"的，迫不得已需要检验，也得把不方便之处掩盖起来；而宋慈告诫当检官员，切不可遮蔽任何隐秘处，所有孔窍都必须细验，看其中是否插入针、刀等凶器。此条于男性倒也不难做到，可宋慈写到检验妇人一章时，劈头便是一句："凡验妇人，不可羞避。"接着，他详细论述了检验妇人的方法，常有"检妇人，无伤损处须看阴门，恐自此入刀于腹内"之类的语句；甚至要求，假如死者为富家使女，还得把女尸便扛到大路上来检验，"令众人见，以避嫌疑"——只是如此避嫌法也太令理学家们咋舌了。

也许，宋慈的行为在理学家们看来还很有些不解。你宋慈身居提刑，也是堂堂一路大员，本职工作大可在公堂案头，用笔墨在案卷上进行，干净、潇洒而又威严。检验尸体自有专人。大多时候，连专职检验官都只是紧皱眉头，用帕子蒙住大半个脸，远远瞄几眼便完事大吉的。你宋大人何必换下官袍，挽起袖子，弯着腰与仵作一起干活呢——

若不是无数次亲验尸首，宋慈是无论如何写不出那本奉行几百年而不落后的《洗冤集录》的。

《洗冤集录》中有这么一句话，"若避臭秽不亲临，往往误事"，所以要求检验官必须亲临现场、必须亲自填写尸格。也许宋慈此举是以自身做表率，以扭转下属虚应故事的习气，更重要的原因可能是，依宋慈的理解，这也是理学的基础功夫：格物。

因为宋慈也是理学中人，甚至可以说出自最正宗的师门。

理学宗师朱熹少时曾在宋慈的故乡建阳寓居，晚年回此讲学著述直至逝世，因此建阳理学风气很盛，有"理学之乡"之名。宋慈自幼拜同乡前辈吴稚为师，这吴稚是朱熹的高足；如此算来，宋慈当是朱熹的再传弟子。二十岁时，他又投在理学大家真德秀门下。从真德秀对他文章的赞誉"内心性灵"来看，宋慈的理学造诣还是相当深厚的。

格物一词，理学创立者之一程颐的解释是："格，犹穷也；物，犹理也。"格物也就是推究事物的原理。朱熹对此有阐发，他说："若要获得真正的知识，就应当接触外物并极力探索每一事物的道理。"关于格物有个著名的典故，明代王阳明年轻时，读到朱熹文章："众物必有表里精粗，一草一木，皆含至理"，正好他住处有很多竹子，于是他便"取竹格之"，整日整夜对着竹子苦思，苦苦格了七天，最终竟然出现了幻觉几乎崩溃，大病了一场。

"一草一木，皆含至理"，竹子能格，腐尸白骨，岂不也是一样？

因此于理学角度，宋慈研究法医检验，并不违背朱子教训。

尽管竹林清风与蝇虫腐臭实在有天壤之别。

然而，关于格物，朱子还有更重要的阐述，他进一步发挥了程颐的观点："今日格一件，明日格一件，积习既多，然后脱然自有贯通处。"指出一物一物去格，只是求知的渐进过程，它追求的最终结果应该是："用力之久，而一旦豁然贯通。"大彻大悟，了然世间万物之理。如果总是停留在一物物去格的阶段，必然流于支离零碎，仍只是第一层粗浅功夫，远未能到家。

于法医检验领域看，一具具尸体格过来的宋慈虽不能称大彻大悟，但也已足够建立起一个完整的体系了。《洗冤集录》涵盖了法医检验的各个方面，如检验官应有的态度和原则、各种尸伤的检验和区分方法，甚至还有各种伤害的急救处理。而且格得极为精妙，其中大部分内容，现在都已被证明具有确实的科学道理，许多检验方法令当代法医学家都拍案叫绝。像用红油伞检验尸骨伤痕便是一例：对着阳光"将红油伞遮尸骨验，若骨上有被打处，即有红色路"，原理居然与现代用紫外线照射检验完全相同。

以法医的角度，宋慈对传统药物学也多有阐发，尤其是对毒性药物的研究达到了相当的高度，不仅记载了对砒霜、野葛等各种药物中毒的检验技术，也叙述了如何解救药物中毒，各种方法皆简明而有效。《洗冤集录》一书因此在本草史上也占有重要的地位。

尽管宋慈于法医学、药物学上取得了如此成就，但在理学家眼中，仍然处于支离零碎的阶段，功夫还浅得很。

理学家一生孜孜汲汲追求的，便是通过格物求得天地间的至理，然后回转来以此理来应对世间千变万化的事物。依理断狱只是小菜一碟。

理学家坚信，只要掌握了真理，以不变应万变，再复杂的案件也能在瞬息间迎刃而解。他们认为，这应该便是当年子路受孔子称赞的"片言折狱"功夫。

不必跋涉荒山野岭，不必两手血肉模糊，只需高坐大堂，鹰隼般的眸子往堂下一扫后，闭目片刻，猛然睁开，一道电光直射某人，戟指怒喝："你有罪！"

多少干脆，多少痛快！

自然，大家都知道，子路的"片言折狱"很可能并不是如此折法，但谁也不怀疑，只要真正揣摩出世间至理，早晚有一日能达到如此境界："一旦豁然贯通焉，则众物之表里精粗无不到，而吾心之全体大用无不明矣。"天下万事，晶莹透彻，随意看去洞若观火，简直是开了佛家玄妙的天眼通。

这理，自然是儒家的纲常伦理。于彻悟了的理学家而言，升堂坐定，一看两造身份，以"经术义理裁之"，谁理正谁理亏便大致有了判断。

朱熹也曾担任提刑，他断狱有段名言："凡有狱讼，必先论其尊卑上下、长幼亲疏之分，而后听其曲直之辞；凡以下犯上、以卑凌尊者，虽直不右。"根据伦理关系，是非已是一目了然，若违背了尊卑长幼"天理"，理再足也不支持，如果无理更要重罚。

根据儒家道德断狱并不是朱熹的发明，而有着悠久的传统。早在西汉，司法制度便有一个重要的特色：根据圣人的"微言大义"来判决案件，也就是所谓的"《春秋》决狱"。董仲舒便是个中高手，凭《春秋》"论心定罪"，决狱"二百三十二事，动以经对，言之详矣"。

《春秋》大义是笼统而庞杂的概念，远不如律令那般明确，如此"论心定罪"的断法，有很大的随意性，法官个人对于儒经的理解便起了关键性的作用，其间人的作用远远凌驾于法律之上，正是所谓的"人治"。

其实南宋应该算是整个古代社会中最讲究法治的朝代。时人陈亮有段精辟的话，历来得到史家的共鸣："汉，任人者也；唐，人法并行也；本朝，任法者也。"的确，赵宋自开国之后便重视法制，史上第一次把法典刊印了颁行天下，用叶适的话说是："内外上下，一事之小、一罪之微，皆先有法以待之"；尤其是神宗变法科举改革后，设新科明法，考试律令、断案，并下令进士及第后必须经法律考核方能任用；且宋律重证据，这也是《洗冤集录》问世的大环境。相比后世元律强分民族等级、明朝滥用廷杖厂卫等非法之刑、清朝大兴文字狱，南宋"任法"当之无愧。

然而就是这个"任法"的朝代，在理学宗师看来，断案的最高标准仍然还是纲常伦理：是否合"理"。

说得更直接些，其时的理学家向往的，仍是从前以儒经断案的"人治"。

这种心态，宋慈的老师真德秀，有明确的言论："廷尉（司法官员）天下之平，命官设属宜常参用儒者……庶几汉廷断狱之意。"

"汉廷断狱"，岂不正是"《春秋》决狱"！

假如这"理"，也就是"《春秋》大义"，与宋慈的检验报告冲突——比如被害方在尊卑上下的天条上站反了身——那么宋慈手中的验状尸格即便不由重若泰山变成轻如鸿毛，也得黯然退居二线备用。

但话又说回来，朱熹、真德秀他们并不是真正忽视客观物证，而只是强调，于确凿的证据之外，还应该有着更高层次的原则。

他们推崇的"汉廷断狱之意"，中心着眼点并不是"断"，而是"意"。

西汉有个归入"循吏传"的著名太守韩延寿，是以儒家礼教治民的模范。起初人们总是被他烦琐的礼节所苦，但后来确实收到了效果，社会平静，百姓便都安于他的管理。每次有人欺骗了他，他总是自责：

"难道不是我对不起他们吗，否则怎么会到如此地步呢？"欺骗他的人听说后，都非常羞愧，有人还居然为此自杀。又一次有两兄弟为田地的事打起官司，韩延寿接案后非常伤心，说："我侥幸做了这个小官，本来应当给全郡人做出表率，但看来我未能宣明教化，以至于让骨肉兄弟打起了官司，责任全在我啊。"于是当天他便称病不再理事，闭门思过，慌得全郡百姓不知如何是好，兄弟二人也深感后悔，双双剃了头光着上身来向韩延寿请罪，表示愿意调解，到死也不再相争。

儒者看来，"片言折狱"也不是尽善尽美的，最高境界当属这种化解诉讼于无形，消弭罪案于未发的手段——

这正是孔圣人的"必也使无讼乎"。

夫子的意思是："审理诉讼，我与别人一样，能做到将案情断得曲直分明；但我与其他人不同的是，必须使这类事件根本不发生。"

先贤对此的理解为："听讼者，治其末，塞其流也；正其本，清其源，则无讼矣。"正本清源，不外是提高自身修养，以身作则，尽可能地感化民众，正所谓只要自身正了，不用法令也能教化大行，否则"其身不正，虽令不从"。

这便是儒家"人治"的精髓，也即是理学家们"豁然贯通"后的最大心得。

不仅仅是理学家，几乎所有才子文豪士大夫都能领会这个道理，所以纠缠于条条框框零碎末节的刑名法律从来便受到轻视甚至歧视："习刑名者，世皆指以为俗吏"；应举新科明法的人，总是寥寥无几；苏轼明言，"读书万卷不读律"；司马光也认为脱离儒家教化根本而"日诵徒流绞斩之书，习锻炼文致之事，为士已成刻薄，从政岂有循良"？

他们连律条都不放在眼里，何况是为律条服务的《洗冤集录》？

从更深层次看，宋慈的法医检验与汉儒教化断狱，其实源头便已叉了开来。以教化为主要手段，必是基于对人类本性善良的自信；而宋慈纤毫毕见的检验，却是设身处地猜想凶犯所有可能的手段，正是将性恶论发挥至极端后的设防。

这个差异，推而广之，正是"法治"与"人治"的根本精神区别。

也许连宋慈自己也没有意识到这点，但源头不合，必然走不出令理学家满意的轨道。

你宋提刑自己看看，数十年埋头尸骨律令，格物所得，离豁然贯通至少还有两道大关："片言折狱"，"必也使无讼"，连一半路都没走到呢。

如果把格物比作伐木，宋慈这一生，只不过都在摘些叶子、折些小枝，被这些枝叶藤蔓迷了眼，连主干在哪里都没摸到，劳而无功啊。

史馆昏暗的灯下，史家兼道学先生，轻轻搁下磨钝了的狼毫，看着烛烟中恍恍惚惚的宋慈身影，遗憾地叹了口气，要说些什么，但嗫嚅片刻，不知如何开口，只好不无同情地伸出手去，想拍拍宋慈的肩膀——

但似乎想起了什么，他连忙缩回手，暗暗背在身后使劲在衣服上擦了又擦。

很快，那几页宋慈生平事迹的详传，在火中慢慢化作了灰烬，一阵风吹过，蝴蝶般舞入了茫茫夜色。

消散在了《宋史》"不甚措意"的"余事"之中。

列入理学门墙的宋慈自然明白钻研法医检验是件费力不讨好的事，但他还是为之耗竭了全部心血。

南宋理宗淳祐七年，宋慈终于写完了《洗冤集录》最后一章。这年，他已经六十二岁了，两年后，他就将离开人世。

宋慈似乎已经能听到无常的铁链拖在地上锒锒作响的声音。他觉得自己的精力越来越不济了，越来越容易疲倦，但一闭眼却老看到一具具白骨在面前叩拜，总是无法安睡。研究了一辈子人体，他对自家身体的状况自是了然于胸，日前自己开了几帖药吃了，也是无甚效果。想起自己因验尸需要半路出家学医，到老居然也有了相当的火候，宋慈不禁苦笑。

他自幼读的是孔孟经书，实想不到一生竟会走上这条小路。

当初究竟是什么原因使自己立志踏上这条小路的呢？

是苦主凄惨而无助的低声抽泣？是屈打成招的良民绝望而怨毒的诅咒？

还是那一具具触目惊心的尸首，紧握的双拳、直视苍天的不瞑双眼？

一阵眩晕，他低低呻吟了一声。

良久，他拨了拨油灯，让光线能亮堂一点——他的视力是一日赛一日的昏花了。提起笔，宋慈一字字写起了序言：

"狱事莫重于大辟，大辟莫重于初情，初情莫重于检验……"

是啊，天下刑狱之事，没有比判定死刑更严重的，而死刑真能做到公正无冤吗？要定刑，最重要的是第一手资料，第一手资料的获得全依赖于现场检验。可很少有人能认识到这项工作的重要性，检验尸首的，多是资历浅易差遣的新员，而他们又往往怕苦畏脏，难得有几个有心于此的却又缺少经验技术，简直是被奸吏作当猴耍。想到这里，宋慈的头剧烈疼痛起来，太阳穴上的筋脉突突跳着。

他提笔闭目调息了片刻，又继续写下去。

"慈四叨臬寄，他无寸长，独于狱案，审之又审，不敢萌一毫慢易心……或疑信未决，必反复深思，惟恐率然而行……

"遂博采近世所传诸书，会而粹之，厘而正之，增以己见，总为一编，名曰《洗冤集录》，刊于湖南宪治，示我同寅，使得参验互考，如医师讨论古法，脉络表里先已洞彻，一旦按此以施针砭，发无不中。则其洗冤泽物，当与起死回生同一功用矣。"

"淳祐丁未嘉平节前十日，朝散大夫、新除直秘阁、湖南提刑充大使行府参议官宋慈惠父序"。写完最后一笔后，宋慈终于长长舒了口气，仰靠在椅上，觉得全身从未有过的轻松。

他不是不清楚"片言折狱""必也使无讼"的意义比自己这点心得要重要万倍，但他知晓以自己的能力永远走不到那一步，起码他绝做不到一眼识破善恶，更不敢仅凭几句拷打出来的口供便下朱笔。所以他只能一路走来，一路尽心尽力给后人留几个路标。参透菩萨心肠，折得杨柳枝度世，只能留待圣贤伟力，我宋慈能做到的，只是提起降魔杵，用霹雳手段去荡涤邪恶，保护弱民。

那一刻，他又觉得很欣慰，因为《集录》中的每一句话能洗刷多少人间冤情，谁都统计不过来。

他满意地又把序文看了一遍，忽然又想起了什么，忙提笔加上了一句：

"贤士大夫或有得于见闻及亲所历涉，出于此集之外者，切望片纸录赐，以广未备。慈拜禀。"

宋慈逝世后，刘克庄读到《洗冤集录》，回想起老友一生，不禁感慨万千，在墓志铭中郑重写上："（宋慈）听讼清明，决事刚果，抚善良甚恩，临豪滑甚威，属部官吏以至穷闾委巷、深山幽谷之民，咸若有一宋提刑之临其前。"

宋慈虽已不在，但只要好生学透此书，无论何处有冤情，人们面前仍然会有一个宋提刑出现。

随着此书颁行天下，宋提刑必将化身千千万万。

然而千千万万个宋提刑全被历史的黑洞给吞噬了，连寻找他的坟墓都费了很大的力气。

1955年，福建建阳县文化卫生部门两次普查，终于在风山岭上的几十座荒冢中，找到了宋慈的坟。却早已是破败不堪，连宋理宗御书的墓碑都只留下了半截，倒在野草丛生的泥地上长满苔藓。据说已经很多年没人前来祭扫，政府也再搜寻不到宋慈的任何一支后裔。

这次寻找宋慈墓葬的行动，是上海一位教授见国外教材一讲法医史必抬出宋慈，"国内开花国外香"，觉得有必要重新认识这位《洗冤集录》的作者，多次发函当地政府促成的。

1957年，福建省人民政府拨出专款修缮宋慈墓。

1961年，公布宋慈墓为首批省级文物保护单位。

1982年，维修时，参照岳飞墓的样式，将宋慈墓封土堆为石砌圆形。

据管理员说，为数不多的游人中，不时会出现外国学者，他们远涉重洋而来，仅为一谒宋慈墓。

相关医药知识摘录：

中药熏法：将药物点燃或煮沸产生的烟雾熏蒸局部或全身的治疗方法叫熏法。熏法历史悠久，《五十二病方》中就有相关记载，是预防传染病的一种行之有效的方法，也是呼吸道疾病重要的辅助疗法。中医认为"肺朝百脉，司呼吸"，"肺开窍于鼻"，传染病最先侵犯的就是呼吸系统，因此预防疫病，最重要的是切断疫气传播途径，固护人体鼻、口、皮肤等。

姜类中药简介：

生姜：姜科草本植物姜的根茎，洗净，切片入药。发汗解表，温中止呕，温肺止咳。

干姜：姜科草本植物姜的根茎，洗净晒干或烘干，切片用。温中，回阳，温肺化饮。

炮姜：为干姜炒至表面微黑，内成棕黄色而成。温里作用弱于干姜，而长于温经止血。

生姜皮：生姜根茎切下的外皮。辛，凉。和脾行水，用于水肿。

红颜药事

——芍药与守宫砂之间的若干片段

> 溱与洧，方涣涣兮。
>
> 士与女，方秉蕑兮。
>
> 女曰观乎？士曰既且。且往观乎？
>
> 洧之外，洵訏且乐。
>
> 维士与女，伊其相谑，赠之以勺药。
>
> ——《诗经·郑风·溱洧》

河开了。

残冰已经流尽，河水奔腾之势渐消，已化成了一派从容。水漾漾，波缓缓，碧玉色的浪花沿着矮堤次第开放，俏皮如觅食的半大鲤鱼，娇憨如婴儿在甜梦中轻轻蹬腿。

灰了一冬的田野，不知何时已绽满五彩。油黄嫩绿间，随处点缀着一簇簇浅红艳白。风吹来，像匹巨大的丝绸，柔柔地贴着草绒花梢溜过，上了人身，迎着鼻尖裂开，掠过双耳，滑滑地抚身而去，袭向枝头的雏莺，逗得一阵生脆的欢叫。

踏青去。换了轻衣，随手在路旁拈几叶正散着幽香的兰草，口中哼几句腻得流蜜的小调，腋下似乎生了两翼，轻飘飘的。于是一阵格格娇笑，双目却如花瓣上的露珠那般在初阳下四处泛着光，似乎在寻着什么。

真是偶遇吗？对面施施然来了他。硬生生把笑声压回肚里，疾赶上几步，对面拦住。薄衫下，胸口急急地起伏，双颊的红晕更浓。

"河边去看看？"吐气如手中的兰草，媚眼如柳梢的游丝。

"刚去过了啊。"他装出一脸遗憾，只是嘴角却藏不住狡黠的笑意。

"再去一次嘛。"犹豫片刻，抛下兰草，一把拉过他的手，腰身一扭。

怎么两双手的手心都有些潮潮的呢？

河畔，无数衣着鲜艳的少男少女们，泼水追逐，嬉笑着打闹。不远处，耕作的老农停下了手中的活计，双手拄着锄柄，久久地看得出神。直到身后的老伴一声笑嗔，才赧然一笑，两人相对，居然发现对方满是皱纹的脸居然都有些红了。

终于闹够了，年轻人并排躺在草地上，嘴里轻嚼着涩中带甜的嫩草梗，看着流云半晌无言。忽然，两人扭头相视一笑，同时坐起，又拉着手，低着头，在野地里找些什么。

很快，他们发现了目标。每人轻轻折下一支开得正闹的花，互相交到对方手里。两人看着手中花儿，脸色竟变得有些郑重起来。

喧闹多时的河畔不知何时静了下来，除了彼此的心跳，只能听到流水汩汩。

"赠之以勺药——"

曼声吟唱中，这首诞生于郑国溱洧河畔的小诗被收入了《诗经》。

孔子曰："郑声淫"，"恶郑声之乱雅乐也"。淫，有失中庸平和，过也。雅乐，不知圣人称许的《诗经》开篇《关雎》能否算一篇，"乐而不淫，哀而不伤"，欢乐而不失于放荡，悲哀而不至于痛苦悲伤，再想人家大姑娘也只能自个辗转反侧，可不能动手动脚的。

君子们忙不迭点头，并把范围扩大到了邻国卫："郑卫之音，乱世之音也。"（《礼记·乐记》）

此后两千多年，提及此诗，多执"刺乱"之说，云以讽刺当时政治混乱风俗淫佚，朱熹更是斩钉截铁："此诗淫奔者自叙之词。"此淫，已非孔子所言之淫，直是后世"淫荡"之意也。

但不争气的人也有，连一代强主魏文侯都曾不好意思地说："我正襟危坐听古乐，常担心听睡去了；而听郑卫之音，再久也不知疲倦。"

学者考证：《溱洧》反映了当时郑国的一种风俗，于三月上巳日，男男女女于水畔涤垢祈福，祛除不祥，正如后世《兰亭序》中的"修禊"。

当代文人赞誉：郑卫之音感情丰富，浪漫奔放，热烈大胆，艺术感染力极强。

人们也从古书中找到了这句话："仲春之月，令会男女。于是时也，奔者不禁。"（《周礼》）

至于为什么单单要以勺药——芍药——作为定情之物，从中医的角度猜测，此花以根入药，能养血敛阴、柔肝止痛、平肝阳，尤善治疗诸多如月经不调、痛经等妇科疾病，可能很早就引起了人们的重视，以之赠情人，也许便是取其药效愿其健康之意。

抑或，赠之以芍药，不过是因为那时节此花正当令，开得最好——毕竟这花标致得很，如李时珍便说"群花品中以牡丹第一，芍药第二，故世谓牡丹为花王，芍药为花相。"

但翻《本草纲目》时，见芍药目下有一别名："将离"，释名中又提及："芍药，离草也。"

"伊其相谑，赠之以勺药。"

上山采蘼芜，下山逢故夫。
长跪问故夫："新人复何如？"
"新人虽言好，未若故人姝。

210

颜色类相似，手爪不相如。

新人从门入，故人从阁去。

新人工织缣，故人工织素。

织缣日一匹，织素五丈余。

将缣来比素，新人不如故。"

——《汉·古诗·上山采蘼芜》

重逢，在这窄窄的山路上。

重逢之后又是分离。

目送着她袅娜的身姿渐渐远去，男子不禁一阵怅惘。

"与我比，新人怎么样啊？"那熟悉的声音还响在耳边，虽然听得出，她强抑住感情，尽量说得平淡，可语气中还是掩饰不住有些幽怨。

"新人不如故"，他喃喃自语，不自觉，仰起头，看着天。

天阴沉沉的，似要下雨。不，已经下了吧，否则面上怎么有些湿漉漉的呢？

他低头再看时，眼前只剩了一片苍翠的榛莽。她早转过了那道弯。

山路上，还萦回着一股清香，那是她采来的满满一篮蘼芜散发出来的。想到这种香草，男子倚在一株树上，不觉痴了。

看来，她定已是再嫁了：

谁都知道，妇人佩带蘼芜可求多子啊。

蘼芜令人多子的说法从《诗经》《楚辞》时便传开了，但据历代药书，蘼芜，伞形科植物川芎的苗叶，能祛脑中风寒，可用于治疗头风头眩，却无令人多子之效。仔细探究，如此风俗很可能是古人搞混了蘼芜与另一种极其相似的草药幼苗：同科植物蛇床。这两种植物自古便容易混淆，所谓"蛇床乱蘼芜"（《博物志》），如《本草纲目》载："细叶似蛇床者为蘼芜。"陶弘景语："（蘼芜）处处人家多种之，叶似蛇床而香。"郭璞也曾说："蘼芜香草，乱之蛇床。"

蛇床的药效："温中下气，令妇人子脏热，男子阴强，好颜色，久服令人有子。"（《名医别录》）

考证也许并没有多大意义，反正古人都愿意相信妇人佩带蘼芜可以多子。

所以后人推测，此妇人被弃很可能是犯了七出——"不顺父母去、无子去、淫去、妒去、有恶疾去、多言去、窃盗去"——中的"无子"一条，所以一直还在采药求子。但无论什么原因，从字里行间都可以看出，再嫁后她过得还算好。

即使采蘼芜不为求多子，至少这是一种可佩于衣中的著名香草，而且据李时珍说蘼芜的花还可用于制造润肤的面脂：

无论什么境况，一个还能精心装扮自己的女人，都未到绝望的地步。

或者，她不幸中的幸运在于生得早了千把年，听不到道学先生正气凛然的呐喊：

"饿死事小，失节事大！"

在道学先生的时代，无论什么原因，只要你再嫁，绝对都是失节！

失节妇人，活着受人指指点点戳脊梁骨，死了还得遭报应。

连下辈子也翻不了身。

桓帝元嘉中，京都妇女作愁眉、啼妆、堕马髻、折腰步、龋齿笑。

——《后汉书·五行志》

女人总是最爱装扮自己的，香草的作用实在太有限了。

所谓愁眉，指把眉描得细长而曲折；啼妆，即在眼下画出黯淡若

212

泪痕的样子；堕马髻，把发髻全部梳向一边，像是刚从马上落了下来；折腰步，走路时如风摆柳，腰肢纤细得令人担心会不会折断了；龋齿笑，笑得仿佛是患了牙疼。这些风尚都创自当权外戚大将军梁冀的老婆孙寿，很快，整个京便都歆然效仿，成为最新潮的时尚。

《后汉书》写及此节，不忘加一句："此近服妖也。"——这简直是妖惑天下！

然而这些妆样后世其实一直在流传，只不过换了些说法，如龋齿笑，衍变成笑不露齿；折腰步的精髓则被林妹妹大大发扬；眉样与髻型更加演化多端，连唐玄宗都曾加入研究的队伍中。以眉为例，史上留下了很多花样，如什么"鸳鸯眉""小山眉""五岳眉""三峰眉""垂珠眉""月棱眉"，等等。但无论画成什么眉型，目的只有一个：把自己画得柔弱多姿——若不是演戏，绝没有谁想画成横眉立目或是浓眉大眼的。

这种指导精神与折腰步、龋齿笑完全一致：如此楚楚可怜，如此弱不禁风，任你英雄盖世，也得顿生怜惜之心。

眉黛敛，眼波流，眉宇间那一抹淡淡的愁，谁不心醉，谁不魂销？

且不说当年夫差在西子颦蹙中销尽壮心，面对哀怨的蛾眉，即便是霸王项羽，慷慨悲歌"力拔山兮气盖世"，也得以"虞兮虞兮奈若何"作结。男儿有泪不轻弹，但"虞兮虞兮奈若何"之后，却是"歌数阕，美人和之，项王泣数行下"。

美人自古便以柔弱胜刚强，正如《后汉书》云，孙寿作此妆乃"以为媚惑"。

"媚惑"一词带了贬义，但"女为悦己者容"是谁也不会否认的。女人在脸上涂涂抹抹，描描画画，往往只是为了取悦男人。

只要是女人，都未能免此俗，即使你能做到让天下人全都跪在脚下不敢仰视——即使你是武则天。

《新唐书》载武则天"虽春秋高，善自涂泽，虽左右不悟其衰"，据传她有一个"仙人秘方"，使用多年实有良效，五六十岁还有动人之姿。武则天逝世多年后，王焘在《外台秘要》中公开了这个药方，因方中主药是益母草而被称为"天后炼益母草泽面方"，云以"此药洗面，觉面皮手滑润，颜色光泽"，"经月余生血色，红鲜光泽异于寻常；如经年用之朝暮不绝，年四五十妇人如十五女子"。

《新修本草》记载了此方炼法：于五月初五日采收益母草全草，晒干研末过筛，加适量面粉与水调糊，捏成鸡蛋大小再晒干；然后取一个泥炉，上下各铺一层炭，中间置药，用文武火煅烧；一昼夜后，将药取出，凉透，研细收储。用时加适量滑石粉、胭脂调匀，每日早晚擦洗手面，可令肌肤光洁如玉。

但益母草毕竟不是仙药，武则天依然老去。只是不知，额上新出了一个老年斑与奏报说某处李唐王室造反，哪件事更令女皇懊恼。

那黑须宫娥取了一个矮凳，坐在下面，将白绫从中撕开，先把林之洋右足放在自己膝盖上，用些白矾洒在脚缝内，将五个脚趾紧紧靠在一处，又将脚面用力曲作弯弓一般，即用白绫缠裹；才缠了两层，就有宫娥拿着针线上来密密缝口。一面狠缠，一面密缝。林之洋身旁既有四个宫娥紧紧靠定，又被两个宫娥把脚扶住，丝毫不能转动。及至缠完，只觉脚上如炭火烧的一般，阵阵疼痛。不觉一阵心酸，放声大哭道："坑死俺了！"

话说林之洋两只"金莲"，被众官人今日也缠，明日也缠，并用药水熏洗，未及半月，已将脚面弯曲折作两段，十指俱已腐烂，日日鲜血淋漓。

不知不觉，那足上腐烂的血肉都已变成脓水，业已流尽，只剩几根枯骨，两足甚觉瘦小。

214

两只"金莲",已被缠的骨软筋酥,倒象酒醉一般,毫无气力,每逢行动总要宫娥搀扶。

——《镜花缘》

男人的审美观是不断发展的,仅仅描画涂抹已经不能满足要求了。

民国初年,杭州有位学子海外留学归来,家中为他完婚。听说新媳妇是个远近闻名的美人,小伙子甚是快活,好不容易完了礼节,掀开盖头一看却恨不能一头撞死,这也称得上美人吗?他不懂,其实这姑娘仅是那双缠得极妙的小脚便足以当得起艳名了。这小子洋墨水喝糊涂了,不识货。

脚可比脸面重要多了:如果长了一双大脚,任你容貌倾国倾城也只是个不值钱的"半截观音"!

缠足始于何时,说法很多。有始于汉、始于晋、始于六朝、始于隋唐、始于五代等说,发烧级别的爱莲者——此莲乃三寸金莲也——甚至附会出大禹的太太涂山氏、纣王的妃子妲己都是小脚的。最被认可的是始于五代之说,缠足的代表人物是南唐后主李煜的宫娥窅娘。

源头仍在争辩,但从史料与出土文物看,北宋时此风已开,到南宋时缠足风俗已然是大兴于世了。

这一缠起码就是一千多年。

缠足的目的与孙寿的折腰步一脉相承,仍是追求女人阴柔之美——有些学者是直接把折腰步与缠足挂上钩的。

前文所引《镜花缘》文字,虽是小说笔法,但描写缠足的痛苦十分真实。其实,缠足之苦远不是任何文字所能形容万一的。只是缠足口诀之一便足以使现代人毛骨悚然了:"不烂不小,越烂越好。"为了裹成一双好脚,得故意在裹脚布中放入碎石瓦砾,甚至虫虱,有时还针刺刀扎,总之不使肌肉烂去不罢休!

可怜女孩儿，从五六岁起便得受此酷刑！小脚一双，眼泪一缸，直至裹成一个走不得一步路的"抱小姐"被抱上花轿才算功德圆满。

走不得路才好呢，这才能大门不出二门不迈，规规矩矩做女人，就连想私奔也力不从心。福建漳州一带相传从前朱熹便是用缠足之法扭转了当地妇女好"淫奔"之风。另外，缠足于一些不长进的男人还有一佳处，如《海客谈莲》中言："妇女必须缠足，否则强壮如男子，为丈夫者不能制服也。"好不争气的妙算！

如此痛苦的过程得来一个残疾的结果，女人们怎么还能世世代代忍受下去呢？甚至连清朝三令五申禁止缠足也是无济于事，最后只好悄悄对汉人弛了禁，对自家满人也是睁一只眼闭一只眼。

没办法的，男人就是喜欢这个调调。乾隆屡降旨意禁止缠足，可他的陵墓被孙殿英刨开后，人们却发现他身旁殉葬的女人也有双三寸金莲。

中国男人的创造力还是不错的，缠足很快发展成了"莲学"，一双小脚，有的是瘦、小、尖、弯、香、软、正；形、质、资、神、肥、软、秀等名堂。

还有人研究出了各式缠足药，单靠白矾来收湿消毒效果太差了，好缠足药应该还能使坚硬的脚骨软化。听来有些不可思议，但也许确有奇效。徐渭《四声猿·雌木兰替父从军》中木兰便曾得意地唱道："生脱下半折凌波袜一弯，好些难。几年价才收拾得凤头尖，急忙得改抹做航儿泛。怎生就凑得满帮儿楦。回来俺还要嫁人，却怎生？这也不愁他，俺家有个漱金莲方子，只用一味硝，煮汤一洗，比偌咱还小些哩。（唱）把生硝提得似雪花白，可不霎时间漱瘪了金莲瓣。"

从高洪兴所著的《缠足史》中摘录几个所谓的"瘦金莲方""妙莲散"如下：

凤仙花连根一并捶烂，煎汤常洗之，脚亦柔软，不受痛苦。

桑白皮、杏仁、猴骨末各三钱，乳香、皮硝各五钱，凤仙花全棵，煎汤先熏后洗。此方在紧缠足中不甚痛苦时使用。

足缠小后软弱难行，用生明矾一两，紫铜末一两，阴阳水各一大碗煎汤熏洗，洗后脚硬如旧，即使放开裹脚布也不易变大——

裹脚布可真是个好东西，可不能随便扔了：实在吃不了苦，随手往梁上一抛，打个环，一了百了。

> 蜥蜴或名蝘蜓。以器养之，食以朱砂，体尽赤，所食满七斤，治捣万杵，以点女人肢体，终身不灭。唯房室事则灭，故号守宫。
>
> ——《博物志·戏术》
>
> 蝘蜓以朱砂食之，满三斤。杀，干末，以涂女人身，有交接事便脱，不尔如赤痣，故名守宫。
>
> ——陶弘景

女人既是这般娇弱可爱，男人们可更得看牢了。

尽管上有重若泰山的礼教镇着、下有逃不了多远的小脚拖着，男人还是不太放心，生怕吃了哑巴亏。

于是，又有了所谓的"守宫砂"。

守宫，即引文中的蜥蜴、蝘蜓，但并不是今天人们在宠物店所习见的蜥蜴，而是另一种常见的小动物——壁虎。中国人总是好修饰文辞的，一下笔，连几间破茅草屋也成了深宫大殿——这四足长尾攀缘于墙上的丑陋家伙，真能为整日游荡在外的大男人们守住后宫闺门吗？

以点守宫砂来检验女子是否贞洁的传说，在小说中常常可以看到。连金庸在《神雕侠侣》中也有一段著名的描写："李莫愁大是奇怪，摇头道：'我不信。'忽地伸出左手，抓住小龙女的手，右手卷起她的衣袖，但见她雪白的肌肤，殷红一点，那正是古墓派中入门时师父所点的守宫砂，李莫愁暗暗钦佩：'这二人在古墓中耳鬓厮磨，居然能守之以礼，她仍是个冰清玉洁的处女。'当下卷起自己衣袖，但见一点守宫砂也是娇艳欲滴，两条白臂傍在一起，煞是动人。"

壁虎捕后杀死烘干入药，能散结止痛、祛风定惊，对一些痈疮肿毒、甚至癌肿有一定的效果，治疗中风也有些作用，但所有药效都与验证处女丝毫搭不上边。

这个问题，至少在唐时，学者便已经发现了。主持编撰中国第一部药典《新修本草》的医学家苏敬便说得很明白："蝘蜓又名蝎虎，以其常在屋壁，故名守宫，亦名壁宫。饲朱点妇人，谬说也。"

守宫守宫，守的只是宫墙屋壁，管你宫中佳丽甚事？

但李时珍的态度却犹豫得多，古籍中以守宫砂试贞的大量记载使他不敢轻易否定，可如法炮制出来的守宫砂毫无效果也是确凿的事实。于是他只好如此落笔：尽管此法"大抵不真"，但"恐别有术，今不传矣"。

的确有可能真是正确炼制方法失传了。若此法果真荒唐，当年东方朔敢冒着被拦腰铡成两截的风险哄骗汉武帝吗："东方朔语汉武帝，试之有验。"（《博物志》）

此法不灵倒也不打紧，民间还是流传有不少祖上传下来验证处女的妙术的，如《喻世明言·李秀卿义结黄贞女》中便记了一法：

"用细细干灰铺放余桶之内，却教女子解了下衣，坐于桶上。用棉纱条栖入鼻中，要他打喷嚏。若是破身的，上气泄，下气亦泄，干灰必然吹动；若是童身，其灰如旧。朝廷选妃，都用此法。"

守宫，守宫。
可再高的宫墙也阻不尽三月的熏风。
"原来姹紫嫣红开遍，似这般都付与断井颓垣……"

218

小园深锁。

柳眼迷离，全身慵懒，竟是使不出丝毫气力，只觉得像是要在这浩荡春光中窒息过去，胸口却如有鹿撞。

长笛呜咽，粉蝶翻飞，如云水袖挥去，湖心深处起了涟漪。水起风生，乱红如雨，终于逼出一句柔肠百转的长叹：

"则为你如花美眷，似水流年——"

相关医药知识摘录：

《新修本草》：亦称《唐本草》。因前代药学著作存在较多差错，唐药学家苏敬于显庆二年（657年）表请修订本草，得到唐高宗的批准，并命李勣等组织二十二人修订，实际上由苏敬负责，于显庆四年修订完毕。这是中国，也是世界上由国家颁行的最早一部药典，比欧洲纽伦堡药典要早800余年；作为学医者必读之书，流传达三百多年，直到宋代的《开宝本草》问世后才代替了它在医药界的位置。分为药解、图经、本草三部分，共54卷，收载药物844种，其中考证过去本草经籍所载有差错的药物400余种，增补新药百余种，并详细记述了药物的性味、产地、功效及主治疾病。

《外台秘要》：中国唐代由文献辑录而成的综合性医书，又名《外台秘要方》。40卷。王焘撰成于天宝十一载（752年）。本书汇集了初唐及唐以前的医学著作，对医学文献进行了大量的整理工作，使前人的理论研究与治疗方药全面系统地结合起来。

将相和
——尴尬腽肭脐

万历十年（1582 年）六月二十日，神宗皇帝的“元辅张太岳先生”，中极殿大学士、太傅、太师，大明朝自李善长之后两百多年来首位生受三公封号的文臣张居正，病重不治，离开了人世。

张府紧掩的门缝中终于传出了撕心裂肺的嚎叫。那一刻，从紫禁城到王朝的每个府县衙门，整个大明帝国好像剧震了一下，所有人都觉得脚下猛地踩了个空。于是他们都屏住了呼吸，亿万道目光同时投向了那一片缟素的帝都上空。

那里乌云密布，低得几乎压到了城墙。满目混沌，谁也不知道云层的深处隐藏着些什么，甚至相对的两人都看不清对方的脸色究竟是哀是喜。哭声浩大，但耳力好的人似乎能在号啕因换气而停顿的瞬间听到骨节咯咯作响的声音，像是有人在摩拳擦掌活动手腕。

张居正是再也听不到任何声音了。弥留时，他耳边只萦回着他教导了十几年的学生，二十岁的皇帝那悲凄而诚挚的话：

“先生功大，朕无可为酬，只是看顾先生的子孙便了。”

张居正终年仅五十八岁，《明史》未载他所患何病，据他自己在书信中说是因为痔疮，多年误治，访得名医割治后却消耗太大，“衰老之人，痔根虽去元气大损，脾胃虚弱不能饮食，几于不起”，缠绵多时还是“不起”了。

但时人王世贞，文坛"后七子"的领袖兼史家，却在《嘉靖以来内阁首辅传》中明言，夺了张居正的命的并不是区区痔疮；或者说，痔疮不过是表面病症，真正的病因是由于他吃多了壮阳药，药性太过燥烈，又服用寒剂下火，因此发而为痔。几十年后，有个文人沈德符，根据他在京城多年的见闻写了笔记《万历野获编》，说得更加详细，不仅认定张居正确因滥服壮阳药耗竭元气而亡，还指出张居正所服之药为腽肭脐。

腽肭脐，就是今天常见的高档滋补品海狗肾。以"肾"为名的中药一般指的是雄性动物的外生殖器，也就是常说的"鞭"之类。中医讲究以形补形，很多动物的脏器都是大补的"血肉有情之品"，如"以脏补脏""以骨补骨"，"肾""鞭"之类的药物自然具有很好的壮阳效果。而诸多"肾""鞭"如黄狗肾、鹿鞭中，海狗肾便是药力很霸道的一种。且不提海狗之肾，只是海狗之油，即脂肪，便有奇效：冬天手脚龟裂涂之即愈，且来年不复发；因此《本草纲目拾遗》云"其性热烈可知"。服此物后房中之效如何当然只有张居正自己知道，但据沈德符所载，张居正"严冬不能戴貂帽"——天天服食壮阳药自然火气旺；只是苦了百官，再冷的天也只能跟着"元辅张太岳先生"光着脑袋挨冻。还有一本明人笔记《五杂俎》，云张居正死时"肤体燥裂，如炙鱼然"，也符合服用燥热之药过多的症状。

海狗的原动物"腽肭兽"有两种，一种是真正的海狗，另一种则是海豹；我国古代本草记载的腽肭脐来源两者都有，但大多还是指海豹。无论海狗还是海豹，都生活于寒带或温带海洋中，分布的纬度较高，大部分在北太平洋，我国只有在渤海湾内沿海出产，其他地方只是偶尔见到。因此自古便是难得之物，假货也很多，用沈德符的话说是"百中无一真者"。

张居正自然不必担心吃到假药，何况孝敬此药的人更是可靠之极。

沈德符言之凿凿：此妙物"盖蓟帅戚继光所岁献"。

还有一些资料则记载了戚继光所献不仅限此，居然还包括了试药的工具，如王世贞便说"（戚）时时购千金姬"送予张居正。

媚药？千金姬？岁献？时时购？——戚继光？！

也许有人说，王世贞与张居正很有点不对眼，他的记载可能多添了些油醋；但他同时也是戚继光的好友，戚继光还送了他一把自己佩用多年的宝剑，如果真是一盆子虚乌有的污水，何苦连累戚继光？

且不提千金姬、腽肭脐，翻翻张居正自己的书牍，也白纸黑字写着戚继光送礼的记录；还有那次张居正回乡葬父，戚继光派了一营鸟铳手充作仪仗队是世人共睹的；而且谁都知道，首辅张先生家的大门永远对戚继光敞开，即使夜再深，也没有一个护卫敢阻拦传送书函的边关骑士。

够了吧，这足以说明，戚继光与首辅张先生的关系非比寻常。

于是，后世不少史家写到此节，深深皱起了眉头。

其中有不少人沉默许久后，长长叹了口气，闭上眼睛，告诉自己，这一切都是嫉妒者的诬蔑；或者，自己根本没看到过这些资料。

因为谁都知道，戚继光是个不可轻易涂抹的英雄。

戚继光的抗倭功业彪炳千秋，闽浙绵延千里的海岸线上，至今随处可见纪念他的碑刻雕像庙宇，海潮升时，似乎还能听到四百多年前那群亡命武士绝望的惊呼："戚老虎来了！"很多地方甚至把他与关羽、岳飞合祀。

当然，戚继光丝毫无愧于这些崇拜，但感恩的人们却不自觉地冷落了当年与戚继光并肩抗倭的另一位英雄，俞大猷。

俞大猷与戚继光多年的上司，最后官至兵部尚书的谭纶曾评价过当时几位名将的军事才能，在指出了俞的一些不足后话锋一转，如此下了结论："然此（指戚继光等人）皆小知，而公则堪大受。"意思是俞大猷能担起比戚继光等人更重的担子。俞大猷还是个传奇人物，据说棍术天下无敌，还单挑过少林寺，写过一本"武林秘籍"《剑经》。

俞大猷一生也是身经百战，但他最大的特点是官运奇差，几十年间，屡屡夺职、降级、夺荫，甚至下狱几乎处死。如果为他的一生画一条轨迹，明显就是波浪状：凭着军功高了一点，又蓦地下来，倔强地上去，又蓦地下来，如此力量消解，总掀不起滔天大浪，因此功业自然难及戚继光，以至于后世被很多人遗忘。

似乎每个上司看俞大猷总是不顺眼，每次立了大功，不是"严嵩抑其功不叙，但赉银五十两而已"，便是"功为赵文华、胡宗宪所攘，不叙"；失利时，上司把屎盘子顺手扣来任你俞大猷武功再高也躲不过："坐失律，谪充为事官"，"劾大猷纵贼，帝怒"，"委罪大猷纵贼以自解"……

原因也简单，俞大猷为人正直，"以古贤豪自期"，学不会逢迎讨好，又臭又硬，谁看了都不顺眼。

嘉靖四十一年，倭寇大举进犯福建，攻占兴化。明廷急委俞大猷为福建总兵，戚继光任副职，前往围剿。两人联手谁能一挡，倭寇大溃。但论功时，戚继光功居首位，取代俞大猷为总兵，大猷却只得了些赏银。

报功奏章怎么写，很大程度决定于上司的一支笔，如此看来戚继光与领导处得比俞大猷好多了。

细究戚继光一生，在所有位上与同僚上司下属都相处甚好。他的上级胡宗宪、谭纶、刘应节、梁梦龙，监军汪道昆、赵大河等人，大都与他有深厚的交情，至少不会掣肘，如此情形，俞大猷自不能与之争功。

与上司套交情，奥妙无穷，少不了铜臭龌龊见不得人之事，但俞

224

大猷从未因此鄙夷戚继光，更没有嫉恨过他，一生始终是戚继光的知己至交。因为他明白，无论戚继光用什么手段来争取上司同僚的支持，目的与他一样，都是为了大明江山，为了天下苍生。他由衷地为戚继光能在如此融洽的环境下获得大展拳脚的机会感到高兴。凭他历经沧桑的老眼，他定能发现自己与戚继光肝胆相照。

戚继光少年时写的诗句，便是他们共同的心声：

"封侯非我意，但愿海波平。"

但若想四海波涛真正平息，仅仅拥有谭纶一级的支持是远远不够的。

戚继光对大明王朝的弊病洞若观火，他曾言："（国防）其机不在边鄙，而在朝廷；不在文武疆吏，而在议论掣肘。"他极其渴望能放开手脚报效国家。

于是，顺理成章，戚继光家乡出产的海狗肾送到了张居正府上。

很快，戚继光的背后有了个一人之下、万人之上的强硬靠山。

南方倭患大致已平，戚继光北上镇守蓟州，防备蒙古诸部。张居正尽可能为戚继光创造条件统筹全局，把他辖区内职位相当的高级将领全部调往别镇；并接受谭纶的建议，令该区文官不得干预军务；谁为难戚继光，他便不动声色地将其人迁调至别处；至于财政后勤，更不须戚继光操心。

戚继光也不负张居正信任："节制精明，器械犀利，蓟门军容遂为诸边冠。""在镇十六年，边备修饬，蓟门宴然。"（《明史》）

张居正在世时，戚继光得到了大明朝允许武将所能得到的最高职务与荣誉。

这都是那些海狗肾之功吗？

明末清初史家谈迁在《国榷》中写下了这么一句话："非戚将军附江陵（张居正）也，江陵自重将军耳。"张居正在书信中也说："戚帅才略，在今诸将中，诚为希有。"海狗肾虽然珍奇，但若要比礼物贵重，一个不扰民、不苛兵的武将怎能是他人对手？张居正为何独独如此厚待于他呢？

原因也很简单，张居正也同样"但愿海波平"。如何评价张居正，几百年来便是个争论不休的话题，可谁也不能否认他对于天下大治的殷切愿望。

但无论是戚附张，还是张重戚，在世人眼里，戚继光此举终是有亏；反正如此结为一体，便是私党，绝不是光明正大的路数！所以《明史》将其与俞大猷相比时便下了个"操行不如"的结论。

谁都把戚继光视作张居正的亲信，然而他们有没有细思：张居正的事业，原本就建立在私人来往的基础上呢？

关于张居正的施政手段，黄仁宇先生在《万历十五年》中有段精辟的论述："他采用的方式是用私人函件授意亲信如此如此向皇帝提出建议。这些建议送到内阁票拟，他就得以名正言顺代替皇帝作出同意的批复……为了鼓舞亲信，他有时还在函件上对他们的升迁作出暗示。这种做法，实际上是以他自己作中心，另外形成一个特殊的行政机构，以补助正常行政机构之不及。"

"正常行政机构之不及"，指的是什么呢？

那就是张居正尴尬的身份。

朱元璋创明后，为集皇权，废了沿袭几千年的宰相，并以凌迟酷刑严令后世不得重设。内阁大学士不过是皇帝的秘书兼顾问，终明一朝仅是五品，只是后来朱家子孙能力退化加上偷懒，才慢慢开始权重起来，根本不是传统意义上的宰相；根据朱明祖宗家法，绝不允许任何臣僚拥有统辖百官的权力，权势越大，离合法性越远。

所以张居正做不成堂皇的大臣，只能走权臣一路。

既做权臣，便不得不以手腕弄权，用领会自己意图的亲信来履行王朝的程序，由此推行自己的政策：考成法、一条鞭法、度田清丈，等等。

如此做法自然是上不得桌面的，所以黄仁宇接着说："这在旁人看来，就是上下其手；以气节自负的人，自更不愿向他低头，以免于趋附权势的讥讪。"

对于更"以气节自负的人"的人，除了不低头，还得毅然攻击。像御史刘台，便庄严弹劾张居正"俨然以相自处"——你张先生真把自个当成宰相了！

刘台的战友很多。生前身后，张居正遭受过数不清的弹劾，有太多的人看不惯这位张先生的作为。

不仅是权臣身份的问题，这位张先生还有其他一些正人君子所难容的行径。

他居然是勾结阉人上的台。

张居正是与大太监冯保合力扳倒内阁首辅高拱取而代之的。高拱也很有才干，但他看不起阉人，这很符合传统士人道德：阉人是绝不能秉大权的，本朝王振、刘瑾之祸殷鉴不远。张居正却有自信，利用太监开路而反过来又能控制他们。从日后的政局看，他的确做到了。冯保集司礼掌印、提督东厂于一身，又得到神宗生母李太后的信任，但张居正还是能够掌握局面，他曾自得地说，"宫中府中，事无大小，悉咨于余而后行，未尝内出一旨外干一事"，"中贵人无敢以一毫干预"。

但你越是表白，君子们越是怀疑你们的关系。被一闷棍打下台，当日就雇着牛车被逐回老家的高拱恨极了张居正与太监，他在遗著《病榻遗言》中详述了张居正不光彩的勾当，说张居正与冯保结拜为兄弟，逢迎谄媚无所不为，冯保的心腹没一天不去张府，三人整天关

227

起门来嘀嘀咕咕，简直是同一个鼻孔出气。

除了费尽心机取得太监头目的支持，张居正还讨好太后。神宗有两位太后，一位是先帝的正宫皇后，另一位则是生母李后。按皇家制度，新天子即位时在为两位太后上封号时应区分高下，生母应该比先皇皇后略低。冯保使个眼色，张居正心领神会拟了诏书：两宫并驾齐驱。李后感激，从此"倾心委倚"。

居正不正！无论如何，这些都不像是正人的行径。

如此上台的张居正，竟然敢昂然以周公霍光自命，来行使宰相大权，是可忍，孰不可忍?

奏！植党营私、擅改祖制、作威作福!

但有太后、宦官撑腰的张居正已经是稳如泰山，再多的奏章也动摇不了根基。

相反，他那不合法的命令却一日比一日的不可抗拒，力度也越来越强，传令下去，即便前方有大山挡道，也得立时化作齑粉。据《明史》所载：张居正发令，"虽万里外，朝下而夕奉行"，如疾雷迅风，力道万钧，所向披靡。

为了这个效果，张居正顾不上自身小小的名节了。

但对于一个自幼熟读圣贤书的儒家学子，张居正迈出与宦官交接的第一步定是需要经过激烈的思想斗争的，正如戚继光送出海狗肾一样。

戚继光家教极严，其父戚景通为官严正清廉，从不奉承权贵，有次甚至因拒绝遵循官场陋规送点小礼而丢了官。可以想象，以孝闻名的戚继光在采购礼品时心情的痛苦。

但最终，高傲的张居正在宦官面前谦逊地弯下了腰，戚继光则恭恭敬敬用火漆封好了一份份礼盒。

他们问心无愧。

因为他们已经发现，若想实现自己的抱负，天下之大，只有此路还可一试。如此危机四伏的时代，绝不是靠夫子寻常的教诲便可救得的，张居正有言："非得磊落奇伟之士，大破常格，不足以弭天下之患。"

张居正、戚继光都是能大破常格的磊落奇伟之士，所以他们成就了一番事业。

戚继光的"海波平"，不过只是张居正规划中的一个局部。张居正的事业全面取得了明显的成功：

"（张居正）及揽大政，登首辅，慨然有任天下之志……十年来海内肃清……力筹富国，太仓粟可支十年，阃寺积金，至四百余万……一时治绩炳然。"（《明史纪事本末·江陵柄政》）

弹劾张居正的奏章一天天少了下去。

但君子们还是悻悻然地等待着。

万历五年（1577 年）九月十三日，一个七十四岁的老人死了。

这个无职无权的老人的死，在大明帝国掀起了轩然大波。

因为他是首辅张居正的父亲。

按着规矩上门表示慰问后，君子们正襟端坐，等着张居正做一件必须做的事。

丁忧。

所谓丁忧，是所有官员必须遵守的制度。至亲——如父母——逝世，自闻丧之日起，不计闰月，必须辞职守制二十七个月。

君子们有些幸灾乐祸，我们赶不走你，你自己老父不争气，要拖你下台，这就是天意！

夺情！居然要夺情！

夺情，指的是皇帝特别指定，不许辞职。皇帝挽留、太后挽留、亲信挽留，都可以理解，问题是，你张居正竟然也含含糊糊，准备答应夺情了?!

为图自身富贵，置生父后事于不顾，无异禽兽！为子不孝，为臣岂能尽忠?

弹劾张居正的奏章又满天飞舞起来。"忘亲贪位""厚颜就列"，措词无比强烈。也难怪，从前的一切还可勉强理解为逆取顺守，现在饶是你浑身是嘴也说不清楚了：丁忧事关孝道，你已经触到伦理纲常的底线了。

张居正陷入了有生以来最为严重的危机之中。他何尝不想丁忧守制，但形势逼着他不能离开一日，何况漫长的二十七个月！考成法已经上了轨道，一条鞭法与清丈法却正是要紧关头，一步不实便前功尽弃全盘皆输，他实在离开不得。

或者，还有一件事深深刺痛了他。我这还没走呢，你们就向我的副手道贺了，那小子居然还受了礼？好势利！难道我铁定得走吗？这大明的家，照样我来当。

于是他默默接受了夺情的建议。

这下君子们忍受多时的火山终于大喷发了。雪片般的奏章不算，还一拨拨来到张居正府上，劝其万万不能有违圣教，苦口婆心，声泪俱下。

小皇帝站出来为他的先生出气了。一翻面皮，准备用廷杖伺候弹劾张居正的大小君子们。

廷杖已经高高举起，一干大臣连忙跑去张家求情。张居正的犟脾气也已经发作，托辞不见。有人急了，不顾一切奔到内室孝闱，找到了张居正。

"圣怒太严重，说不得。"张居正冷冷道。

"即使圣怒，也是为的先生。"

张居正再忍不住，勃然下拜，命人拿刀来，架在自己脖子上，厉声道："皇上硬要留我，大家却拼命赶我走，你们杀了我吧!"

众人失色，明白事态已经不可挽回。

廷杖狠狠落下，血肉横飞。紫禁城上空，弥漫开来刺鼻的血腥味。

夺情一事对张居正刺激甚大，《明史》载："居正自夺情后，益偏恣。其所黜陟，多由爱憎。左右用事之人多通贿赂。"也许，张居正从君子们拼命以纲常教条阻止自己夺情一事看出他们的迂腐和不可共事，从而产生了一种道德幻灭感，从此行事更辣手，对于反对者，朝闻而夕报；同时自身也更讲究享受，排场越来越大，很可能，就是夺情之后，张居正才服用起戚继光送的海狗肾的。

既然看穿了君子们的碍事，张居正一不做二不休，下了一道更得罪人的命令：禁毁天下书院，不许士人聚集游食，扰害地方。

没有张屠夫，也不用吃带毛猪，轰开你们这些满口大道理的酸措大，随你们说我"其所黜陟，多由爱憎"吧，我张居正一样要把事业做下去。天下事要紧，我一人"一时之毁誉，不关于虑；即万世之是非，亦所不计也"!

从此，他与亲信的关系更加紧密了。回乡葬父时，他生怕短期的离职引起戚继光不安，特地通知他自己很快会回来的，你只管好好干，不必担心。

戚继光则派了一队鸟铳手为张居正开路，以此表明他对首辅的理解与支持。

大明王朝继续沿着张居正设计的轨道运转。

但张居正在把君子们压得敢怒不敢言的同时，也注定了自己的下场。

张居正一死，君子们便准备动手了，被张居正的考成法捆得喘不过气来或是被清丈法消瘦了的大小官吏更是迫不及待——无论正邪现在同仇敌忾。

张居正死后，只过了半年，终于有一道弹劾冯保的奏章送到了神宗面前，皇帝不觉脱口而出："我等这道奏疏已经多时了。"声音冷得瘆人。神宗的目光，利箭般射向了张先生的故乡江陵。

次年三月，诏夺张居正上柱国太师，八月再诏夺文忠公谥。

再次年四月，诏令查抄张居正家产。

应该说，正是多年来张居正对小皇帝管制得太严格，暗暗在神宗心中埋下了厌恶的根子，那些人才能在张居正死后慢慢窥测方向揣摩出圣上的心理，引发出了新的一轮弹劾。

从小到大，神宗始终蜷缩在张居正高大的身影里，听得最多的一句话，便是母后说的："要是张先生知道了，看你怎么办？"

甚至十八岁时，因为一次酒后小小的过失，母后居然还责令自己跪了三个时辰，甚至用《汉书·霍光传》威胁要行废立——当代霍光是谁？张先生！

这么多年，你张居正篡了朕的权！

皇上圣明，天理循环！

当张居正的抄家单子摆在御案上时，年轻的皇帝同样有了道德幻灭感。

你张先生的家底，实在也太过丰厚了吧：金二千四百余两，银十六万两，房产一万余两。他们还说你回乡时居然坐三十二人抬的轿子，前轩后寝，旁有两庑，一路每餐水陆珍馐上百样还说没下箸处。

你还记得吗，朕当皇帝的第一个春节，连民间都大摆宴席贺岁，你却只让人添了几样水果，口口声声节省为民！

还有，你张先生节制朕对宫中嫔妃的赏赐，而自己却纳了两位绝色女子为妾——据说还是戚继光送的！

多年的道德约束，随着张居正的彻底被清算而轰然倒塌。

看来没有束缚的神宗皇帝从此将是一身轻松了。他很快有了向道德代言人——文臣君子们挑战的需要。因为宠爱有别，他想废长立幼，立郑贵妃之子为太子。廷臣察出苗头，大义凛然，硬是抵住了至尊的压力，抱成一团持久作战，直到逼着神宗立了长子为储才罢休。

他们的理由充分得很，圣人教导我们，对儿女不能偏爱，伦理纲常、长幼有序是我们帝国的立国根本……紧箍咒般日夜在朝堂上念叨。

沮丧的神宗终于发现了道德的威力，也发现了张居正的失败，正是由于他轻视了这股传承千年的力量，没有向它妥协，这才使得君子们成了朕的同盟军。否则，朕还真动不了张先生。

与传统道德的较量中，张居正还能取得暂时的胜利，但他这个学生却没有那般魄力，于是大彻大悟的神宗采取了另一种方式来表示抗议。

消极怠工。一口气二十多年不上朝。

张居正死后二十年，两京缺少尚书三人、侍郎十人、科道九十四人，天下缺巡抚三人、布政监司六十六人、知府二十五人。最严重时，整个帝国官员缺额达一半以上。廷臣请选补，不理，对所有空缺与官员调迁，不闻不问。连臣僚表示抗议的辞职报告也不理会（据说最多的一位居然连续上了一百二十份辞呈），你自己脱下官服封了官印走了便是……

由于缺少法官断案，有些嫌疑人二十多年也没被提审，被关得神经错乱，在狱中用砖头把自己砸得满身是血，卧在血泊中呼冤。

砸死了也是白砸。有一封奏疏说得狠："陛下万事不理。"

甚至你破口骂他，当时暴跳如雷，但冷静下来，他照样当作看不见。

神宗不上当，罚了甚至宰了你，倒是成全了你的名声，你可能还求之不得。

经过张居正事件后，神宗已经清楚，大部分的争论、告讦、弹劾都是毫无意义的文字游戏，哦，不，是"讪君卖直"。他想起了当年那群为弹劾张居正而争相伏身于廷杖之下的大臣们脸上痛苦而满足的神情。

他宁愿百无聊赖地坐在深宫中与小太监们掷银为戏。（有史料记载，神宗很可能还染上了鸦片瘾）

他不再计较身后的评论，因为他终于明白，在君子们强大的道德体系内，只有平庸的人才能得到好名声，就像成祖以下，史家们一致恭维的好皇帝只有胆怯而温和的曾叔祖孝宗一人。（黄仁宇：《中国大历史》）

张居正理应得到惩罚。

谁叫你"大破常格"？

这就是后人评你的能治国不能服人，"工于谋国，拙于谋身"吗？

如此收场你张先生也许早在意料中吧：你不是说过，己身不复为己有，甘愿充当铺地的席子，任人践踏甚至尿溺吗？

那就如你所愿：

"（张居正）假丈量田土，骚动海内，专权乱政，罔上负恩，谋国不忠。本当破棺戮尸，念效劳有年，姑免尽法。其弟都指挥居易，子编修、敬修，子张顺、张书，都着永远戍边。"

抄家官员还在途中，张宅早已经被当地县令——当初最奉承张居正的地方官——封门，打开看时，已经饿死了十余人。

拷问时，长子敬修不堪忍受，自杀。

有点遗憾，张居正家产，不到严嵩二十分之一。

"先生功大，朕无可为酬，只是看顾先生的子孙便了。"

且慢，看顾先放一边，有件事还得说个明白：

"你家老爷与戚帅相结，凡有书问，虽夜中开门递进，意欲何为？"

是啊，将相如此一团和气，莫非要唱一出谋反大戏——

不是都说戚继光是头猛兽，天下只有张居正能够驾驭吗？

戚继光还算幸运，如此险恶风波袭来，不过是罢职归田养老。

对于神宗的宽宏，戚继光无比感激，认为是"圣明独鉴孤臣，眷未衰也"。

但出人意料的是，这位时时购千金姬、岁献海狗肾的大帅，回乡后居然穷得连给自己买药治病的钱都没有。

董承诏《戚大将军孟诸公小传》云："（戚继光）四提将印，佩玉三十余年，野无成田，囊无宿镪，唯集书数千卷而已。"

万历十五年（1587年）十二月二十日，缺钱买药的戚继光突然病发逝世。

他好歹保住了声名。

张居正的名声官职，要到天启年间才被追复。奔走呼吁为张居正恢复名誉的，却是一位当年夺情之争时被打瘸了一条腿的青年进士邹元标。

四十多年后，面对不可收拾的危局，白发苍苍的邹元标终于理解了张居正。

但这世间已经再无张居正。

相关医药知识摘录：

补虚中药：凡能补充人体物质，增强机能，以提高抗病能力，消除虚弱证候的药物，称为补虚药。所谓虚证，概括起来不外气虚、血虚、阴虚、阳虚四种，临床应根据类型不同而选择合适药物。凡身体健康无虚证者，不宜滥用，以免导致阴阳平衡失调，"误补益疾"；邪实而正气不虚者，以祛邪为要，亦不宜乱用补虚药，以防"闭门留寇"。

常用补气药：人参、黄芪、白术、山药。

常用补阳药：鹿茸、巴戟天、肉苁蓉、淫羊藿、菟丝子、仙茅、补骨脂、益智仁。

常用补血药：当归、熟地、阿胶、首乌。

常用补阴药：天冬、麦冬、沙参、黄精、玉竹、枸杞、百合、龟板、鳖甲。

血肉有情之品：指动物的血、肉、骨、髓、脏器等，由于在形态结构与生理功能等方面具有诸多相似性，因此对人体相应的器官组织具有药理作用。如名医叶天士云："夫精血皆有形，以草木无情之物为补益，声气必不相应……血肉有情，栽培身内之精血，多用自有益。"意即人与动物都是血肉之躯，取象比类，以脏补脏，能更好地滋补人体，效果超过金石草木等无情之药。

不　朽

——《本草纲目》五百年

　　从那叠书稿中随意抽出一卷，粗略翻了几页，王世贞悄悄吸了口凉气，温和中带些矜持的神情慢慢严肃起来。他抬起头，看着坐在自己对面的人。那一身褐色布衣的清癯老者正怡然地品着茶，不知怎的，此刻在王世贞眼中，他原本就得体大方的举止现在更加洒脱，大袖挥动之际似乎还带出了些云烟。

　　他出了一会神，重又低下头去，端坐正了，仔细捧读起来。也不知过了许久，他终于低叹一声，轻轻放下书卷，对那老人拱了拱手，微笑着问道："濒湖兄著这部大书，花了多少时间呀？"

　　老人李时珍——濒湖是他的号，闻言拈须笑道："大人这话问得我得好好算算了。"沉吟片刻，他接着说："当初我决心写这《本草纲目》时，不过三十出头吧，一转眼，现在可就是七十三了——七十三、八十四，阎王不请自己去，时日无多了哪。"

　　"濒湖兄仙风道骨，阎王爷也得卖你几分面子吧。"王世贞插了一句，"如此算来，为这部书，竟然耗了濒湖兄四十多年功夫？我真正是钦佩至极！"

　　"大人过奖。其实也没那么久，我六十岁那年就已经差不多完成了，最近这些年不过只是核对补充罢了。"

　　"我粗读几条，便发觉书中引据很多，上至坟典下及传奇，子史经传、声韵农圃、医卜星相，凡有相关无不备采，濒湖兄涉猎之广，实令我等惭愧。"说此言时，王世贞满脸真诚，绝不是客套。

"山野之人哪敢在大人驾前献丑。我这辈子，也是奇怪，只是喜欢看些杂书，圣人的经典却是不甚精通，该惭愧的是我啊。"李时珍也是言出肺腑。

顿了一顿，他离座走到王世贞面前，深深作了一个揖，神情庄重地说："时珍自知学术浅薄，难登大雅，故此不揣冒昧，想烦劳大人作一小序，希望此书能借大人妙笔流传后世，多少于世人有些裨益，时珍此生便心愿足矣！"

王世贞连忙起身，扶起老人，说道："濒湖兄不必多礼！"

"……岁历三十稔，书考八百余家，稿凡三易。复者芟之，阙者缉之，讹者绳之。旧本一千五百一十八种，今增药三百七十四种，分为一十六部，著成五十二卷。虽非集成，亦粗大备，僭名曰《本草纲目》……"

在序中，王世贞用李时珍自己的话，对《本草纲目》的成书过程与规模做了扼要的介绍，当然也不忘记了一笔："愿乞一言以托不朽。"

在李时珍，还有当时所有人看来，这句话是十分合理的，谁都相信，如果开卷有了王世贞这篇六百多字的序镇着，《本草纲目》便多了几分"不朽"的把握。

因为王世贞是当时的文坛泰斗，独领大名二十年。《明史》载："（王世贞）才最高，地望最显，声华意气笼盖海内。一时士大夫及山人、词客、衲子、羽流，莫不奔走门下。"若得如此大腕"片言褒赏"，自然能"声价骤起"，李时珍"乞一言以托不朽"的想法十分正常。

相比王世贞如日中天的名声，医者李时珍自然有自惭形秽的感觉，一定会觉得这辈子不算很成功，尽管他这一生已经活人无数。

238

李时珍弯下腰去请王世贞写序的那一刹那，他面前的青砖上，会不会幻出当年父亲那因失望而灰暗无光的眼睛呢？

李时珍的父亲李言闻，原本对这个聪明的儿子寄予了很大的希望，指望他光耀李家门楣，好好为祖先出口气。

一开始的迹象表明，这个希望是很有可能实现的。

李时珍十三岁便考中了秀才。

每日清晨，听着儿子还不脱稚嫩的读书声，李言闻便说不出的舒坦。他觉得世代为医的李家或许在他儿子这一代便能转运了，一条通往京城、通往金銮殿、再通往衙门大堂的金光大道已经铺在时珍的书桌上。他不觉想起了自己的父亲，一个四处跑江湖的铃医，每日提着药箱摇着串铃——又叫虎撑的——栉风沐雨挣口饭吃，常常被当成卖嘴的骗子，好不容易在世人鄙夷的眼光中养大了自己；虽然他自己倒也争气，把老人家的手艺发扬了，几十年功夫好歹熬成了一方名医，可其中的辛酸他是实在不敢回首。自从生下时珍，他便下了决心，便是倾家荡产也要把这孩子送上正途，可绝不能让他再走祖祖辈辈的老路了，为此他还费了很大力气，托人让李时珍拜到了中过进士的一位老先生门下。十三岁中秀才，老天开眼，这小子争气啊。

信心十足的李言闻就等着乡试、会试，等着时珍一步步沿着他梦想的脚印走下去，走出头。

十六岁，乡试不中。

十九岁，再不中！

二十二岁，还是不中！！

李言闻蒙了，这屡战屡败的沮丧后生，当真是那个早慧好学的时珍孩儿吗？怎么越读越不济了呢？

李时珍当然承受着更大的痛苦。第三次乡试铩羽之后，他觉得青春紧迫，有必要对自己的未来做个现实的最终规划了。几个不眠之夜后，他终于向父亲提出了自己的打算。

"你要学医?"李言闻几乎要咆哮了。但看着儿子通红的眼睛和憔悴的脸庞，他又不忍开口责骂。良久良久，他抬头看看天，长长叹了口气，黯然道："明天，你随我出诊吧!"语气嘶哑，比吞了满口的黄连还要苦涩。

心里猛然空荡荡的李言闻没有多怪儿子，他看得出，时珍已经尽了力。他又记起，时珍自小看到本草方书便两眼放光，精神头比读圣人书还要大，药性歌诀更是不用多教便背得比诗词还顺溜。想到这他又叹了口气，把这一切都归结于祖宗的风水不好，牢牢把李家一脉圈在了医药这个没前途、走不到头的行当之中。

在我们这个古老的国度，任何一门技艺，无论你学得多精妙，都是没前途、走不到头的——

都不是正途。

"德成而上，艺成而下"：成就德行是主要的，居上位；懂得技艺是次要的，居下位——这是儒家经典《礼记》中的一句名言。

儒家学者的气魄很大，动不动就挽起袖子准备治国平天下；他们一生钻研的，也是大济苍生的学问。注意，是"大济"，要大，要大到能涵盖天下，而不是零零碎碎的一技一艺。打个比方，任何一个工匠，泥水工，或是木匠、瓦匠，都不能独力造成一座房子，即使每个匠人在各自领域都是绝世天才；造房子绝少不了一个能统筹全局、调度一切的总工程师。衡量这个工程师水平高低的标准是规划是否合理、目光是否远大、指挥是否得力，而不是他能不能使得一手好刨锯。正如柳宗元所述，那个连自家床坏了都不能修理的梓人照样是个不可或缺的主角。

如此传统下，有志气的学子当然要做工程师，谁也不愿去打下手听使唤。尽管与其他技术相比，医学事关人命，地位最高，也能受到更多的优待，但这个行当还是照样被归入次一等的"医卜星相"。你于其间造诣再深积德再多，死后被记下几行字，收入正史末尾的《方技传》已经是到了顶，几世修来的荣耀了。

而这《方技传》往往还是神神道道真真假假，多被历代君子依照圣人教诲"敬而远之"不甚重视的。

古往今来，好像没听说过有谁仅凭了一手好医术便封侯拜相的。

李时珍的时代，要想出人头地，只有华山一条道：从八股上搏。

即便是王世贞，若不是当年高中科举，纵使文采再好也不可能有后来的"地望最显，声华意气笼盖海内"，李时珍也就不会巴巴地求到他门上。

然而，以《本草纲目》的内容看来，李时珍及时放弃科考，是十分明智的选择。以李时珍的禀性，便是考到老死，也难中一第。

无论谁的言论，如果没有亲眼所见或是能使自己真正理解信服，他都表示怀疑，不肯随便附和——即使对方是上古圣人。

《本草纲目》一书，纠正了很多沿袭数百甚至上千年的错误，就连被奉为圣典的《神农本草经》，他也在其中挑出了不少荒谬之处。像云实花这东西，《神农本草经》将其列入可长期服用的"上品"，李时珍则斩钉截铁明言："此古书之讹也！"这药性子甚烈，长服还了得？他对古代经典最反感的，还是那些宣扬长生修仙的胡说八道，把水银雄黄一类毒物当宝贝："六朝以下贪生者服食，致成废笃而丧厥躯，不知若干人矣！"在药书上落笔，一笔一画都连着生死："本草其可妄言哉？"

"本草其可妄言哉？"所以，越写到后来，他反而越不敢轻易下笔。他觉得一个人的精力与智慧实在是太有限了，往往在解开一个问题的同时，又在原地冒出来更多的问题，就像雨后一茬茬的蘑菇那样。何况还有很多难题是他费尽心机也没办法弄明白的，比如"撒八儿"这玩意，古人说是玳瑁遗精被蛟鱼吞食后吐出而成——他怎么才能看到蛟鱼吃的究竟是什么东西呢？为了对后人负责，对这些无从核实的说法，他只能遗憾地在书上写下"当俟博物者订正""漫记于此，以俟博识"之类的文字。

应该正是这种用独立眼光审视事物，不肯人云亦云的禀性，导致了他的几次落第——你不规规矩矩按着套路写陈词滥调的八股，如何能中？你才力越高，便离题越远。

十三岁中秀才，不过是李时珍那时还小，尚未形成自己的性格罢了。

这辈子，本就不该你走正途。既然你对一切教诲学问都有怀疑，那就自己慢慢揣摩去吧。

对于治国安民之外的种种世间学问，儒家学人其实也有强烈的好奇心，只是得分清主次，在参悟天地间玄之又玄的至理的同时，有余力方可涉足，绝不能因小失大去钻牛角尖。

理学也有格物功夫，但关键不是仅仅参透每一物的琐碎道理，而是为了豁然贯通体贴出终极的天理，外可以济世，内能够成圣。

一事一物的知识，在他们眼里往往不过只是一种博闻之学罢了，很多时候，还带着消遣的眼光去看。

王世贞的《本草纲目》序中，有这么一句话，"予开卷细玩"，不经意间透露了他的这种心态。

玩，尽管可以理解为玩味、体会，但这词毕竟带些轻慢的意思。后文的一段文学化的描写更是淋漓尽致地表达了他阅读《本草纲目》

后的快感："如入金谷之园，种色夺目；如登龙君之宫，宝藏悉陈；如对冰壶玉鉴，毛发可指数也。"

当然，王世贞毕竟名下无虚，很识货，他也意识到了《本草纲目》的价值绝不仅仅只是供人猎奇开眼界。序文最后，他运笔如椽，大大褒扬了此书的不凡："兹岂仅以医书觏哉？实性理之精微，格物之通典，帝王之秘录，臣民之重宝也！"

帝王秘录、臣民重宝且不提，关键在于，他把此书提升到了理学格物通典的高度，并以此理直气壮地宣扬："兹岂仅以医书觏哉？"

他应该觉得够对得起李时珍了：

性理之精微，格物之通典，把《纲目》引向理学正路，比你那上不得台盘的医药杂书，如何？

如此，庶几能够"不朽"了吧。

搁了笔，王世贞傲然微笑着。

对王世贞这样的评价，李时珍自然是十分满意的。读完序文之后，他或许会想起当年为了说服父亲而作的那首诗：

"身如逆流船，心比铁石坚；望父全儿志，至死不怕难。"

的确，作为一个儒家学子，要做出放弃科举埋头学医的决定，真正是逆水行舟；如今得到正统权威的如此褒奖，也算是到了岸，修成了正果。白发苍苍的李时珍回忆一生，不禁感慨万千。

其实起初他并没有撰写这样一部大书的计划，而只是想学好医术，多救治一些人。只是在行医过程中，发现了历代本草药书中存在着太多的信口开河、以讹传讹，"舛谬、差讹、遗漏不可枚数"，这才萌生了重新编著一部经过自己核对检验的药书的想法。

以一人之力，编著一部大规模的本草，谈何容易！著书的念头刚出现时，连他自己也被吓了一跳，但这不也完成了吗？

大不了读书十年不出户庭；大不了穿上草鞋，背起药筐，远涉深山旷野，遍访名医宿儒，搜求民间验方；大不了在自家院中开个药圃，朝夕观察；大不了亲身试药，摸索古书中说不清道不明的奥妙。

真是光阴似箭，简直只是一眨眼，这辈子就这么过来了吗？李时珍忽然觉得一阵眩晕，就像是当年为了掌握麻醉的最佳剂量，一次次服用曼陀罗时的感觉一样，仿佛连舌尖都有些麻涩起来。

人这一辈子，能有几个三十年呢？

秋风起，百草黄，蓦然回首，已是百年身。

枯枝般的手轻轻摩挲着沉甸甸的书稿，指尖似乎能触摸到来自文字深处的脉动，每一撇捺都均匀而有力，这让李时珍感到了极大的欣慰。他相信，无论能不能"不朽"，这部书的寿命都将比他短暂的一生要长得多，何况现在又加上了王世贞的序文。

接下来，就该是最无情而又最公正的裁判——时间——出场了。

已经油尽灯枯的李时珍把《本草纲目》一卷卷整整齐齐码好，交给了历史。

得此序文后三年，李时珍逝世。那一年，近二百万字的《本草纲目》在金陵书商胡承龙资助下（书能有此举亦是得力于王世贞之序不少）刚刚刻版完成，他很可能没来得及见到完整的刻本。

临终前，他写了一封遗表，交给儿子，嘱咐他有机会便上书朝廷，借助政府之力推行天下，以发挥更大作用。表进之后，命礼部誊写，发两京、各省刊行。

出版后不到十年，《本草纲目》便已经流传到日本、朝鲜、越南等国。日本江户幕府第一代将军德川家康视若奇宝，郑重收藏。

历史的巨轮滚滚而前，颠簸中，《本草纲目》却在一版版重刻……

几百年弹指一挥间，《本草纲目》的影响越来越大。乾隆年间，随着当时的尊古的学风，医药界也兴起了尊经崇古的潮流，不少名医的矛头对准了《本草纲目》。其中最有代表性的是著名儒医陈修园，他对《神农本草经》推崇备至，谓其"字字准确"。然而在他的时代，如此圣经居然受到了前所未有的冷落，于是他极为愤慨，把一切罪责都推到了李时珍头上："自时珍之《纲目》盛行，而神农之《本草经》遂废。"他大声疾呼："学者必于此等书焚去，方可与言医道。"

好像效果不太明显，没几个人会听他的。

《本草纲目》继续被翻译为英语、法语、俄语、德语……欧美各国主要图书馆都藏有此书，1735 年巴黎出版的法文本《中华帝国全志》中，即有《本草纲目》节译本。

《本草纲目》如此强劲的传播过程中，发生在陈修园的同行身上的一件事，倒也值得一记。因为它前半部分，简直是当年李时珍求王世贞作序的翻版。

1770 年，与叶天士齐名的一代名医薛雪去世。其孙草拟了墓志铭寄给当时最出风头的大才子、"乾隆三大家"之一袁枚，想征求意见，最好得一篇小文，"以托不朽"。

薛雪曾治好袁枚的大病，救了他一命，袁枚得文自然不敢怠慢。然而仔细阅读之后，他诧异地发现，文中居然"无一字及医"，反而将老人家置于理学一流。

袁枚读完半晌无语，一股郁火堵在胸口，觉得几乎要窒息过去，连手脚都有些冰凉。他闭目良久，猛地起身来到书桌前，操笔便给名医之孙写信：

"谈何容易！老天难得生了一个不朽之人，而他的子孙却定要推而纳之于必朽之处！"

"这天底下，不是定要成为周公孔子那样的圣贤才能不朽的，后羿的箭法、弈秋的棋艺、俞跗的医术，都可以不朽！"

"医药的效果立等可见，所以名医百无一人；讲学的效果无从查据，所以满目皆是理学村儒。你不尊先人于百无一人之上，反而贱之于满目皆是之中，实在是太愚蠢了！"

"当初我身患重病，命悬一线，那时就是眼前来了十个八个周公孔子又有何用？你家先人只用了一方药便救活了我，那时我就认定，他老人家定然会不朽！"

"如有医案良方，可以拯救世人，搜集了传下去，定当高出理学那套语录陈言万万。如果舍此而一心想往理学路上钻去，真正是舍神奇以就臭腐，理学门墙未必能给他留个位置，而方技中却生生少了一个真人——岂不是荒唐之至，岂不是可惜之至？"

袁枚不假思索一气写完，愤愤然扔了笔，大口大口地喘息着。

他这才发现，自己的双手竟然在微微颤抖。

比较王世贞与袁枚的两篇文章，两百年后，好像世道有些变化了。

大浪淘沙。

又过了两百多年，来到了我们的时代。

距离 1578 年完稿，《本草纲目》已经流传了四百三十来年。国人喜好凑整数，而且是往高了凑，就像上了九十就可以贺百岁那样，依如此算法，《本草纲目》也能称五百岁了。

到了今日，国内外各种翻刻本已多达五十种以上，初刻版金陵本早已被视作稀世珍本。

1951 年，在维也纳举行的世界和平理事会上，李时珍被列为古代世界名人，据说他的大理石雕像至今还屹立在莫斯科大学的长廊上。经核对，现在学界已经公认，达尔文在《物种起源》中多次引用，以证明其进化论观点的《古代中国百科全书》便是《本草纲目》。英国著名科技史专家鲁桂珍曾著有《中国最伟大的博物学家李时珍传略》，另一位分量更重的学者李约瑟则写道，"毫无疑问，明代最伟大的科学成就，是李时珍那部在本草著作中登峰造极的《本草纲目》……李时珍作为科学家，达到了同伽利略、维萨留斯的科学活动隔绝的任何人所能达到的最高水平"，是中国博物学家中的"无冕之王"。

好了，不说外国了，随便在大街上拉个人问问吧。哪怕他只是个奶声奶气的娃娃，问起李时珍，十有八九都能说出个子丑寅卯。时髦的年轻人或许还能哼几句流行天王的歌词："马钱子决明子苍耳子还有莲子，黄药子苦豆子川楝子我要面子……快翻开本草纲目多看一些善本书，蟾酥地龙已翻过江湖，这些老祖宗的辛苦我们一定不能输！"

先别唱，顺便再问他知不知道王世贞是谁，除了中文或者是历史专业的人，有几人能答上来呢？

最常见的反应想来多半是满脸的茫然。

相关医药知识摘录：

虎撑：传统游医行医卖药，手摇一种类似铜圈的串铃，以告知病患。这种串铃名为"虎撑"，又叫"虎衔"和"报君知"。源于药王孙思邈以铜圈撑住虎嘴，为其取出卡在喉咙的兽骨的传说。后世遂以此作为行医的标志。因手摇串铃，故基层走方郎中亦被称为"铃医"。

陈修园：清代著名医学家，福建长乐人。生于乾隆十八年（1753 年），卒于道光三年（1823 年），乾隆五十七年（1792 年）中举，曾任直隶省威县知县等职，嘉庆二十四年（1819 年）以病告归，于长乐嵩山井山草堂讲学，培养医学生，弟子极多。宗于《黄帝内经》《伤寒论》《神农本草经》等经典著作，对古典医籍的钻研功力深厚，被归为"遵经派"。

《本草纲目拾遗》：《本草纲目》刊行一百余年后，清乾隆年间医家赵学敏编著此书。目的是拾《本草纲目》之遗漏。全书共 10 卷，载药 921 种，其中《本草纲目》未收载的有 716 种，绝大部分是民间药，如冬虫夏草、鸦胆子、太子参等，还有一些外来药品，如金鸡纳（喹啉）、日精油、香草、臭草等；并纠正《本草纲目》中的误记和疏漏达数十条。是继李时珍《本草纲目》后，对药学的再一次总结。

上党无人参

——"土精"之祸

当旗牌官揭去黄绸，现出怀中所持之剑时，左都督、毛帅毛文龙顿时觉得脚下的小岛剧烈晃动起来，像是忽然起了海啸。他认得那是一把尚方宝剑，因为他也有一模一样的一把，请出此剑便如皇上驾临，持剑之人有权先斩后奏。于是那丝嘲讽的冷笑顿时在嘴角凝固，多年养尊处优形成的红润脸色瞬间化成死灰。

"你毛文龙本不过一介布衣，朝廷给你官升极品，满门封荫，你却犯下这般十二条悖逆死罪，如今你还有何话可说？"客座上，督师蓟辽的兵部尚书袁崇焕，须眉倒立厉声责问。说到激动之处他猛地一拍桌子，震翻茶水洒了一地。

片刻前还是宾主交欢满座融洽，谁料袁督师说翻脸就翻脸，还请出了尚方剑，直到这时毛文龙的随从扈卫才从懵懂中回过神来。有人刚想抽出腰间兵刃但又缩了回去：每人身边不知何时早围上了几位怒目相视的剽悍军将。

一时间，毛文龙不知该说什么好，他只觉得天旋地转，眼前满是金星，想找几句为自己辩解的话，但堵在喉头就是说不出来，只是"嗬嗬"地哮喘着。

袁崇焕也不理会，离座面朝京城方向端正跪了，大声宣告："臣袁崇焕，今日诛毛文龙以整肃军纪，诸将中若还有人如毛文龙之行者，一概处决！臣如复辽无功，异日请皇上也如诛毛文龙这般诛杀微臣！"

毛文龙已听不清袁崇焕说了些什么，他感到一股刺骨的寒意袭来，刀割似的，在这六月暑天。他再也支撑不住，如一堆被浪头冲刷过的海沙般瘫软在地。

"推出帐外！"依礼叩拜完毕，袁崇焕起身，大喝一声，

"斩！"

毛文龙原是辽东将领，守地失陷后撤到濒临朝鲜的皮岛上。他在岛上择壮为兵，多次袭击清军后方，起到了一些牵制其南下的作用。但他恃功跋扈，不听节制，还虚兵冒饷，也很令朝廷头疼。袁崇焕此次借督饷诱斩毛文龙，当时便激起了轩然大波，连崇祯皇帝接到奏报都大惊失色，朝野议论纷纭，后世史家更是对其中利弊意见不一，至今争论很大。赞同的说袁崇焕此举英明果决，不仅整顿军队统一了号令，也为朝廷除了一大隐患；反对的则说此举擅杀大将，为铲除异己而自毁长城，最偏激的当数《明季北略》，甚至说此举正如从前秦桧害岳飞一般。

《明季北略》振振有词：你袁崇焕说毛文龙有十二条大罪——难道这十二条罪名不像当年那十二道金牌吗？

是非功过自有专家评说。平心而论，尽管只凭毛文龙"专制一方、军马钱粮不受核"，"有牧马登州取南京如反掌语，大逆不道"便可定罪，但在袁崇焕为毛文龙定下的十二条罪状中，有几条是很牵强的。想来当时袁崇焕此举，亦是因为斩帅一事干系太大，为了理由更加充足而凑了一些吧。比如，"丧军无算，掩败为功"，"强取民间子女，不知纪极"，"拜魏忠贤为父"，等等，无能无耻腐化，虽然很令人愤慨，却是当时明军的通病。

不过其中有一条，是其他地方的将领无法做到的，尽管他们也很想用那法子发大财：

"驱难民远窃人参，不从则饿死，岛上白骨如莽，九当斩！"

只有毛文龙守地得天独厚的地理条件，才能逼着难民去偷挖人参。谁都知道，人参这宝贝只产在东北、朝鲜，长白山那旮旯。

然而翻开历代药书，却能惊奇地发现，原来从前中原竟也是产过人参的。

《名医别录》："人参生上党（今山西省东南部）及辽东。"《吴普本草》："（人参）或生邯郸。"《嘉祐本草》："人参生上党郡。"……连《说文解字》也云："人参，药草，出上党。"言之凿凿不容置疑。

更出人意料的是，古人认为，各地出产的人参中，居然是上党的质量最佳。陶弘景云："（辽东人参）并不及上党者。"《图经本草》载："（新罗人参等）俱不及上党者佳。"到了明《紫桃轩杂缀》还说："人参生上党山谷者最良，辽东次之，高丽百济又次之。"亦是斩钉截铁一口咬定上党出好参。

这些记载给现代人留下了一个巨大的谜团：古时的上党，果真出产过上好的人参吗？为什么到了今天，就是把那块山地翻来覆去挖个遍，粉碎了过筛也难找到一片人参叶子呢？再说以气候条件来看，如今的上党地区，包括整个太行山脉，都不符合人参的生长条件。随着人参在医药界养生界的地位越来越显赫，隐然成了"百草之王""众药之首"，越来越多的人总试图把这事说个明白。有人提出了气候变暖致使此地人参灭绝的说法；还有人则为天灾补充了人祸，说是元明两朝大兴土木修建宫殿，砍伐过度，加速了环境的破坏；也有人认为可能是采挖太狠，生生挖绝了种；另一些人则把怀疑的眼光投向了上党出产的另一种药材，也号称"参"的"党参"。

党参之名，最早见于清代《本草从新》，至今不过几百年。在此之前，所有药书，包括《本草纲目》，都没有记载这个品种。此药类似人参，也有补气之功，只是力道弱得多，于是有些学者怀疑了：会不会古人糊涂，张冠李戴搞混了这两种参呢？近代中医大家张锡纯认为这就是真相："今之党参即古之人参，为其生于山西之上党山谷，故曰党参。"

假如这个设想成立，那么我国明清之前医家所用的人参，饶你吹得神乎其神，其中的很大一部分很可能只不过是现如今的党参！

这桩公案，正如袁崇焕杀毛文龙一般，争论至今没有停息。但很多学者不相信古人的鉴别水平会差到分不清人参党参那样不堪：两者一为五加科（人参），一为桔梗科（党参），无论是原植物还是药材，区别都很明显；何况很多古籍，包括类似药典性质的《唐本草》，描述的都是五加科人参，《本草纲目》所记载的"三桠五叶，真人参也"，也明明是五加科植物的特征。

如果上党的确出产过真人参，那么又回到了老问题：是什么原因使这个好东西在这片土地上灭绝呢——起码到了李时珍时，这里便已找不到多少人参，《本草纲目》有云："今所用者，皆是辽参。"这才有了毛文龙逼难民冒死去清朝的地盘偷挖人参之事。

对于上党不再出人参的原因，李时珍的解释是："上党，今潞州也，民以人参为地方害，不复采取。"

这个记载应该可信，与李时珍同时代的上党人粟应宏曾经写过一篇文章《游紫团山记》（紫团山在上党地区），其中也提道："由东峰入，屏山遮地，即为参园，已垦为田久矣。"

看来，导致上党人参绝迹还有一大可能，那就是被当地百姓自己灭了；之后随着生态环境发生变化，想栽也栽不回去，中断太久连变种或者退化品种都没留下，从此退出了历史舞台。

人参，自古被视作神草，"下有人参上有紫气"，堪称土地之精华，故有"土精"的别名，价值一直不菲。但为什么在当地人眼里，

"土精"居然成了"地方害",好端端的参园也平了种田,非欲除尽而后快呢?

锄头闪着寒光狠狠地劈向带着露珠的柔弱参苗之时,挥锄之人心情如何——

他眼中是否隐隐有泪花闪烁?

然而大明朝万历年间的那些政策,却证明了上党百姓看似暴殄天物的荒唐举措,原来是那么的英明,那么的有远见。

"你家风水很不错嘛。"那位在地方官陪伴下不请自来的客人突然开了口,冷冰冰的京腔中居然还带了些娇媚,听了让人浑身起鸡皮疙瘩。

恭恭敬敬站在面前伺候的主人生生打了个寒噤,额头立时渗出了豆大的汗珠。他勉强赔笑道:"公公过奖了,草民几代胡乱住着罢了。"

气派奇大的客人似乎没有理会主人的话,顾自低头垂眼,用青花碗盖轻轻地刮着浮在水面的茶叶。等他惬意地呷了一口,慢慢放下茶碗后,忽然尖声笑了:"何必过谦呢?你呀,身在福中不知福,天天睡在金子堆上哪!"

主人闻言,如遭雷击,扑通跪倒,重重地叩首,连声哭求公公开恩。

侍立在一旁的县官面色铁青,但还是弯着腰垂着手,连口大气也不敢出。

这个场景,自明万历二十四年(1596年)起,二十来年间,全国各地不知上演过多少次。结局不外两种,一是主人掏出大笔银钱,直到塞得客人满意,打发起身;另一种则是拆了房子赶出全家老少——客人要在你家找金子了,他不是说过,你家风水不错,一家子天天睡在金子堆上吗?

谁也不敢阻拦,因为客人——公公——代表的是皇上,他是替皇上开矿来的。

不用勘测,不用采样,更不用专家,太监都是半仙之体,一眼扫去便能明白哪处地下藏着什么"土精":金矿、银矿、朱砂矿,至于矿上面是民宅还是田地,甚至是人家祖坟,那就懒得看了。但太监的探矿规律,却不免令人怀疑是不是根据地面上的物业来推算矿苗的——对无主荒地,他们总是了无兴趣的。万一采了个空也不打紧,掐指一算,定是附近居民盗矿,赔!一定要吐回矿产。若还赔不够呢?再换一家。

矿使太监还有同伴,一同从紫禁城出来公干的税监。有时人手不够,他们还得一身兼二职。公公们也很辛苦,天下各通衢大邑穷乡僻壤都得驻扎到了,工作更是细致到家,别说店铺税、盐税、茶税、木税、鱼税,就是一只鸡一把草,也得收足钱。同时他们还得向皇上献忠心,见了好东西可千万不能不孝敬宫里。于是金珠、瓷器、香料、绸缎、名马、貂皮,所有的"土精"都在采办货单之内,绝少漏网之鱼。《宁国府志》曾记载了明时当地的一张贡物清单,内容包括:黄蜡、蜂蜜、乌梅、肥猪、肥鹅、鹿、鹿皮、地产药材、箭枝、扫帚、历日纸等。(转引自黄仁宇著《明代的漕运》)

"土精"岂是易得之物?开矿的艰辛危险且不提,仅以最普通的木料来说,要采一株合用的,也得付出巨大的代价。四川曾有一句民谚"入山一千,出山五百",为砍伐运送一棵大木,起码得搭上五百条人命。

太监本就容易因生理缺陷而心理变态,酷刑杀戮,什么手段都使得出,何况他们中有的是经过东厂培训的专业人才。这一大帮人原本就喜动不喜静,唯恐天下太平的,如今圣命在身,更是百无禁忌,所到之处横征暴敛敲诈勒索无所不为。少不了有不堪忍受愤而反抗的,但各地刚起了点火星，万事不管的神宗皇帝就如同被踩了尾巴，雷霆震怒了："被刁民修理了个把太监不算什么，朕痛心的，是那些人置国家法律尊严于何地？"如果大臣没狠狠惩治乱民，他就绝食抗议。

朕即是法！谁敢说三道四？后人对神宗的评价是"只知财利之多寡，不问黎民之生死""好货成癖"，在历朝历代皇帝中以贪婪闻名。普天之下，莫非王土，土中之精，本是王业，一国之君如此热衷于敛财，不免使人推测是不是继承了他那农民出身的老娘贪利务得的毛病。

搜刮之酷烈其实神宗也不是不知，都说人之将死其言也善，他也有良心发现之时。万历三十年（1602年）二月，神宗得了场重病，自以为大限已到，总算看开了点金银的虚幻，连夜召来首辅沈一贯，命他回去拟旨，停了矿税。沈一贯大喜，立时拟成，就等天明下发。不料次日天不亮内阁门前便来了一大群太监，气急败坏地索还圣旨——原来神宗气数未尽，睡了一觉身体舒服了，想到昨夜的冒失之举懊悔不已，连忙亡羊补牢来了。有人进谏说圣旨不是儿戏，不能出尔反尔耍赖，他恼羞成怒，竟然亲自操起把刀想要宰了那个赣头。

直到又过了十九年，神宗觉得再刮下去可能真会刮破天下，起了畏惧之心，矿、税这几项将大明王朝搅得"沸鼎同煎，无一片安乐之地"，激起数百起民变的弊政才慢慢收了尾，留下了满目疮痍。

据说停止矿税的诏书发布时，朝野臣民多有痛哭失声的。

号啕的同时，上党百姓一定暗自庆幸，幸亏及早铲除了人参，否则这场劫难中，定要被狠狠地多剥一层皮。

神宗搜刮了这么多好东西，想来家底自是十分厚实。

但从皇上手里要点钱使使还是很不容易——即便是军饷。

神宗归位成神七年后，他的孙子朱由检坐上了龙椅，是为崇祯帝。面对大明王朝的危难棋局，这位十七岁的少年很有志气，很想拨乱反正扭转乾坤，做一个名垂青史的中兴之主。此时东北的后金经过几十年经营，羽翼已丰，成了明朝最危险的对手，崇祯登基之后，日夜思得良将解除辽境之忧。在廷臣的争相举荐下，崇祯选中了曾大败金主努尔哈赤的袁崇焕，在平台亲切召见了他，君臣坦诚商量平辽方略。面对少主如此求治股切，袁崇焕热血沸腾，一时激动不已，竟然拍着胸脯保证"五年复辽"。

崇祯喜出望外，慷慨道："五年复辽，便是方略。朕不吝封侯之赏，卿其努力，以解天下倒悬之苦！"

召对休息之时，有人提醒袁崇焕"五年复辽"的海口是不是太轻率了，冷静下来的崇祯也出了一身冷汗。但他还是有信心，只是在崇祯小憩之后再出之时，对这位新皇帝提出了要求："此五年之中，须得事事应手，首先钱粮不可短缺。"

对于沉浸在"中兴"幻想之中兴奋不已的崇祯来说，此时便是袁崇焕递上刀子要求从龙体上割块肉也不会有丝毫犹豫。他一挥手，爱卿不必担心，朕一概依你！再给你一把尚方剑，出征去吧！朕等你凯旋！

但袁崇焕到了前线，真个上奏请饷时，崇祯却皱起了眉头。看到奏疏中报告因欠饷而边兵哗变，他说出了这样的话："带兵的若真能待部众如家人父子，那么士兵自然不敢叛变，更不忍叛变，如何有此鼓噪之事？动辄鼓噪，各地效尤如何得了？这缺饷之事，还当讲求长策。"——研究研究再说。

两手空空的袁崇焕心急如焚，奏疏一道接着一道，说是户部实在筹不了钱了，还是请皇上发出内帑来救急吧——户部之穷国库之空，天下皆知，就是逼死那些官员也熬不出几两油，没办法，只好动用皇上的私房钱了，当年矿税收入不是都被先帝装入腰包了吗？崇祯不耐烦，但五年计划刚刚开始，最终还是只好愤愤然勉强发去了军饷。从此，崇祯对袁崇焕有了怀疑：这广东人会不会恃边逼饷中饱私囊呢？

都说不经圣裁擅杀毛文龙是袁崇焕日后被杀的祸根，其实更早的伏笔此时便已经埋下。

既要马儿跑得快，又要马儿不吃草，看来崇祯也是个糊涂蛋。

明亡之后，不少人为这位上了吊的天子如此没见识而痛心不已。如《甲申核真略》云："按贼入大内，括各库银共三千七百万两，金若干万。"《甲申纪事》云："贼载往陕西金银锭上有历年字号，闻自万历八年以后，解内库银尚未动也。银尚存三千余万两，金一百五十万两。"作者行文至此，不禁感慨：如此荒唐举措，"可为后世有国者之戒"！

然而关于崇祯究竟是不是个愚蠢的守财奴，也就是崇祯内帑之争，也是个口水横飞的话题。更多人偏向于相信，崇祯的手头确实紧得要命，实在无法宽裕地为袁崇焕开出军饷。

同为时人笔记，关于崇祯朝的经济状况，有很多截然相反的记录。据《恸余杂记》所记，有个户部官员曾经说过，他向崇祯请求发内帑军饷，崇祯"令近前密谕曰，内库无有矣，遂堕泪"。

崇祯流泪想必不是为了省钱而作的秀。在另一些记载中，崇祯更加可怜，几乎到了砸锅卖铁的地步，变卖宫中金银器具以充军饷，甚至打起了进贡入宫的人参的主意。《三垣笔记》载："上忧国用不足，发万历中所储辽参出外贸易。"据买主说这批人参都是上品："色坚而味永，与他参迥异"。

可怜崇祯无福消受这样的好东西，他简直连肉都舍不得多吃，常常只用几样蔬菜下饭，往往只是啜几口清粥小菜就当一餐了。穿得也寒酸，有次在接见大臣时露出了内衣袖子，袖口竟已破烂，感动得大臣泪流满面。

说崇祯褊狭、猜疑、急躁、刚愎都不算太冤枉他，但说他吝啬守财恐怕他死也不服。其实当时便有很多人为他辩解，说李自成从崇祯内库里找到几千万两银子之说纯属诬陷，那笔巨款大部分应该是拷掠京城官员所得——如此来路的银钱毕竟不太光明，干脆放出风去推到崇祯头上，顺带着把他的名声搞得更臭，一举两得。如《后鉴录》云："贼声言得自内帑，恶拷索名也。"《国榷》也说："先帝减膳撤悬，布衣蔬食，铜锡器具尽归军输，城破之日，内帑无数万金。贼淫掠既富，扬言皆得之大内，识者恨之。"

焦头烂额的崇祯根本无财可守。可怜他只是只骨瘦如柴的赤膊鸡，根本拔不出几根毛，白白背了个铁公鸡的名号。

但不可否认，崇祯的爷爷曾经"阔"过。不提国家其他收入，仅是矿税所得便是一笔大数目。太监干活很得力，如万历二十七年（1599 年），五天之内便上缴了矿税商税二百万两（万历五年张居正当国之时，全年岁入不过四百三十五万两）。短短一二十年后，孙子居然穷得叮当作响，那白花花堆积如山的银子究竟去了哪里？

明室财政，其实到了英宗之时，便已经开始显露出了窘境。

一是皇室用度越来越广。服侍人员、御用工匠越来越多，宫内日常供奉日益奢侈且不提，还又营建、又斋醮，尤其是世宗时，所耗蜡油、香料动辄数十万斤，日费巨万丝毫没有夸张。

二是当年太祖分封到各地的宗藩，不农不仕纯粹寄生，经过一两百年的繁衍，数目越来越惊人，万历四十年宗室人口竟已突破了六十万。这些皇亲国戚不是随便就能养活的，嘉靖年间，有个御史上书云："天下岁供京师粮四百万石，而各藩禄米岁至八百五十三万石。"就是全给了他们也不够一半，这还仅仅是最基本的岁禄，不算其他年节赏赐。宗藩如今成了大明王朝体内肥硕的蛔虫，后世很多人，如清学者赵翼，认为明朝灭亡的一大原因就是宗藩负担太重。

另外还有冗官。明朝的官禄原本是历代最薄的，但鹅毛积多了也能压塌大车。还是嘉靖时，一封奏章说："历代官数，汉七千八百员，唐万八千员，宋极冗，至三万四千员。本朝自成化五年，武职已逾八万，合文职盖十万余，至正德世，文官二万四百，武官十万。"

财政危机早已出现，赖得张居正大刀阔斧用霹雳手段，一度扭转了走向崩溃的势头，使得"海内殷阜、帑藏充盈"。但万历一朝，闹出个三大征，即平定宁夏、播州叛乱以及援朝抗倭，打了这么些大战国力自然消耗极大。万历二十七年（1599年）前后，每年超支就已达五十万两左右，到了万历三十年（1602年），"老库将尽、京粮告竭，太仓无过岁之支"，"自古以来未有公私匮竭如今日之穷者"，大明王朝已经要为如何过年而愁，简直快揭不开锅了。

神宗不是个体贴国情的主，管你国家如何困难，该享受的规格一样也不能少。万历中期，他一人每年膳食费增至三十万两，还造定陵、修三大殿，仅采木一项就费银九百三十余万两。对儿女宠幸的赏赐也是一如既往地大方，简直是有求必应。他底气很足，国库是天下人公用的，要穷天下人一起穷；矿税收入是朕自己的，该怎么花就怎么花。他绝不想做守财奴，挥霍起来好不潇洒。

据黄仁宇的《十六世纪明代中国之财政与税收》所记，神宗留给儿子的遗产，大概只有七百万两白银。

这区区七百万两白银，经过高手木匠熹宗皇帝和他的玩伴魏忠贤尽情使用了七年后，传到崇祯手里还有多少，只有崇祯自己知道了。或者还有人知道，锦衣卫金事王世德曾说："熹宗在位七年，将神宗四十余年蓄积搜括无余，兵兴以来，帑藏空虚。"

库门缓缓打开之后，崇祯重重跺了跺脚。听着空旷的回声，一股冷气从脚底直升至后脑，他一阵眩晕，不禁晃了一晃，两旁服侍的太监连忙扶住——

"内库无有矣，遂堕泪。"

崇祯落地时辰不对，命苦，相比父亲祖父，面临的形势更加严峻，已然到了悬崖边上，再也无路可退。

辽患、流寇、灾荒，每一项都需要大笔大笔的银钱去消弭，可他便是能将一个钱掰成十个也填不平窟窿了。最重要的边兵，听说居然连盔甲都已经锈蚀不堪，乃至有次一枚流箭轻轻松松射穿头盔，夺了一员大将的命；再说闹饷也不是玩笑，那些饿急了的乱兵是连巡抚、总兵都敢吊打的。

"馁而病、僵而仆者，纷纷见告矣；每点一兵，有单衣者，有无袴者，有少鞋袜者，臣见之不觉潸然泪下。"

"所辖之军，其饷银自去年十一、二月到今，分毫未领也。各军兵虽复摆墙立队，乘马荷戈，而但有人形，全无生趣……时值隆冬，地居极塞，胡风朔雪，刺骨寒心，微臣马上重裘，犹然色战难忍，随巡员役，且有僵而堕马者。此辈经年戍守，身无挂体之裳，日鲜一餐之饱。夫独非圣明宇下苍生、臣等怀中赤子乎？铤而走险，所不忍言，立而视死，亦不忍见。"

读着宣大总督卢象升的奏疏，崇祯坐立不安，全身寒毛直立，几乎要发起抖来。此时他若想起当年袁崇焕所奏毛文龙十二条大罪的话，可能会相当同情其中逼民挖参的行为——现在连他自己都恨不能在龙床底下开矿呢。

怎么办呢，顾不得面子了，向皇亲百官借钱助饷吧。

没想到即便是以万乘之尊开口求人，也没几个人买账。臣工们几乎众口一词地哭穷，那个位至阁臣的魏藻德居然仅捐了五百两，也亏他拿得出手——打发皇上还是打发叫花子呢？倒还是几个太监慷慨，每人捐了几万两银子。别说外人了，连崇祯的岳父都不爽快，在太监死磨硬泡下才咬牙捐了一万两。崇祯曾祖母家的武清侯李国瑞更绝，皇上摊派下来，他死活不交，逼急了就自己拆房子，把砖瓦梁柱摆在大街上变卖，表示老子就是没钱，要命倒有一条！崇祯火气上来立刻将他下狱，结果活活被吓死了，最终还是没借到钱。

他们真的没钱吗？

李自成就不相信。入京后轻轻拷打几下，他们的真正身家便老老实实吐了出来，那个只捐了一万两的皇帝岳父，被抄出五十多万两。据说大顺军此项收入共有七千万两之巨，是神宗遗产的十倍。

官员原本就比皇帝有钱。矿税风头正盛之时，吏部尚书李戴揭露：矿使税监所聚敛的财富，以十成计算，矿使税监本人瞒了二成，随从人员就地瓜分了三成，当地豪绅恶棍吞了四成，皇帝到手的不过一成。毛文龙挖参得利，与其说用在军费上，更多的还是用于自己享受和打点关系孝敬要员。

可崇祯总不能像李自成那样给满朝文武上夹棍。他恼怒之极，但又无可奈何，急得在大殿上团团转圈。

终于，他站定了，忧郁的目光投向遥远的殿外，像是自言自语地低声道："只有再苦我百姓几年了。"

殿外哭声隐隐，大明天下阴云密布。

从前是土中有精才招来祸事，如今是无论有没有精，有土便是祸根了。

每亩田地在正赋之外，加派征收。

其实早在后金初起，努尔哈赤以"七大恨"誓师攻明之时，朝廷便已经开始加派征赋了，称为"辽饷"。先后三次增加，合计九厘。辽事一日坏似一日，辽饷也就成了常赋。崇祯十年，形势越来越恶化，又加了一饷："剿饷。"——剿匪之饷，每亩加粮六合。两年后，军队屡战屡败，看来还需训练，于是又一项新饷出台："练饷"，天下田土亩加赋银一分。

土里精华早被神宗搜刮一空，如今又来了这三饷，百姓其苦可知。

也许是土精已绝，地气枯竭，一时恢复不过来；抑或是受惯嘉靖皇帝奉承的老天爷看朱家后代一个不如一个虔诚，生了气；崇祯上台之后，大片大片的土地连年遭灾，旱灾蝗灾接踵而来。

千里赤地，连草根树皮都已被啃尽，大地的精华只剩下了观音土。这慈悲的名头不过只能欺骗一下胃觉，延缓片刻死亡罢了。

荒野上，随处可见声嘶力竭地呼喊着父母的幼童，哭累了抓起任何能抓到的东西就往嘴里塞，不管是泥土还是粪便。第二天，他已不再出声，早已没了气息。这时总有人蹒跚着走过来，舔着干裂的嘴角，眼中发着野兽的绿光。

再到后来，每日都有不少独行的人失踪，等找到时只剩下了几根残骨。市面上堂皇地出现了人市，专卖人肉。开始还是与外人交换着父母夫妇吃，但很快有人竟亲眼看到了父母烹食子女，还说孩子反正活不了，自己动手倒可给他一个痛快，让他少遭些罪。

"天老爷，耳又聋、眼又花。

为非作歹的享尽荣华，持斋行善的活活饿煞！

天老爷，你年纪大，你不会作天，

你塌了吧！"

绝望的眼中，绿光慢慢化成火焰；四面八方的火焰汹涌而来，汇成一条可怕的火龙，怒吼着扑向紫禁城。

紫禁城里，崇祯正发完脾气，疲倦地瘫在御座上闭目喘息。

"朕非亡国之君，可事事皆亡国之象！"金銮殿上，咆哮声还在嗡嗡回响。

帮朕治理天下的人呢？怎么都是些草包饭桶？

袁崇焕早被他剐了，阁臣也换了五十来个，天下这么大，难道就没有一人能替朕分忧吗？

老天啊老天！

崇祯猛地睁开眼，触目却是龙案上一大沓催饷的奏疏。他痛苦地呻吟了一声，又闭上了眼睛。

良久良久，他挥手叫来一个太监，有气无力地开了口：

"你去找找，库中还有什么东西。"

太监也是双眉紧锁，踌躇许久，小心翼翼地回话：

"禀万岁爷，奴婢刚去过内库，看到里面还有一些万历年间贡来的人参。"

"都卖了去吧。"沉默多时，近乎虚脱的崇祯喃喃道。

他的神情很是憔悴，不过三十来岁，两鬓竟有了些花白。

相关医药知识摘录：

人参主要商品品类简介：

野山参：野生于山林者，纯野山参目前极为稀少。

移山参：将野山参幼苗移栽到自己参地后，人工培育的品种。

园参：人工培植者。

生晒参：园参一般栽培六七年后，连须根一起挖出，除净泥土，晒干。

红参：园参蒸熟，烘干或晒干。

糖参：园参经沸水浸烫，浸于浓糖汁中 24 小时。取出晒干或烤干。

朝鲜红参：朝鲜或者韩国经由秘方蒸熟干燥的人参，亦名高丽参、别直参。

野山参生长时间长者，功效最佳。然产量极少，价格昂贵，非症情严重者一般少用。园参作用较弱，但药源多，价也较廉，故最为常用。因加工方法不同，作用也稍有差异，以生晒参、红参质量为好，糖参较差。生晒参适用于气阴不足者；糖参功同生晒参，但作用较弱；红参性偏温，适用于气弱阳虚；朝鲜参功同红参，作用较强。

人参使用注意：实证、热证而正气不虚者忌服。不可与藜芦、五灵脂、皂荚同用。服用期间不宜喝茶与吃萝卜，以免影响药力。

亡天下

——遗民不世袭

"不提这些了。"土窑内昏暗的烛光下，傅山显得十分苍老，毕竟他已经是六十五岁的人了。抹了抹眼角，他强笑着对面前的客人说："还是尝尝我自己再制的汾酒吧。"

顾炎武两眼通红，垂着头，像是没听到傅山的话，犹自喃喃道："这都二十七年了，二十七年了啊……"直到傅山的儿子傅眉在他们面前摆上几样菜蔬与一个酒坛才回过神来。他抬起头看着傅山——傅山长叹了一口气，又抹了抹眼角。

两人一时无言，只是默默地看着傅眉往他们酒碗中倒酒。灯下，那酒颜色金黄透亮，又微带些青碧，甚是可爱。

酒碗在手，二人相视良久，想说些什么又不知该说什么好；最终还是傅山开了口，他涩声道："这第一碗酒，让我们为大智和尚干了！"

"无论是不是如传言中那样自沉，能死在惶恐滩头，九泉之下他也该含笑了。"顾炎武举碗在手，又出了神，但很快他便一声轻喝，"干！"

两碗重重一撞，二人一饮而尽。空碗互相一照，却发现对方都是满面泪痕。又是一阵沉默。忽然，顾炎武咦了一声，拿过酒坛边仔细端详边问傅山："此酒毫无刺口之感，甜绵中又有一股草木清香，余味无穷，绝不是寻常汾酒。我奔命天下这么些年，各地的好酒也算喝了个遍，却从未领略此种滋味，刚才傅兄说这是再制之酒——"

傅山冷峻的脸上终于有了一些笑意，拿过酒坛又为顾炎武加满了酒，这才拈须笑道："这是我取上好汾酒，加入竹叶、砂仁、当归、丁香、陈皮、木香等十二味中药浸泡而成的，多少能减去一些酒毒，还添了些益气活血、暖胃舒肝之效；用了个老名号，也称之为竹叶青。"顿了顿，他补充道："顾兄是知道我傅某嗜酒如命的，可毕竟黄土埋到了下巴，有时实在喝不动了；但不喝酒我更难熬，没办法，只好弄些花名堂，好歹还能多喝几口，倒也不是为了养生——你我难道还怕死吗？"

"是啊，我等如此无能，其实二十七年前就该死的。"顾炎武又垂下了头，像是在认真观察着酒的颜色。

"二十七年了啊，二十七年了啊！三十八岁尽可死，栖栖不死复何言……"这回是傅山开始了念叨。

窑外寒风呼啸，尽管门窗紧闭，但不时有几缕从宽宽窄窄的缝隙间挤入。烛焰吃力地吞吐着，使三人的影子在龟裂的泥壁上忽而蜷缩，忽而伸展，忽而破碎，忽而黯淡。

大明亡国二十七年了。

这是清康熙十年（1671年）。这年，顾炎武严词拒绝了大学士熊赐履荐他参与编修《明史》的聘请，漫游至山西。"南有亭林（顾炎武）、北有青主（傅山）"，遗民的两大领军人物在太原东南七八里处的松庄，傅山的居所，第三次相逢。

两人都有反清复明之志，但每次见面带来的却都是令人悲愤的消息。此次谈及时事二人更加沮丧。尤其是两年前，十五岁的小皇帝康熙居然不动声色一举灭了鳌拜一党，如此手段令他们不寒而栗，觉得光复之事越来越接近泡影。赴晋途中，顾炎武还得来一个噩耗，他们的同仁大智和尚，也就是从前的"明末四公子"之一方以智，这年事发被捕，押解途中经过江西万安时，在当年文天祥"惶恐滩头说惶恐"的惶恐滩暴卒。

他们又大醉了一场。

这次会面，二人都觉得光复大业已经不可能在自己的有生之年完成，只得留待后人了。经过反复斟酌，二人决定创办些产业，为来日大举义旗积些钱财。据说山西的票号便是他们开创的，如梁启超《清代学术史》云："山西票号相传为傅青主、顾亭林所创办。"章太炎《顾亭林先生轶事》也云："有清一代票号制度皆顾、傅所创也。"

能策划票号生意，想来傅山等人的经济实力应该是非同一般的。然而事实是，傅山的生活甚为清苦。康熙二年，"畿南三才子"之一的申涵光拜访傅山之后，对表亲王显祚说高士傅青主的日子过得很是贫困，全家住在崖坡下的两孔窑洞里，希望他能帮一把，王显祚于是为傅山买了一所宅院，由此可见傅山的困境。创办票号之说，应该只是纸上谈兵，当时不过立了方案规矩，日后才为有财力者沿袭套用，真正大做起来。

但综观当时整个遗民群体，傅山的生活应该还算过得去的，毕竟他精于医术，更妙于书画，两者都堪称国手，为天下第一流的身份，名声显赫，混口饭吃实在简单。其他遗民的生计更是窘迫，他们的境况三百多年之后读来还是令人酸楚。随便从《清史稿》的《遗逸传》中摘几则吧：

"刘永锡寻移居阳城湖滨，与妻及子临、女贞织席以食……食不继，时不举火，有遗之粟者，非其人不受，益困惫。其女已许字，未嫁，乱后恐遭辱，绝粒死。其妻哭之成疾，亦死。其僮仆遇水灾乏食，相继饿死，或散走……卒穷饿至不能起。一夕，大呼'烈皇帝'者三，遂卒。"

"（徐枋）遁迹山中，布衣草履，终身不入城市……家贫绝粮，耐

267

饥寒，不受人一丝一粟。"

"（李天植）家益困，鬻其园，寄身僧舍，戚友赎而归之，始复与妻居，时年七十矣……老夫妇白头相对，时绝食，则叹曰：'吾生本赘耳，待尽而已，'有馈食者，非其人，终不受……又十年，蠡园仅存二楹，两耳聋，又苦腹疾，终日仰卧。乍浦有郑婴垣者，孤介绝俗，与天植称金石交，先二年，冻死雪中，至是天植亦饥死。"

穷困是大部分遗民的共同特征。

根据《辞源》的解释，广义的遗民指全部亡国之民，这个范围太大，不分青红皂白一锅煮；一般人心目中的遗民，指的只是改朝换代后不仕新朝的人。

不仕新朝，这其实暗中包涵了遗民的另一个标准：你得先有出仕的资格。在科举时代，出仕的前提就是你必须是读书人；否则，以一个农夫的身份，不管谁坐龙廷，耕的都是那一亩三分地，无所谓新朝旧朝。刘永锡，崇祯乙亥举人，官长洲教谕；徐枋，崇祯壬午举人；李天植，崇祯癸酉举人；傅山尽管无意仕宦，但也出身书香世家，十五岁中秀才，二十岁试高等廪饩，后就读于三立书院，是山西提学袁继咸极青睐的弟子，亦是斯文一脉。

太平时期，埋头八股的读书人往往给人以迂腐颟顸的印象，但天地巨变之时，从前书本上一行行原本不甚痛痒的圣人教诲横竖撇捺间忽然汩汩流出了鲜血，剧痛的文人猛醒过来，几千年积累的民族气节一瞬间在他们体内被激活。面对异族雪亮的刀枪，他们冷冷一笑，从书桌前缓缓站起，骨节作响声中，慢慢直起身，双手分开不知所措的大众，一步步走上前去。

尘埃落定。当一切的反抗都归结于不可挽救的失败后，他们面前只留下了两条路：承认既成事实，低头弯腰，以后半生的灵魂折磨为代价换得眼前的安顿，甚至富贵；或者退出身来，自我放逐于山野。

新朝的大门向他们大开着，胜利者微笑着伸出刚洗净血污的手：这下你等总该看清形势了，来吧，我们可以给你更优厚的报酬！你们不是有句老话，叫识时务者为俊杰吗？天命在我们这边！你看看，你们那些投得早的同胞，现在吃香喝辣，娇妻美妾，好不快活，你等又何必自苦呢？

又是冷冷一笑，拍拍尘土整整衣冠，束紧腰带，一拂大袖扭身就走，不回头，任夕阳里飘着一道瘦长的倨傲身影。从此，我便是这变了色的天地间的一介遗民。

绝了仕进之路，对很多肩不能挑手不能提的读书人来说等于是断了唯一的出头之路，甚至是活路，实在是连个田间挣命的农夫都不如。

所以选择做遗民往往就是选择饥困潦倒。

然而穷饿却是遗民最崇高的荣誉，他们的尊严原本就要在饥寒交迫时凸现。

还是那个刘永锡。选了第一条路的钱谦益做到了礼部侍郎，看他简直活不下去了，想救济他，永锡傲然道："你昔日为东林巨擘，身居高位，受皇上厚眷，你难道忘了当年天子对你的期待吗？"

"有遗之粟者，非其人不受。"

"不受人一丝一粟。"

"有馈食者，非其人，终不受。"

…………

我等就是饿死冻死，也要生生愧死你"两朝领袖"钱侍郎！

假如钱谦益饱暖之余偶尔想起傅山，必然也是面红耳赤大汗淋漓。

明亡之后，傅山为避清廷"薙发令"，出家为道，着红色道袍，自号"朱衣道人"，又号"石道人"。朱衣者，大明朱姓之衣也；石道人者，此心如石，宁碎不屈也。

但傅山名气实在太大，毕竟这种精通经史诗文书画医药的全才是不世出的，连皇帝在深宫中都知道山西有这么一位高人，所以他出了家也不得安宁。康熙十七年，山西到京城的驿道上，一行人抬着一张床急匆匆地赶路，傅山闭目躺在床上一言不发——这年朝廷开了博学鸿儒科，广召天下名士，他被邀功的官员强行送去应试。离京城不到二十里时，他忽然拼命挣扎滚下床来，誓死不再走了。由不得他，死活都要抬进京。入京后，傅山继续称病卧床不起。冯溥等一干满汉大员多次拜望诱劝，傅山始终是一脸的冷漠，靠在床头不迎也不送。康熙硬塞了他一个"内阁中书"，冯溥强迫他入宫拜谢，又被人抬着进去，远远望见大清门，老泪涔涔而下，仆倒在地，谢恩之事不了了之。

回山西后，若有人称呼他为中书，傅山便低头闭目不语不应。当地知县要在他家门首悬挂"凤阁蒲轮"的额匾，傅山顿时翻脸，凛然拒绝。

蒲轮指用蒲草裹轮的车子，转动时震动较小，古时常用于朝廷迎接贤士。但傅山不喜欢坐车，他宁愿推车。

土窑的柴门吱呀一声被推开，"内阁中书"父子一个拉一个推，挽着一辆车走向了崎岖的山路。车上载了些草药，他们游走四方卖药。

自然，他也看病。但慈悲心外，另有一种讲究："好人害好病，自有好医与好药；胡人害胡病，自有胡医与胡药。"

夜色如漆，草虫有气无力地低鸣着。

荒凉的野店。大车倚在墙根，屋内一灯如豆。

劳累了一天的父子对坐在一张粗糙的杉木桌前，傅眉捧着一本书轻声诵读，不时停下来向父亲请教——傅山手头，照例是一坛一碗。他慢慢呷着碗里的劣酒，认真倾听着儿子的问题。

遗民心态不尽相同。如李天植所叹"吾生本赘耳，待尽而已"，以偷生为辱自是刚烈，但遗民中更有不肯就此认输的好汉，他们日夜筹划梦想的，还是整顿山河扭转乾坤。他们绝不甘白白老死，因为他们知道，自己的肩头，负载着整个民族的气运。

所以他们不仅不能轻易死去，还得传承华夏文明；不仅要传承正统文化，更要痛定思痛，反思那不堪回首的来路。

天崩地坼，激荡的风雷使他们睁大了眼，从此从空疏的八股制艺虚文假醋转向经世致用之学，军制、赋役、屯垦、水利、漕运等实务无不经心。《天下郡国利病书》，好大的题目，顾炎武他们要为这个屈辱的世界开处方了。"为民而立之君，故班爵之意，天子与公侯伯子男一也，而非绝世之贵。"（《日知录》）——君王与大臣，都是为民而立，取得俸禄都是因为有管理之责，并没什么特殊的，不该有"绝世之贵"；英雄所见略同，黄宗羲呐喊："为天下之大害者，君而已矣。"（《明夷待访录》）傅山则在《读老子》中写下这样的话："天下者，非一人之天下，天下人之天下。"他们的矛头直指专制君权，为三百年后的革命燃起了火种。

为了小心翼翼地守护这些微弱的宝贵火苗，他们必须咬牙活下去，并一代代用血肉之躯供养这幼小的光明。

不出来做官，我们可以种田，可以行医，可以卖卜，可以游幕，可以开馆授童，山穷水尽之时还可以出家——甚至，我们为什么不可以学着经商呢？况且这正可检验胸中务实之学。全祖望《亭林先生神道表》记："（顾炎武）先生既负用世之略，不得一遂，而所至每小试之，垦田度地，累致千金，故随寓即饶足。"

无论饶足还是困穷，他们紧紧憋着一口气，等待着一个机会，

等待着上天垂怜，或者是魔鬼打盹。

天下太平！

对于遗民来说，最怕听到的字眼可能就是"天下太平"了。太平的威胁早在1646年就已经显现，正在苦撑南明小江山的瞿式耜，在一封家书中流露了愤懑而复杂的情绪："家中光景，想今年反觉太平，此间亦有传来谓南方甚熟，米价甚贱，人民反相安，只未知三百年受太祖高皇帝之隆恩，何以甘心剃发？难道人心尽死？"

但这天下毕竟还是一天比一天太平了起来。

几十年不散的乌云终于暂时被挪向了一边，空中也洒下了几缕阳光。仅仅如此，很多劫余的百姓就认为已是风调雨顺，能端起碗吃上几口饱饭，便心生感激，死心塌地做顺民了，浑然不记得后脑多了一条长长的辫子。大清皇帝坐稳了龙廷，亿万草民也就做稳了奴才。

傅山顾炎武赶得上看到气势汹汹的三藩被彻底平定。无论他们对吴三桂这个汉奸有多么鄙夷，但这毕竟又是满人对汉人的一次重重镇压。他们还束手无策地看着台湾的郑氏一日日走向萎靡没落，早已明了那块最后的汉土的命运。事实上，台湾的政权终结于顾炎武逝世的次年。

刀枪入库放马南山，四海归一——

天下太平！朕要开始南巡，检阅朕的大好江山。

朕倒问你顾炎武傅山，你们倒是凭良心说说看，天下太平是不是好事？

你顾炎武有一段名言，所谓："有亡国，有亡天下，亡国与亡天下奚辨？曰：易姓改号谓之亡国。仁义充塞，而至于率兽食人，人将相食，谓之亡天下。"

当然，你认为"仁义充塞"，民族、文化的沦亡便是"亡天下"，可你总该记得明朝末年真正"人相食"的惨状吧；再看看如今，连鳏寡妇孺的脸上也多少有几丝血色，这究竟是亡国还是亡天下呢？

听说连你祖父都早已看出朱明气数将尽，在你幼年时指着庭院里的草根凄然对你说："你日后能吃到这些，便已是万幸之事了。"你难道忘了吗？

牙齿咬得格格响，凡我汉人，谁能忘得了血流成河的"扬州十日""嘉定三屠"？我顾炎武更忘不了被砍去一条右臂的老母亲与死难的两个弟弟！

但我们绝不是为了一家一国而反抗，而是为了我们整个大汉民族——

"天下兴亡，匹夫有责！"

再太平的天下，也是沦陷的天下！

"人人可出，我顾炎武不可出！"

是的，我们已经很清楚大局已定，但我们铁了心继续做遗民，做一只撼山到死的前朝蝼蚁！

傅山慢慢斟上了酒，两碗重重一撞，二人又是一饮而尽。

其他遗民呢？

"遗民者，天地之元气也。"

说这句话的是另一个著名的遗民，曾起兵抗清，"濒于十死"的黄宗羲。

康熙十七年（1678 年）开的那次博学鸿词试，同傅山一样，黄宗羲也受到了举荐，当然他也是力辞不就的。次年，朝廷又像当年征聘顾炎武那样请他的弟子修史，黄宗羲没有反对。又次年，有人直接举荐他参与修史，他虽然仍旧托病力辞，但派去了自己的儿子代替，并在给清朝官员的书信中写道："羲蒙圣天子特旨召入史馆……"他难道忘了自己从前口口声声骂清朝统治者吗？

晚年的黄宗羲，在书信碑铭中，称清朝为"国朝"、清军为"王师"。

尽管他如此言行有些是敷衍，正如他所说"生此天地之间，不能不与之相干涉，有干涉则有往来"，但从遗民的立场来看，黄宗羲终究是晚节有亏。

晚节有亏的遗民数量很多，戴名世曾云："明之亡也，诸生自引退，誓不出者多矣，久之，变其初志十七八。"当初很多人只是一时激愤做了遗民，其实过不得苦日子，是经不起多少时间考验的。袁枚《子不语》载，明亡之时，有个遗老想殉难，又怕刀绳水火的痛苦，便恣情于女色，终日荒淫，想就此爽死，不料好几年也死不了，只是断了筋脉，头弯腰驼匍匐而行，被人呼为"人虾"。

清廷脚跟初稳就大开科举，对有名的遗民更是优待，只要马马虎虎报个到，三笔两笔随便考一下，便有好官帽伺候。一时间，不少以"不食周粟"的伯夷叔齐为榜样的"隐士"纷纷下山，时人有诗讽曰：

"圣朝特旨试贤良，一队夷齐下首阳。"（首阳山，为当年伯夷叔齐隐居处）

相比这成群结队的"伯夷叔齐"，黄宗羲还是坦坦荡荡的，他始终没有投向清朝，不过是说了一些好话罢了，其实很大程度上也是实话——难道康熙的文治武功真的不值得称道吗？

遗民不易做。其中甘苦，黄宗羲深有体会："年运而往，突兀不平之气，已为饥火所销铄。""落落寰宇，守其异时之面目者，复有几人？"

遗民最可怕的敌人不是饥火，也不是异族，而是岁月的消磨，尤其是太平岁月的消磨。

单纯作为遗民，他不如早死。

史学大家陈垣先生曾经感叹："遗民易为，遗民而高寿则难为。"

黄宗羲是清初遗民中甚为高寿的，享年八十六岁。

但黄宗羲毕竟是个豪杰，他晚年的变化绝不仅仅只是由于时间的消磨。更确切说，时间不仅能渐渐磨灭"突兀不平之气"，更是逼着他思考自绝于盛世的行为是否真的合理。

从思想家的角度来看，黄宗羲最终对清朝的承认，倒可理解为他正视现实，不一味闭眼逃避，从而虚耗了自己的才能，正所谓既不仕新朝又不废"当世之务"，才是"得中"之举（黄宗羲《谢时符先生墓志铭》）。以修史为例，出山只是因为"国可亡，史不可亡"，并不是替你清廷干活。

如果以完全不合作的标准，深究下去，其实很多苦节的遗民也达不到要求，与应征修史并没有什么本质的区别。

你不是游幕为生吗？你为之出谋划策的幕主是谁？无论大小，还不都是大清的官员？如此岂不是等于间接的出仕？

你以开馆授童糊口吗？你教的是什么？还不是应清廷科举的制艺？你这不是为大清培养未来的官员吗？——你不教八股举业？好，那你就等着饿死吧，有几家会花闲钱供儿孙学你那些换不了功名的酸玩意？

别提别人的儿孙了，先想想自己的吧。遗民不畏死，更不畏穷，你自己是定能做到的，不开馆不游幕你也可以耕织苦守，可你就不担心几代下来，你家文脉就此断绝在泥田山路上吗？没有回报的苦学，能坚持多久呢？你们不是也已注意到这个危险而尴尬的苗头了吗："（子弟们）今日不幸处此世界，事业文章都无用处"，"全副精神，忽尔委顿"，"恐其颓堕委靡，溃败不可收拾"（《陈确集》）。

你说你出家为僧道，无牵无挂，那岂不是等同于你所负的责任将随着你的化去而烟消云散，若人人都学你，还能等到复仇之日吗？

不说那么远，只看着眼前。你能受苦，但看着娇儿嫩女年复一年地随你做遗民，衣不覆体瘦骨嶙峋，忍气吞声面有菜色，你自是对得起先朝了，可你对得起他们吗？儿孙何辜，要生生世世随你受苦？

罢了罢了，这遗民还是我自己做了吧！长叹一声，滚下两行英雄泪。

终于，有遗民说出了他们中很多人的心声："吾辈不能永锢子弟以世袭遗民也（徐狷石）"，遗民不世袭，让他们自己选择道路去吧。

何况后人自有后人的主见，你便是想禁锢也禁锢不了多久，落得想开些。连出名硬气的吕留良，在遗训中也只能吩咐一句："子孙虽贵显，不许于家中演戏。"

"归奇顾怪"，与顾炎武齐名的归庄，明亡后佯狂愤世，游名山大川，凭吊今古，常放声大哭。终有一日，他黯然吟诵：

"万事从此一任天。"

上天无情。

傅山便是想将遗民世袭下去也做不到了。

白头人送黑头人，傅山风烛残年之时，寄托了他全部希望的爱子傅眉忽然病故。

天是在四十年前便已经塌了，如今，脚下那一叶孤舟也已被击成齑粉。无天无地无国无家更无子，横流的沧海中，七十七岁的傅山摇摇晃晃，快要站立不住。

好在有酒！

傅眉死了，顾炎武也死了，也好，再没人为顾及他老迈的身体而劝阻他喝酒了。今天我要喝个够！管你什么竹叶青烧刀子老白干，只要能醉人，统统拿上来！

一碗一碗喝，不过瘾，干脆拿坛子直接往肚中倒。

斜乜着眼，对着苍天厉声长啸："干！"

你这充斥着刺鼻腥膻气的世界，也该洗洗了，就用这一坛一坛的酒！酒太少吗？那就以天为盖，地为缸，用我等胸中热血酿一海苦酒，沿着百川倒流，灌满整个宇宙间。直把个冷冰冰的残月醉成个滚烫烫的红日，直至把乾坤醉倒，重新翻身，现出我华夏河山——

混沌世界里，我就是造物主！

狠狠把所有瓶碗坛罐摔得稀烂，踩着满地碎片，一股豪气从脚底下升起，踉踉跄跄在体内盘旋了十圈八圈，终于冲口而出，化作一阕狂歌：

"天地有腹疾，奴物生其中；神医须武圣，扫荡奏奇功！"

朦胧里，忽然瞥见膝下哆哆嗦嗦地偎依着一双小儿女，傅山忽然泄了气。

他颓然坐下。

摊开纸笔，努力睁大昏花的老眼，傅山一笔一笔认真写着字。

运笔过程中，他总是不自觉要想起赵孟頫。曾有很多年，他很鄙夷这位失节仕元的赵宋贵胄，因此极不齿他的书法，但到了晚年，却越来越惊叹此人技艺高明，甚至能从他留下的字帖中读出无限辛酸。不知不觉，赵孟頫的风格暗暗融入了他的书法，即便是狂草，也隐隐有他的影子。

如今，他便是用带有赵孟頫痕迹的笔法书写着一封封意思相同的信：

"愚父子怛焉长逝，特以两孙为托，孱弱无依，穷鸟不能不投长者之怀也。"

"两孙孱少，内外眷属无可缓急者……使此两孱小得安田亩间……"

"家门不幸，两孙失依，内外眷属无可缓急者……遗此书，求加护持。"

他自知时日无多，为了那一双无依无靠的幼孙，写信求人在自己身后能施以援手多加看顾，哀切托孤了。

托孤信中，傅山还附上自己的得意字画，以表敬谢之意。

所托之人，多为清廷官员。

相关医药知识摘录：

傅山医学著述：《外经微言》《辩证录》《大小诸症方论》《石室秘录》《傅青主男女科》《青囊秘诀》。尤以《傅青主男女科》最为知名。

《傅青主男科》：我国第一部以男科命名的专著，全书涉及男科遗精、滑精、淋、浊、阳强、阳痿、肾子痛、偏坠等8个病种，12首方剂。

《傅青主女科》：继承了清以前历代医家关于妇科疾病的学说，并结合自己的临床经验，提出了很多独到的学术见解，至今仍对现代临证用药有极大的指导意义和参考价值。

太原名小吃"头脑"：又名"八珍汤"，由黄芪、山药、羊肉、煨面、莲菜、黄酒、酒糟、羊尾油等配制而成，外加腌韭菜做引子。为傅山发明，益气调元，滋补虚损，活血健胃，具有抵寒喘和强壮身体的作用。

草木也更名
——文字狱背后的王朝之讳

　　正如人名，药名往往都是有来历的。也许是缘于味道，如"苦参""细辛""甘草"，滋味复杂的干脆就呼之为"五味子"；也许是因为形状，如"凤尾草""狗脊""佛手"；也许是因为独特的生长习性，如"夏枯草"便是得名于此药到了夏末便穗枯草萎；来于功效的更是比比皆是，如以"千里光"誉其明目之力，以"威灵仙"赞其药性灵验；还有很多是根据颜色取的名，红的便叫"红花""茜草"，黄的就叫"黄连""蒲黄"，白的自然是"白果""白芷"，此外还有"青黛""紫苏"等，五色分明一目了然。

　　如果是个外行，能从"元参"这个药名猜出这"参"究竟是什么颜色吗？

　　黑色。元者，玄也。

　　元者，玄也？如果起李时珍于地下，他一定不能接受这种解释——他甚至搞不明白"元参"是什么东西。

　　他当然知道有种常用的药叫作"玄参"，但他不知道这两者其实是同一物。玄者，黑也，所以他在《本草纲目》里又称其为"黑参"。玄参之名，从《神农本草经》起，叫了一两千年，好端端的怎么改成了"元参"呢？

　　不仅玄参，所有带"玄"字的药，玄胡索、玄明粉、玄水石，药名中的"玄"字统统都得换成"元"字！

别说这些草木石头，就连九霄云上的神祇也得改名。好在"玄武大帝"改得快，早在北宋年间就成了"真武"，叫了几百年也耳顺了，这次影响不大。

"玄武"变"真武"，那是为了避赵家所谓的祖先赵玄朗的讳——

这么说，如今又有"玄"人降世了？

玄者，妙也。

玄人治世。

当今皇帝，名曰爱新觉罗·玄烨，年号康熙。

谁说满人不开化，他们是很向往汉人文明、遵守汉人制度的——避讳，回避君父尊亲的名字，正是汉家沿袭几千年的规矩，据说开端还能上溯到连孔圣人都向往的周公黄金时代。秦始皇名嬴政，所以议政之月的"政月"成了"正月""端月"，端端正正的；刘秀登了基，秀才从此叫茂才；皇后之名也得有同样待遇，刘邦的老婆吕雉，到了臣民嘴里便成了姓吕的野鸡。这讳谁都不能含糊了，有时甚至得做出大牺牲，"正月十五本州依例放火三日"，为了避州官田登的同音讳，宁愿被烧得倾家荡产也不准放灯。

既然得了汉家天下，便得继承汉家的好传统，这讳清朝接着避。他们避讳的决心很大，甚至连彩头都可以不要：据说因顺治帝名福临，乾隆曾诏告天下，过年过节门联中不许有"五福临门"四字。

连紫禁城的"玄武门"都改成"神武门"了，改几个药名有什么大惊小怪的，何况这原本就有传统。比如"恒山"，"薯蓣"：抱歉，你们的名字，或者同音字，分别被汉文帝刘恒、唐代宗李豫、宋英宗赵曙征用了，委屈一下，以后就叫"常山""山药"吧。

一朝自有一朝的讳。翻开药书，不，是每人都翻开自己的书，认真核对一遍，把所有犯忌讳的字眼都改了，或者要么空着要么少写一笔，否则该撕就撕该烧就烧，实在舍不得就重刻一版。

安全第一。

但在玄人治下，刻书却是一件极危险的事。

有人注意到了这点，为了警世，他决心做一件积阴功的好事，同时赚点银子。河南人刘峨，刊刻了一部《圣讳实录》，准备专门销售给应考的童生，一一指出什么字应当避讳、如何避讳。但他的书肯定卖不好，因为他自己对避讳也是个外行：为求解释清楚，他居然该"玄"就"玄"，把列位皇帝之名"各依本字正体写刻"！避讳的教材难道便不用避讳了吗？外行就得付出代价，刘峨为此赔上了性命。尸首未冷，江西举人王锡侯又一头撞到了刀下。他嫌《康熙字典》收字太多难以贯穿，便自撰《字贯》，欲用字义把零散的字串成一组便于查检；但在凡例中又忘了避康熙乾隆之讳，结果被定了"大逆不道"，抄斩！株连自家满门数十口自是本分，还害得议罪太轻的江西巡抚也判了个斩监候。

讳历朝都得避，但从来没有哪一朝避得如此血腥，文网之细，即使是出名猜疑的朱元璋也得自叹不如。从康熙到乾隆，前后一百二十年间，粗略算算，因文字犯忌而兴起的大狱至少有一百多起，仅乾隆四十三年至四十七年五年之间便有近四十起。每起文字狱，动辄牵涉几十数百人，案主大多以凌迟、斩首、戮尸收场，家属从犯常常也陪着送命，被判个充军流放已经是莫大的恩典。

清朝皇帝都是文字专家，学问很大，能从"维民所止"这句来自《诗经》的词中看出有人巴望着雍正爷被砍脑壳。像刘峨王锡侯这样大摇大摆犯讳，真正是自寻死路，如此没有一点技术含量，简直就是被驴踢了脑壳。但也有很多人却是莫名其妙被绑上了法场。

既是文人，便得著几本书，作几句诗，不料往往正是那些得意的文字，做了自己的催命符，即使他已经小心翼翼避开了圣讳。

清帝忌讳的，不仅仅是自己的尊名，相比其他王朝，他们多了另一重碰不得的心病：前明之讳，或者说是满汉之讳、民族之讳。

"将明之材"（张晋彦），语意诡谲，料来不是什么好词，斩！

你私修史书，刨根问底，详细记述我大清发迹前那些窝囊事，斩！

弘光、隆武、永历，絮絮叨叨，你著书不用我大清年号，斩！

"清风虽细难吹我，明月何曾不照人"（吕留良），"清风不识字，何故乱翻书"（徐述夔），你等作诗讽刺我大清，斩！——早就死了？死了也不能放过这些个老小子，传旨下去，刨出来狠剐一回，挫骨扬灰！

修私史凭吊前明、诗文句句带刺，吕留良之辈确实该死，但有很多人却是一路喊冤走向了黄泉路。

"乱剩有身随俗隐，问谁壮志足澄清"，"兼葭欲白露华清，梦里哀鸿听转明"，"杞人忧转切，翘首待重明"，"一把心肠论浊清"，若说这些诗句皮里阳秋骂大清，怎么说也有些牵强。但乾隆帝有御批："'一把心肠论浊清'，加'浊'字于国号之上，是何肺腑？"——斩！

想哄骗圣天子？白日做梦！他老人家祖传测字神术，别说你明明白白写了"清""明"，就连"千秋臣子心，一朝日月天"这般看似耿耿忠心之句他都能看出其中的反意：日月二字合而为明，居心险恶！

"胡""戎""虏""夷狄""匈奴"，这些字眼自是在严禁之列，我大清顺带着还要为当年金、元诸前辈出气，所以就连古人的名作也得重新一篇篇过秤。于是，岳飞的"壮志饥餐胡虏肉，笑谈渴饮匈奴血"，变成了"壮志饥餐飞食肉，笑谈欲洒盈腔血"；陈亮的"尧之都、舜之壤、禹之封，于中应有，一个半个耻臣戎"，如今该说"一个半个挽雕弓"。

无论今人古人，一切诗词曲赋，必须以我大清《四库全书》为准。所有"抵触本朝"的"狂悖"书籍，一律销毁，幸存的往往也免不了被阉上一回——"违碍字句"全都得改易删除干净了。

清查收缴的规模与力度都是史上空前的，很快，大清帝国内，每个文字都经过了反复的擦洗打磨，圆了所有棱角，发着熠熠金光，雍容而祥和。仅乾隆一朝，销毁的禁书"将近三千余种，六七万部以上，种数几与四库现收书相垺"（孙殿起《清代禁书知见录》）。

念及此事，鲁迅先生直到晚年仍是满腔愤懑："清人纂修《四库全书》而古书亡！"（《病后杂谈之余》）

避讳之本意，很好理解，只是时刻提醒各人别忘了各人的身份，所谓君臣父子也。清朝延续此制，也是使天下人牢牢记得我爱新觉罗才是尔等的真命天子，尽管严厉得多，走的倒也是几千年帝王的老路。但文字狱体现的清廷在满汉问题上的极度敏感，却暴露了一种来自骨子里的畏惧，完全没有历代大王朝的自信。

他们确实应该畏惧，畏惧汉人潜在的巨大力量。

入关之时，清朝满打满算只有一两千名八旗王公大臣和五六万满洲男丁，而抗清势力却有二三百万，此外上亿的汉人更是个可怕的天文数目。清朝乘明朝内乱得中国，靠的是"以汉治汉"，驱使汉人打汉人，大半是汉奸的功劳。

天下初定，汉奸手里的精兵猛将便成了清廷的心腹大患，处心积虑想削平。"三藩"之乱，吴三桂起事一呼，数日之内，滇、蜀、湘、闽、桂、黔六省皆应，如此威势定能吓出清帝一身冷汗。须知这还是头号烂污汉奸的号召呢，假如换个有气节有名望的，形势会是如何？尽管最终平了乱，但清帝想到此节便无法安睡。

"满汉一家，同享升平！"从多尔衮起，这句口号便一次次回荡在帝国上空。看来清人想消弭民族界限，化解仇恨，同创盛世了。

真的吗？既是一家，就看看这家怎么当的吧。

清朝官制沿袭元代，满汉分别。如内阁大学士、六部尚书等中央官职，皆为满汉各一人，看起来很公平，但实权全在满员手里，汉员往往连本部大印也摸不着。核心的议政王大臣会议，组成的更清一色是满洲贵族。在数量上，汉人官员也远不如满人：从顺治三年（1646年）到光绪二十年（1894年），内阁和六部官员中，满人约占四百名，而汉人只有一百六十余名。

地方督抚也以满员为主，不得已才用汉人，驻防将军更不用说尽是满人了。乾隆八年，杭世骏奏疏云："天下巡抚尚满、汉参半，总督则汉人无一焉。"

至于管理民族事务的理藩院，为使汉、蒙不相接，绝不容汉人插足。

这就是口口声声的一家？有人想不通，不吐不快，却又惹来了祸事。像杭世骏那几句建议朝廷用人不宜如此严分满汉畛域的话便引得皇上雷霆震怒；好歹免了死罪，但被革去功名，永不录用。

清朝如此防忌汉人，除了悬殊的人口数量之比，应该还有在中华文化面前的自卑。国门大开的那一刻，面对如此悠久博大的文明，无论哪个刚从马背上下来的民族都会感受到令人窒息的强压，都会觉得自惭形秽。

表面上看，满人汉化得很快。到了康熙帝，他的文化素养便已经超过了历史上大多数帝王。康熙很用功，五岁开始读书习字，八岁便粗通了儒典，每每苦读至深夜，十七八岁时甚至读书过劳咯了血。一生勤学，连南巡都不荒废，泊于燕子矶时，夜至三鼓犹不辍诵。他的造诣应该不浅，用他自己的话说是："朕御极五十年，听政之暇，勤览书籍，凡四书、五经、通鉴、性理等书，俱经研究。"他尤为重视儒学，推崇程朱理学，组织编纂了《朱子全书》《性理精义》等书，俨然是一大学者。

在外国人看来，康熙就是中国文化的集大成者，法国耶稣会士白晋便称他为中国"儒教的教主"。

他的孙子乾隆更是了得，一生居然赋诗四万多首，为古往今来第一人，足令乃祖欣慰。

然而他们如此苦读、如此附庸风雅，目的却不是为了真正接受中华传统文化，从而带领族民融入其中，而是为了掌握汉人的文明，还是老套的"以汉治汉"。

验证汉化之心孰真孰假很简单，与史上仰慕先进文明的典范一比便知。

北魏孝文帝热衷汉化，不止号召臣民读汉书、学礼仪、背儒典、鼓励与汉人通婚，还下令禁穿本族服饰、禁说本族语言，甚至把祖上传下来用了不知多少代的姓氏也改成了汉姓——他带头把自己的姓"拓跋"改成了"元"。

清廷却是将自己的满名译成汉字让汉人避讳、严令汉人薙发满服、禁止满汉通婚、满人兼习满汉双语，皇族还必须接受严格的骑射训练，每年秋天皇帝要到木兰围场狩猎——

当然，此举对于健身大有好处，也能借此与同好此乐的蒙古王公联络一下感情，但他们的目的仅限于此吗？

联系东三省想想。清人入关之后，划关外三省为禁地，不许汉人随便出关。为何？万一汉人的地盘待不住，依旧出关渔猎采参过活，就像当年蒙古人退回大漠。所以不能荒废了马上功夫，否则到时沾上了汉人瘦弱的文气可就难讨生活了。

早在入关之前，皇太极便对族人即将面对的汉化危机深怀戒心。他常告诫满洲王公得吸取当年大金朝因废旧制、效汉俗，逐渐腐败屡弱而导致亡国的教训，并一再赞扬金世宗中兴本族文化的功业，曾言他在披览《金世宗本纪》时"殊觉心往神驰，耳目倍加明快，不胜叹赏"！

在一个尚武民族的眼里，汉人的文化往往是迂腐可恶、萎靡无力的（确实，他们以旁观者的视角往往也能正中很多问题的症结），所以在研读儒典的同时，大清每朝皇帝都时时警醒自己不能忘了本来面貌，绝不能被汉人牵着鼻子走。

针对享乐惯了的满洲贵族怕辛苦、"不愿行猎"的抵触情绪，康熙苦口婆心指出："满洲若废此业，即成汉人，此岂为国家计久远者哉？文臣中愿朕习汉俗者颇多，汉俗有何难学？一入汉习，即大背祖父明训，朕誓不为此！"

雍正则对本族的文化感到很自豪："我满洲人等，纯一笃实、忠孝廉节之行，岂不胜于汉人之文艺、蒙古之经典？"

如此心态，岂能真正接受汉家文化？

或许，他们学汉家文化还有一重心机：我们满人不仅刀枪拳脚狠过你们，便是你们最为自豪的子曰诗云，也照样高你们一头。你们万事不如人，就死心塌地做家奴吧。

再说朕有了如此高深的修为，还有谁敢在朕面前阴阳怪气耍笔头？

但康熙的字、乾隆的诗据说都不怎么样，而且乾隆写的诗中不少被曝光为他人操刀，如诗人沈德潜便在自己的诗集中收回了好几首"御诗"。沈德潜死后，乾隆心虚，特地命他家人呈上诗集检查。一页页翻着，乾隆越来越恼怒，脸红一阵白一阵。当他看到"夺朱非正色，异种也称王"时，终于歇斯底里发作了，立即命人去扒了他的坟，与吕留良一样伺候。

说他们没有真正接受中华文化，还可以找到一个证据：有明显的迹象表明，他们根本没有读懂孔孟的教诲。

当然，如果以能否真正认同孟子所言"民为贵，社稷次之，君为轻"的标准来衡量，几千年间，几乎没有一位帝王能及格。但对孟子的另一段名言他们似乎也没有读透："舜生于诸冯，迁于负夏，卒于鸣条，东夷之人也。文王生于岐周，卒于毕郢，西夷之人也。地之相去也，千有余里；世之相后也，千有余岁。得志行乎中国，若合符节，先圣后圣，其揆一也。"圣人早就说得明白透彻了：连舜帝与周文王都不是正宗的中原人，与你的出身并没有本质上的区别。

他们如果能够真正领会这两段圣诲的要义，完全可以堂堂正正挺起胸膛，不去计较自己的夷狄身份——只要你真能为天下黎民开太平，你照样能做成舜帝、文王！

其实雍正已经意识到了这两段话的巨大价值，所以他在因"曾静投书反清案"而刊布天下的上谕讯词口供汇编《大义觉迷录》中，专门就清朝入主中原是否正统而发表了看法："本朝原居地满洲，正如中国人的籍贯在于某地一样。舜为东夷之人，文王为西夷之人，于他们的圣德何曾有丝毫的损害？"用了孟子的话还怕说服力不够，又拉上了至圣先师："如果把戎狄、西戎之类理解成外国，那么孔子周游列国，就不应该接受楚王的聘请；而删定《尚书》时，更不应当把《秦誓》列在《周书》之后了。"

假如能心口如一，顺着这条路子走下去，"得志行乎中国"，用圣德政绩说话，倒也能就此上了正轨。但他们的学问毕竟不到家，或者说对圣德没多少自信，雍正一死，接班的乾隆便禁了他皇阿玛的书：把颁布全国的《大义觉迷录》统统上缴销毁，无论是谁，胆敢私藏，杀无赦！唯恐有人觉了迷。

如此胸襟，读再多的经典也是小和尚念经有口无心，便是诗词作得再好，书法写得再妙，也参不透汉家文化的精髓，理解不了先贤的终极目标"大济苍生"；目光所及、心思所虑，尽是为了"防备苍生"。

更确切说，是为了"防备汉人"。

所以他们的神经越来越过敏，每一个汉人，看上去都像是为朱明披麻戴孝的逆党；每一句汉话、每一个汉字，都像是包装成鲜花的定时炸弹。

于是，苦了阴曹冤死城的牛头马面，迎来送往忙得没有片时的清闲。

北京白云观有个老道，靠做法事混饭吃，不小心混出了名头，被召进宫里治病。老家伙精神振奋，手舞拂尘念念有词："天地听我主持，鬼神归我驱使，"皇帝听了，口气好大，朕的天地还得由你来主持了？那就送你去归鬼神驱使吧。

有个退休官员，觉得自己这辈子活得很有出息，便撰写了回忆录之类的书，在书中自称"古稀老人"，乾隆得知便明白这老厌物活够了——朕不是早就诏告天下朕才是古稀老人吗？对老人得优待，不能动刀，用绳绞了吧。

还有人拍马屁，编了本《大清天定运数》，歌颂国运长久，但皇帝过目后，掐指一算，你个奴才居然把乾隆年数只写到五十七年？罪大恶极！朕代天定了你的寿数！

…………

别把这些当笑话看，朕如此果决，只是为了提醒天下人，片刻也不能忘了自己奴才的身份；同时也是告诫朕的族人：对汉人，永远要警惕、要防范。

汉人的东西确实太有吸引力了，一般人哪有朕这般深谋远虑的危患意识，几代下来，还不是晕晕乎乎一步步滑了过去？得赶快拉一把！若不是朕如此三令五申吆喝着，咱满人自己就愈发忘乎所以，更记不

288

清来历了。

乾隆年间，有个礼部侍郎，满洲正红旗人世臣，不务正业，胡乱管理祭祖的礼器，却学着汉人作诗，写了句"秋色招人懒上朝"，惹得同是诗人的乾隆生了气，说是从诗中可见世臣已经沾染了汉人好逸恶劳的恶习；接着又发现他还有一句"应照长安尔我家"，更为光火：不争气的汉人才直把杭州当汴州，你居然也把长安当成了老家，还知道祖坟在哪吗？革职、发配黑龙江。

如此处置，相比同朝的镶黄旗人鄂昌，还算手下留情的。鄂昌也是痰迷了心窍，居然在诗中称蒙古人为"胡儿"——说他们是"胡儿"，你自己又是什么东西？乾隆又听说他得闲便跟着汉人士大夫杯酒流连，诗歌酬唱，还称呼一个汉臣为"年伯"，便动了杀机，决心清理门户了：如此数典忘祖的满洲败类留着作甚？或刀或绳或药，挑一样自行了断去吧！

传旨的太监回报之后，乾隆仍是余怒未尽，又下一旨：凡我八旗子弟，嗣后"如有与汉人互相唱和、较论同年行辈往来者，一经发觉，决不宽贷！"

森严的文网，严严实实布满整个大清帝国，即使是满人，也滴水不漏。

爱新觉罗的子孙看来是很能领会列位先皇的圣衷的，都能算是孝子贤孙。

清朝后期，其实大半靠汉人在勉强维持，饶是如此，防忌之心丝毫不松。太平天国军锋正盛时，咸丰有遗诏："无论何人，克南京封郡王。"（钱穆：《国史大纲》）而立此大功的曾国藩，最终只得了个一等勇毅侯。曾国藩则在事定之后便筹划着遣散手头的湘军。他是识趣的，深知朝廷的忌讳，还是及早抽身稳妥。

直到 1911 年，内忧外患实在没法，效仿西方成立的责任内阁中，总共十三人，满洲贵族就占了九人，汉族仅四人，被讥之为"皇族内阁"。

如此严密的大网罩了这么多年，倒也收到了一些当初预期的效果。

大半读书识字的汉人，在这泰山般的重压之下，不是战战兢兢做起了奴才，用规范空洞的文字博富贵，便是躲入了书斋，埋头故纸堆做安全的死学问，不敢再过问天下事。与国初骂骂咧咧哭哭啼啼觅死觅活相比，这天下是越来越清静了。

连肩负重任的大臣都噤若寒蝉，能不开口就不开口。曾国藩曾曰："十余年间，九卿无一人陈时政之得失，司道无一折言地方之利弊。"这已经是过了文禁高潮多年的道光朝了。

偌大的赤县神州，文人仿佛都一齐哑了。

如果不是鲁莽的洋人上门惹事，这是否就是清廷梦寐以求的太平世界？

但清帝还是觉得有些遗憾，文字狱只能整治一伙笔墨为生的文人，对那些大字识不了几箩筐的愚笨汉民，好像没起什么作用。

他们还是如讨厌的土拨鼠一般，深深隐在地下嘀嘀咕咕图谋不轨，恨不能在紫禁城的金砖下掏出一个个大窟窿。

更可怕的是，他们居然从朝廷的文字狱中学到了不少手段，能将认得的有限几个字诡异地拆分了，从而将平常的一句话说得如同符咒一般，让人听了满头雾水不知所云。

"三八二十一"，乍听之下，荒唐可笑，如此简单的算数都不会，真真是个愚民！但如果你知道这就是天地会洪门的暗号，你的后背定然得湿透："三八二十一"，合起来岂不赫然正是一个"洪"字？

如此切口黑话数不胜数。什么"一脉溪水千古秀"，"三合河水万年流"，"木立斗世知天下、顺天行道合和同"，保证你听得晕头转向。

更高明的甚至不用开口，用手指比画几下，同门中人便已通风。

从"天地会""白莲教"，到后来遍地开花缠杂不清的什么"天理教""八卦教""清水教""圣贤教""九宫道""罗教"……按下葫芦起来瓢，尽管各有各的妖言，但神神道道之外几乎家家都打着驱满的旗号，将满人视作不共戴天的恶魔。

怎么我大清苦心经营这么多年，从康熙到雍正到乾隆，应该说不比你前明混得差，可你们汉人不分青红皂白，宁愿相信荒唐的左道旁门，也不听孔孟的真言，始终不安心，难道区区民族界限就这般难以弥合？

日本禅宗有个著名的典故。曹洞宗高僧坦山，一日带着徒弟外出，走到一条河边，见有位女子为过河发愁，坦山二话没说便把那女子抱到了对岸，放下之后师徒继续赶路。但小徒弟认为师父犯了色戒，一路上闷闷不乐，噘着嘴不说话，晚上也翻来覆去睡不着，最后实在忍不住，爬起来问坦山为什么白天要抱那姑娘过河，坦山闻言大笑："我早已把她放下了，而你现在还抱着啊！"

让汉人放下原本并不很难的，最好的例子是李世民。谁都知道，这位汉人引以为自豪的一代雄主，其实并不是纯粹的汉族，身上有胡人的血统，但这并不影响对他的历史评价，"唐太宗"之名几乎成了中华明君的同义词，世代被人称颂。

汉人的民族观念，不单纯是地域概念，其实更大程度上是个文化的概念。

是你自己日夜纠结，总想与我们划清界限，死活放不下。

"清风不识字"，悲哉！

既然你放不下，我们就更不放下了。

一日放不下，便一日不收网。

大家都不放下，那么为了安全起见，还是把手里的笔能放就放下吧。那玩意现在是最危险的东西，握在手里就像握着一条嘶嘶吐信的斑斓毒蛇，随时都会扑上来狠狠咬上一口。虽说乾隆之后朝廷日子越来越不好过，四处救火忙得晕头转向，再没那么多精力审理文字官司，但只要能缓过气来他们多半是要秋后算账的。

无论瘾头多重，那些可有可无的诗文最好还是不要作了——有那闲工夫不如睡觉，也好调养身体。

觉睡过头，万一有点头痛脑热，找人开了药方，送去抓药之前可千万得关起门来一味味认真核对明白了。万一哪个庸医颟顸，懵懵懂懂地按着老习惯写上"玄参""玄明粉"什么的，那可真成了包治百病的妙方了——

也许一剂就能让你极乐登天。

相关医药知识摘录：

中药的别名：中药别名的出现，从先秦便有，一直沿用到明清后期，甚至当代。别名由来原因多种，如避讳；古今字体变化、读音变化；地区称呼不一；医家避免秘方外泄而故意创造；医家或者药店为节省时间简化写法，等等。

中药别名举例（根据产地、特征，或者采用代字、拆字、隐喻、会意等方法）：

人言（信石）；坤草（益母草）；申姜（骨碎补）；丑宝（牛黄）；二丑（牵牛子）；古月（胡椒）；七厘（蒺藜）；川足（蜈蚣）；天虫（僵蚕）；大芸（肉苁蓉）；天龙（壁虎）；赤箭（天麻）；胡大海（胖大海）；回回米（薏苡仁）；万金子（蔓荆子）；夕白（薤白）。

是乃仁术

——苍生大医

那是光绪四年（1878年）间某天的一个上午，准确日期已经湮灭在历史的背影里，但可以肯定，那应该是个所有的风水先生都认同的黄道吉日。

最宜开业、上梁。

这日杭州地势像是突然变了形，吴山脚下的清河坊大井巷似乎成了一个巨大漏斗的孔眼，全城老少，起码有一半一大早就赶到了这里。人声鼎沸鼓乐喧天，烈火烹油般的热闹，连远处的西湖湖水都被震得不住晃荡。

被人们里外三层围得密不透风的，是巷北口的一排徽式大宅子，崭新的粉墙灰瓦，极是气派。青砖门额上，严严实实地罩着一块曳地的红绸。此时大门洞开，隐约可见门厅内居然坐着一群朝服盛装的官员。群众中有眼尖的，踮起脚瞄了一眼，不觉轻呼出声："了不得，连巡抚大人也来了！"

"巡抚自然要来，你不晓得连左宗棠左大帅都送了贺匾吗？"旁边有人嗤了一声，笑他大惊小怪。

当户站着的，也是一位头戴花翎、胸挂朝珠的官袍汉子，看上去五十开外，身子壮实额头发亮，极是精神。虽然大员打扮，却无半点官威，满脸春风，八面招呼打拱作揖，忙个不停。这正是杭城中妇孺皆知的大富豪胡雪岩胡大先生。

这时，有人费力地挤到胡雪岩跟前，凑上前去说了句话。胡雪岩微微颔首，那人回身一个手势，顿时鞭炮大作，炸得地皮发颤，满天都是花花绿绿的纸屑。

鞭炮声中，胡雪岩笑吟吟地抱拳对着众人作了一圈揖，接着接过红绸的一角，轻轻一拉——

门楣上赫然现出"庆余堂"三个楷体金字。

鞭炮足足响了一顿饭的时间才慢慢收了。胡雪岩走上一步，双手一压停了鼓乐，又止了众人的鼓掌欢呼，一抱拳，朗声道："众位父老，小号'庆余堂'经过三年多的筹备，今日终于开业了！有劳父老们捧场，小号定然本着良心经营，绝不赚一分一厘的昧心钱——"

"胡大先生的名号，整个杭城，不，普天之下，哪个不信服？"

"庆余堂虽说今日方才正式开业，但我等却已是沾光多时了！杭城上下各县，有几人没用过大先生施的妙药？"

"又施粥又施药，又设善堂又办义渡，心肠木姥姥好，真当是胡大善人啊！"

"听说为杨乃武洗冤那辰光，胡大先生又贴铜钿又通门路帮了很大忙呢！"

众人七嘴八舌，皆是赞誉之词，也顾不得是否打断了胡雪岩说话。胡雪岩闻言，微微一笑，清清嗓子提高音量道：

"列位实在太过奖了，实令本人汗颜哪。闲话就不多说了，来日方长，还请父老多多监督多多指教！如此，有请列位光临小号！"

说着，他侧身延客。

鼓乐又起，人流如潮水一般涌入。过了门庭左拐是条长廊，廊壁上悬挂三十多块银杏木药牌，上书丸药名，下注功能主治，俱为有名的成药，如胡氏辟瘟丹，诸葛行军散，安宫牛黄丸等。黑底金字，古朴中透着一股富贵气。

穿过长廊，转过一个四角亭，方是挂有"药局"匾额的店堂正厅。远远可见高大的红木药橱和整齐锃亮的瓷瓶锡罐，人未到，药香已是扑鼻而来。进入大厅，环顾一圈，最醒目的是门楼上镌着的四个大字：

"是乃仁术"。

胡庆余堂开业那年，胡雪岩正值人生的巅峰。

那段时期胡雪岩顺风顺水，生意越做越大，产业遍及钱庄、当铺、丝绸、茶叶、军火各业，甚至还承担了为朝廷汇解饷银的业务，全盛时私产竟高达白银三千万两之巨，"富可敌国，资产半天下"，堪称大清头号活财神。同时在官场上胡雪岩也是红运当头，因左宗棠西征时他曾大力协助粮饷军械的转运筹措，所以新疆收复后论功行赏时，以江西候补道用，加布政使衔，并赏从二品文官顶戴。这年又经左宗棠与陕西巡抚谭钟麟联奏其"既有军功，又有善举"，光绪帝赏穿"黄马褂"，特赐紫禁城骑马，连正二品的浙江巡抚到胡家也得在门外下轿。

一时间，以胡雪岩"一人之力，垄断居奇，市值涨落，国外不能操纵"，"红顶商人"之名如日中天。

就在这最辉煌的时期，胡雪岩耗银三十万两开办了"胡庆余堂雪记国药号"。财神爷出手，自是大手笔。店堂还在建造，他便雇人在各个水陆码头施送痧药、辟瘟丹等常用时令药品。一送就是三年多，仅此一项，便耗银十余万两。药店设施当然是不吝成本精心打造，只需举一例便可知其中豪华：为依古方炮制紫雪丹，避免其中配料与铜铁发生反应，他竟然专门打了一套"金铲银锅"。

对胡庆余堂，胡雪岩投入了很大的精力。成药配方多是广邀江浙名医研制而成；药材的采办则是派出专人到各产区坐庄收购，连配料都不能丝毫马虎，如愈风酒所用冰糖，必须是福建所产，再用三年陈的绍兴黄酒化开；更难得的是，大老板胡雪岩虽然事务繁忙，却常常亲自坐镇药店。

尽管药店也是赚钱的行当，但与胡雪岩的其他产业，比如钱庄、丝绸等相比，利润却要小得多。以胡雪岩的身家，花如此巨大的心机物力经营药店，是不是有些不值？

胡庆余堂流传有这样一则故事。胡雪岩为选店堂经理，专门在报上刊登招聘广告，应聘之人络绎不绝。先是有人拍胸脯称如果由他来当家，保证两年内赚足十万两银子，胡雪岩一笑谢绝了。又有一人说他的方案是以稳求胜，先赚小钱，再赚大钱，胡雪岩笑笑说："我不是小本经营。"最后有人推荐江苏余天成药号的经理余修初，胡雪岩立即亲自上门求教。余修初言：要成大气候，必得不顾血本，药厂、药号、药行一条龙；其次，办药业者，须以"仁术"为先，不应斤斤计较蝇头小利，否则不如多开几家钱庄、当铺钱来得快。胡雪岩闻言大喜，当即以重金聘其为胡庆余堂首任经理。

明显，胡雪岩开药店并不只是为了赚钱。

那是为了什么？

"做生意赚了钱，要做好事。"这是胡雪岩常常挂在嘴边的一句话，结合他平日善举，此应该是他的心声。毕竟，有能力救助大众，是件很愉快又很有成就感的事，符合徽商津津乐道的"富而有德、乐善好施"的传统。

但胡雪岩毕竟是胡雪岩，他还有另一句名言：

"好事不会白做，我是要借此扬名。"

天下三百六十行，胡雪岩为何偏要借药店行善、扬名呢？

虽说万般皆下品，唯有读书高，千百年来只有钻研圣贤书才是正途，此外的一切，俱是次等行业，可矮子堆里毕竟还有高低之分。熙熙攘攘放眼望去，五行八作三教九流，数不胜数，但能堂而皇之在商号招牌上大大打出"堂"字的，却唯有医药铺。

堂，殿也，正房也，官府议事审案之处也。区区药铺也称堂，怎能如此大言不惭？据说药店称堂的历史可以上溯到"医宗之圣"张仲景，因他常在官府大堂为病人诊脉开方而被后世药店沿用了"堂"名。可张仲景是朝廷敕命的长沙太守，坐的是面北朝南八字开的正宗官堂，寻常药店怎能相提并论，甚至店中的医家居然都敢自号"坐堂医生"——连经营笔墨书画等文人家伙的店铺也只能用个透着酸气的"斋"字。但世世代代，好像从没人对此提出异议。

医药业的特殊，除了"堂"名，还体现在对医生的称呼上，即使是一个穷困潦倒的游医，也被唤作"郎中"，坐诊的，更是一口一个"大夫"：须知无论大夫还是郎中，原本都是正儿八经的官名。

这些初听之下有些僭妄的称谓，患者叫得顺口，医家听得坦然。

病痛无助阖家涕泣之时，眼前若出现一位高人施展妙术，将病人从鬼门关上一步步挽回，此份感激，岂是人间言语能够形容？

此时还有谁来计较什么大夫、郎中，这简直是大慈大悲救苦救难的活菩萨！

菩萨与财神，两个名号在百姓心中孰轻孰重，不必多说。

"好事不会白做，我是要借此扬名。"

无论是谁，若要扬名，当然首选医药业。

别说胡雪岩这般凡夫俗子，即使是传说中的仙人，大多都是以悬壶济世的面貌游戏人间，甚至连蛇妖白素贞都开了一个药店，可见这实乃天下头等积德事业。

医药业的受人尊重，不仅因为这是一种救死扶伤的职业，也因为医术与最受尊崇的儒学，实在有着太多的相同之处。

医业自称的"是乃仁术"，最早出于亚圣孟子之口。一次，他与齐宣王谈话，提起宣王曾放了一头原本要宰了祭钟的牛。宣王解释这是因为不忍看到那种哆哆嗦嗦的可怜样，于是起了不忍之心，孟子立即赞扬："是乃仁术也！"

仁，是儒家思想的精髓。孟子对此有阐述，说仁的发端，正是由不忍见旁人受苦难而产生的恻隐之心。

连养尊处优的诸侯在一头牲畜面前都仁心流露，眼见他人遭难受苦，呼天不应唤地无门，但凡有血性的，谁不想挽起袖子帮扶一把？

这便是儒家孜孜以求的"大济苍生"。

大济苍生有很多方法，儒家挺身而出，治国平天下自然是最主要的手段，医者的慈悲守护，也是不可或缺的救助。大家都是同行，殊途都是为了同归。何况，儒学与医术，原本就是同一个源头而来。

从中国传统医药到中国哲学，其实只有一墙之隔，或者说中医药文化只是中国古代哲学河流中的一瓢之饮。中医的理论基础阴阳五行学说，便是来自儒典《易经》《尚书·洪范》；而儒家称颂的上古圣王，如伏羲、神农、黄帝，同时也是医学先驱。严格说来，医的历史还远远早于儒：人类之初，天文、农业、医术等所有的知识都掌握在"巫"手中，后来"巫"分化，方衍生出儒学一脉。习医原本就是儒者的传统，连孔子对此都有涉猎，一次身体不适，有人给他送来了药，他恭敬地接受了，却不服用，说："我还没有搞清楚这药的药性，不敢尝。"史上也有许多兼通医术的儒生，张仲景便是之一；而大凡高明的医生，几乎都是博览群书的饱学之士；对很多人来说，儒而医医而儒，原本不可分割。

何谓中医？此"中"，现代人一般认为是指中国之"中"，确切说却应该是标志着中医的根本特点："中和"。所谓中和，便是寒者热之，热者寒之，虚者补之，实者泻之，调整人体的偏盛偏衰，使之达到一种和谐的状态，"以平为期"，这正合儒家"中庸""致中和"之意。理学宗师程颐认为，中庸是天下正道定理，为"孔门传授心法"，其实也是医家正宗心法，"持中守一而医百病"也。

中医还有一个重要的特点，便是整体观念。在医家看来，人体是个有机整体，虽有五脏六腑四肢百骸之分，却没有一样是独立的，都在一个系统内相生相克；而且，不仅人是一整体，人与天地也是一体，治疗时地域气候寒暑昼夜俱得计算在内，《黄帝内经》说得明白，"人与天地相参也，与日月相应也"，启发了后儒构建"天人合一"之说。

在医家看来，世间芸芸众生几乎没什么筋骨皮肉的区别，不过尽是些阴阳二气罢了，蜿蜒吞吐间症结何处一目了然。

如此巨目，若投射人心政局，自是洞若观火——任你世事纷乱如麻纠缠不休，仍只是阴阳二气消长，发为正邪两道。寻根溯源方方面面都看得清了，轻轻出手，扶正祛邪，几下便能扭转乾坤。

儒学医术既是一家，皆是"仁术"，所以在以儒治国的时代，有"不为良相便为良医"之说，又云治理天下为调理阴阳。

医家也不曾妄自菲薄，傲然自励：

"治国如治病，用药如用兵。"

能治病，又能治国，此乃苍生大医也。

胡雪岩虽说没正经读过多少圣贤书，但终究是身处儒教社会，少不了受熏陶，尤其是"贾而好儒"的徽商身份与其好任事的慷慨禀性，踌躇满志环顾天下之时，便是不以大医自命也很有几分大医的济世之心。

开办胡庆余堂，不过是牛刀小试罢了。

既是用药如用兵，也说商场如战场，胡雪岩这回真正是在商场上以药为兵了。

他要借胡庆余堂将自己的名头打得更响亮，打成一块天字第一号的金招牌。

因为他需要更多的信誉，需要天下百姓的支持，他还要甩开手脚干一番大事。

国内虽然也有一些人对他不服气，利用他的靠山左宗棠与李鸿章的矛盾老想整治他，但胡雪岩心目中真正的对手，却是洋人。

他的眼光已经投射到了国外，曾说："生意做得越大，眼光越要放得远。做生意的眼光，一定要看大局。你看得一省，就只能做一省的生意，看得天下，便能做天下的生意，看到外国，便能做外国的生意。"

胡雪岩把主力集中到了生丝买卖上，与洋人斗起了法。他的手法是以高于伦敦市场的价格大量收购，"遣人遍天下收买，无一漏脱者，约本银两千万两，夷人欲买一斤一两莫得"（《见闻琐录》）。头年，他掌握了形势："夷人无可奈何，向胡说愿加利一千万买转此丝，胡非谓一千二百万不可。"洋人反复讨论后一致认为："此次若为胡所挟，则一人操中外利柄，将来交易惟其所命，从何获利？"亏点钱是小事，但此风不可长，坚决不同意，宁愿今年不做中国的生丝生意。胡雪岩毫不在意，盘算着第二年再如此收购一回，洋人必将降服，不低头也得低头。

第二年，新丝上市，胡雪岩自己手头已然紧张，便"邀人集资购买"，不料"无人应者"。这下他再也无力操纵市场，"新丝尽为夷人买去，不复问旧丝矣"。

这一场较量，胡雪岩"两千万两出，一千两百万两归，家资去其半"。

原本这千把万两的损失还不至于彻底击垮胡雪岩的，但兵败如山倒，此时他的对手乘机四处放风，说其赔了血本，钱庄倒闭在即，慌得大小储户统统赶上门来提款，挤兑的人踩破了钱庄的门槛，连门框都被挤歪了。

别说已经有了亏空，便是再大的家当也经不起这般釜底抽薪的狠招；何况对手还落井下石，一边抽紧银根封住胡雪岩拆借的门路一边借助朝廷之势向他大额逼债。如此局面便不可收拾，庞大的胡氏集团，几乎在一夜间崩盘。胡雪岩所有的家产全部被折卖抵债，朝廷也下达了查抄的谕旨。

1885年12月30日，当一道批准"速将已革道员胡光墉（胡雪岩）家属押追着落，扫数完缴"，"将胡光墉原籍财产及各省寄顿财产查封报部，变价备抵"的圣旨传到浙江时，胡雪岩却已在二十四天前病死，一说是吞服鸦片自杀。

出现在抄家官员眼前的，只是一灯如豆、七尺桐棺。"所有家产，前已变抵公私各款，今人亡财尽，无产可封"——连封条都没地方贴，因为停棺的房子也是租来的。

胡庆余堂则早在头一年就被抵了债，落入了恭亲王奕䜣的亲家文煜的手里。

这年离胡庆余堂开业，不过只有短短七年。

尽管胡雪岩不用多时就将胡庆余堂经营得名声赫赫，以至于有"北有同仁堂，南有庆余堂"之说，被誉为"江南药王"，但他毕竟只是个商人。

他不懂医人之术，更不明医国之术。所以虽然他有"做生意赚了钱，要做好事"的仁心，也有相当可观的资本，却迅速一败涂地。

他看不清全局。尽管他说眼光一定要放得远，但他却忽视了自己的身后，看不清同胞同行其实是一盘散沙，各自钩心斗角，绝无法协同作战；也没看清远方，不明白洋人背后有各国雄厚的财力撑着腰，妄想以一人之力挑战全球列强。

病症未清，便鲁莽施药，安能不败？

根本还在于，胡雪岩只看到了外邪入侵——他征战生丝业，便是为了抵抗洋人的经济掠夺——但看不见真正的病根却在国门之内。

国有病，人知否？

整个大清王朝，已是从内里烂起，正气不扶，外邪岂能祛除？

仅仅从商业角度看看祖国萎靡无力带来的后果吧。曾有人评论："光墉虽多智，在同光年代……海陆运输，利权久失，彼能来我不能往，财货山积，一有朽腐，尽丧其资。"

蒙着眼开方，头痛治头脚痛医脚，你刀来我剑去，只是误事的庸医所为，不仅于事无补，往往还雪上加霜。

时人汪康年云："江浙诸省，于胡败后，商务大为减色，论者谓不下庚申之劫。"（指1860年江浙太平天国之难）

也怪不得胡雪岩，他原本便不是苍生大医。以全局来看，他只是一味药，一味为己为人强自出头抵御强大外邪的药——虽说商人本性是为了谋利，但胡雪岩此举也有保护蚕农免受洋人压榨之意。

时局危如累卵，如此一味药独立支撑，不过是白白入水火煎熬罢了。

那么面对危局，担当治国重任的苍生大医又有何术能妙手回春呢？

他们正忙得焦头烂额，根本没精力顾及一个商人的死活。

他们中的很多人倒也是用药如用兵的高手。

几十年前，鸦片危机越来越严重时，有不少人建议朝廷：操纵洋人，可以从禁止中国的茶叶、大黄出口下手。因为据他们了解，洋人如果数月不吃这两样，就会双目失明、肚肠堵塞，甚至丧命，所以只要朝廷断绝供应茶叶、大黄，各国必向大清乞求救命。

即使是开眼看世界的第一人林则徐，在《通谕各国夷商稿》中也庄严劝告："内地茶叶大黄二项，为尔外夷必需之物，生死所关，尔等岂不自知？"

他们的医术学得甚妙。大黄，因其泻下力猛，药性如大将"斩关夺门"，所以别名"将军"——以将军守国，名正言顺，想来应该是稳如泰山的。

很快他们便惊奇地发现洋人原来不吃大黄也可以活得欢蹦乱跳的。挨够打后，大医们终于醒悟过来，绞尽脑汁开出了一张又一张的药方。

他们最得意的方子自然是洋务运动，轰轰烈烈搞了几十年，架子搭得很大，居然拥有了一支据说是亚洲第一、世界第六的强大海军。

看着披红挂绿的"同光中兴"，大医们擦擦额头的汗，拈须微笑。

可没等他们喘一口气，吸一袋烟，头上又狠狠地被敲了一记闷棍：数十年苦心经营，居然转瞬间被小小的岛国三下五除二砸了个稀巴烂。这才明白，之前的中兴，看上去红红火火有血色，其实不过是虚症患者两颧的潮红，仍是重病之象。

甲午一役，连那点掩饰的血色都被刮了个干干净净，大清帝国瘦骨嶙峋一脸的浮肿蜡黄，只勉强吊着一口气。

再开方！

看来这回得用个急手段。变法！大补的人参鹿茸使劲用，好个热闹方子！不顾东家脸色难看，又暗中掺了乌头砒霜等毒物，说是要剔除腐肉以生新肌。家主忍不了几时便恼了：敢情你还想毒杀本太后，真是反了——一声令下，把医生五花大绑，一个个拉出去砍了脑壳。

医生莽撞，自然该杀，可病还是得治。病急乱投医，东主既不信正途出身的，那就向江湖中寻，草莽向来多奇才。恰好神仙降世，有人说香灰可治百病，还说一念神符刀枪不入，想来这便是传说中的气功疗法，当下大喜。命人试了几回，好像觉得胃口也好了，睡觉也香了，腿脚也有力气了，看着人家欺上门来，再不甘逆来顺受，便想出口恶气。不料惹恼了整窝大黄蜂，被蜇得鼻青脸肿哭爹叫娘，连宅子都被人占了。

诊治了百来年，病却越来越重，眼看着就要被送上解剖台给大卸八块了……

不能说各位医家不出力，更不能说他们看着国家渐入膏肓而无动于衷，只是他们与胡雪岩一样，虽然知道凡事要看全局，却老眼昏花无法看清世界大势。

如今的天下，已再不是从前的天下了。面对层出不穷而又闻所未闻的新病怪症，他们烂熟于胸的歌诀医案，已然捉襟见肘无法应付；世代传承的丹丸膏散，也已渐渐失效霉变——他们颤抖着的老迈身躯，已再坐不稳治国的大堂。

大医束手无策，国病不起，举国之人皆成了任人凌辱的病夫！

难道堂堂炎黄子孙，就此一日日沉沦，万劫不复了吗？

希望往往在极度的剧痛中萌芽，肩负新使命的大医即将登场。

对如此重病的中国，单凭一人之力是难以治愈的。好在时运已开，天佑中华，一代代大医前仆后继。

其中有如孙中山、鲁迅等由医人转向医国的，也有更多跳过治人之术直接学治国之术的……

真大医，必精诚。

药王孙思邈有教诲："凡大医治病，必当安神定志，无欲无求，先发大慈恻隐之心，誓愿普救含灵之苦……不得瞻前顾后，自虑吉凶，护惜身命……"

白衣如雪，大医端坐天地之间。持起长江黄河，找准寸关尺，将高原平原叠起为枕，轻舒三指慢慢搭上，闭目，调匀气息，举、按、寻、循、推，仔细号脉。

脉象是浮，是沉？是虚，是实？

轻轻松手，放波涛一泻千里而去。拿起挂在胸前的听诊器，五岳珠峰依次听过。再取出温度计，插入海水，测测海底的温度，究竟是冰窖还是熔浆。

终于，暗舒一口气，冷峻的脸上隐隐浮起一丝暖意。在中原平地摊开笺纸，将手中巨笔用五湖之水蘸了，沉吟多时，汗吐下和温清消补斟酌定后，笔走龙蛇一挥而就。

只是无论哪位大医，药引俱是一样，天下药店，任是胡庆余堂、同仁堂皆不能备——绝少不了热血、头颅！

但莫愁此物难寻，此物你我皆有！

为了能让我中国起死回生，为了能让我中国返老还童，为了能让我中国永葆青春，还有什么舍不得？

仰望着高天，亿万人齐声祷颂：

"红日初升，其道大光；河出伏流，一泻汪洋；潜龙腾渊，鳞爪飞扬；乳虎啸谷，百兽震惶；鹰隼试翼，风尘吸张；奇花初胎，矞矞皇皇；干将发硎，有作其芒；天戴其苍，地履其黄；纵有千古，横有八荒；前途似海，来日方长。

美哉，我少年中国，与天不老！

壮哉，我中国少年，与国无疆！"

相关医药知识摘录：

胡庆余堂"戒欺匾"："凡百贸易均着不得欺字，药业关系性命尤为万不可欺。余存心济世，誓不以劣品弋取厚利，惟愿诸君心余之心。采办务真，修制务精，不至欺予以欺世人，是则造福冥冥，谓诸君之善为余谋也可，谓诸君之善自为谋也亦可。"此匾为光绪四年胡雪岩亲书，胡庆余堂余匾皆朝外挂，唯此悬于厅后，面对经理、账房间。

金铲银锅："局方紫雪丹"，为镇惊通窍、治疗热病神昏诸证常用的急救药，因其色呈紫，状似霜雪，又言其性大寒，犹如霜雪之性，因而得名。在制作过程中因组药之一"朱砂"易与铜或铁发生化学反应，为确保药效，胡庆余堂耗黄金四两多、白银四斤，打造成金铲银锅，专门用于紫雪丹的生产，现陈列于胡庆余堂中药博物馆，为国家一级文物。

《胡庆余堂雪记丸散全集》：胡庆余堂以宋代皇家药典《太平惠民和济药局方》为基础，收集各种古方、验方和秘方，并结合临床实践经验，著此书传世，共收录482个成药处方，其中冠以"胡氏"之名者就有数十个。胡雪岩之后，庆余堂几经转手，但始终冠以"胡"名。

附 录

永康药行往事
——老药工口述摘录

口述人：王睿生，1935年生，兰溪人。1948年进永康仁和堂药店做学徒。

我是1948年秋天从老家兰溪到永康"仁和堂"药店做学徒的。那年，我十三岁半。你问我为什么这么小年纪来永康？没办法，大家日子都不好过。再说，那个年代能吃上一碗药饭，也算是有点面子的行当。我读过几年小学，识些字，而且姐姐和"仁和堂"的先生娘（老板娘）还有点交情，这才能做上学徒的。

我是由先生娘亲自带到永康的。天不亮就出门，从兰溪坐火车到金华，再在金华转汽车。那时的汽车烧炭，车厢又是闷罐，人坐在里面烟蒙蒙黑洞洞的，遇到上岭还经常打滑爬不动，有时还需要乘客下车以减轻重量。

等我到永康时天已经黑了。说实话，一下车我看到的永康城令我很意外，破破烂烂，乡下镇头差不多。你们晓得的，1949年前走水路，兰溪是大码头，很繁盛，叫"小上海"的，我家又在兰江边上的东门，算城里人，看到当时永康真的有反差。更令我发怵的，是永康人说话对我来说就像哑巴听天雷，一个字也没着落。十三四岁小侬，初来乍到，总是慌兮兮的。不过一到药店就好了，大家都讲兰溪话。

永康所有的药店内部都讲兰溪话。兰溪人做药行生意，就像你们永康人一个带一个出门磨刀铸锅补铜壶，覆盖东南好几个省。我记得永康城里统共二十一家药店，除了有家招过一个永康人，其余连先生带伙计，统统都是兰溪人。

仁和堂店不大，连我也就四五个人，先生的儿子也一起做事。和现在的学校一样，当学徒也是有时间规定的，一般三年学徒满后升"半作"，相当于现在的实习生，再满三年才正式当伙计；伙计分前场后场，一般前场站柜台的先生都要挑机灵能说话，模样过得去的。学徒期间，除了包吃住，没有工资；升到半作后，开始有点零用钱。

当学徒首先当然是干杂活，扫地洗碗，上下门板（当时我身板太小，扛门板时简直还被门板压得倒仰），什么都做；很多时候干这些活其实也是先生在考验你，他经常会故意横一把扫帚在地上，观察你的反应。其次是跟着师哥做后场，比如研药、装药斗、翻晒、洗刷、挑去药材中枝梗、沙砾之类的简单工作，一般要升到半作后才能动刀切药。

学徒学徒，实际上还得靠自己自学。我记得先生教我的第一课便是让我背行情簿和学打算盘。行情簿相当于现在的价格单，有所有经营药材的名称与价格变动；熟悉药名之后，你自己在平常干活中对照摸索，不懂问问师哥，三年下来，也就有点门路了。肯学些的，还能在抓药时从药方中学通医理，不是有句行话，叫"前台伙计半个医师"嘛。

说实话，与现在的药店比，那时先生对服务和质量要求高得多。就以包药为例吧，现在很多店都用塑料袋一装了事，那时是要叠成斧头包，而且扔在地上还不能破，假如里面有芥子留行子之类的子仁果更是不能漏出。

与其他行业不同，药店其实规矩特别多。比如每日吃饭，坐的位置都有讲究，菜也不能随便挟。提到吃饭，药店还有一个"烧六"的习俗。也就是每逢农历有六的日子，如初六十六，药店先生都会买点肉，再点上两支蜡烛，祭拜店里供奉的药王菩萨（解放街老公安局那里，从前有个兰溪会馆，里面就有个小小的药王庙）。为了节省，蜡烛短得可怜，拜个三两下就烧光了；肉也差不多，每人四两（十六两秤，相当于现在的二两半），烧熟了也就一小块，不够几口的。不过也就这个日子，能吃到肉。我们还是很期待"烧六"的。

年节时药店的独门风俗也很多。除夕封门后，药店一般要到初六才开门。这期间，除了给药王菩萨烧香，柜台上还要用红纸铺着摆上一些名称吉利的药材，比如金银花、万金子、百合。而初六开门那餐饭，也很重要，因为先生如果要解雇某人，会在那时提出，与很多行业裁人都在年前不同，药行好歹先让人安心地过完年再说。

药店其实还是很讲人情的。我记得那时店里专门准备了几支烟筒，老客上门先点好递上一支。所有药店都有自己的顾客群，比如我们仁和堂就有很多大园一带的老客，因此药店之间的生意不太会冲突。老客与各自的药店相处一般都很融洽，很多乡下客甚至把药店当作城里的落脚点。很多进城卖松毛的大园人，卖完后就把空担子寄放在店里，空手去逛街。无论他们买不买药，药店一律笑脸相迎，烟茶伺候，还经常让他们赊欠药钱，年终再由我们上门讨要，实在还不出的，也只能一笔勾销。

口述人：徐锦华，1930年生，兰溪人。1946年2月进永康童德和药店做学徒。

当时，永康城里的药店，名头最响的有三家：童德和，义生和义

310

丰，童德和最大。它本来有三个股东，都姓童，都是兰溪人。日本人打进来后，童德和接连被日本飞机炸了几次，元气大伤，其他股东就弃股了，只留下一个。不过即使这样，童德和规模照样是永康最大，有十几个伙计。那时大店的伙计是有等级的，三年学徒升为半作，三年半作后才升为伙计。伙计有前后场之分：后场分四刀、三刀、二刀、头刀；半作年满后可以逐步升刀。当然，头刀手艺最好，专管料理贵细或难下手的药材，如鹿茸、洋参、槟榔等。除了切药，头刀还得能煎膏。一般药由二刀操作，档次稍低的交给三刀，而四刀干的只是些粗活。空闲时，学徒也可以学着切一些粗草药。这是后场，主要在店堂后加工药材。前场，也就是站柜台配药的，同样也分几个档次，最低的称为末柜，以上是四柜三柜二柜，级别最高的称为头柜，半作年满后升为末柜。头柜上面就是经理，但我们称为"阿大"，他就是药店的大总管，负责全面。老板基本上是不管具体经营事务的，而主要负责企业资金的运筹。

童德和常年有三个学徒。三年学徒，三年半作，就要耗去六年时间。做学徒是最苦的。学徒头一年是没有床铺的，药店门口有两个大木柜，平时白天供别人歇坐，晚上拼在一起，我就睡在上面。到了第二年，可以睡木板，第三年才能睡到药店最后一进房的楼上（那里是伙计宿舍，一间房四张床）。学徒苦虽苦，但毕竟能吃饱饭。药店里阿大的工钱最高，一个月三担米，依次减少，像我做学徒的，只有十斤米一个月，还是 1949 年后才有的。平时伙食四菜一汤，粗菜淡饭，没有荤腥，不许喝酒（我们这些吃过药饭的，即使改了行也很少有人会喝酒的）。只有逢"六"这一天，药店要给药王菩萨烧香摆贡，才能吃上一回肉。十天一肉，在厨房里就由厨师平分到人，不管学徒还是经理，大家一人一花（老秤四两）。当然，不想吃的也可以卖给别人；我就常把肉卖给其他伙计换点零钱，积攒起来买衣服鞋袜。说不想吃肉是假，只是家里苦，实在没钞票用。药店的伙计学徒基本都剃光头的，除了干净些，也为了省点肥皂剃头钱（伙计的衣服都不缝口袋，防手脚不干净的藏东西）。刚入行，扫地擦柜台是每天早上必做的课目。那时店里有四把招待老主顾的水烟筒，每天还要荡一次烟筒（其他小药店里的伙计，很多还要洗衣做饭倒尿桶，比我还苦还累）。做学徒要先拜师，童德和只拜一个师傅（先生），即店主本人。实际上，拜师只不过是行业规矩，平时，先生是不会来主动教你的，学徒基本上由师哥带，等晚上空闲了，跟着师哥学认中药格斗里的药材。一夜学一竖行格斗，师哥教一遍，第二夜自己再复习一遍。这样日积月累，也就慢慢入行了。

三年过后升为半作。每天早起后，要负责将每个中药格斗查一遍，量不足的加足添满，缺货的需要及时补货，顺便再把格斗里的药材翻动一次，该焙的焙，该晒的晒，有虫蛀的要及时去除，还要负责通知头刀安排切药。

童德和的丸散膏丹，除了少量从外面进货，基本都是自制的。二三年的学徒，可做些简单的八仙膏、山楂饯、戒喘药等。回春丸、眼药粉、麦冬剖开抽芯等这些精细点也省力的，头柜牵头做；量多，粗重的活交给后场做。如做中药丸，三刀主管调度，半作按方配药，学徒负责晒药碾粉，熬蜂糖，拌药粉，放进臼里捣匀成团，晚上放在柜台上大家一起搓成药丸，制好后，用纸分装成四两一包或者半斤一包，收进白铁皮箱里防受潮。山楂饯则是用开水浸泡山楂后，去掉里面的籽，沥干与蜂蜜同煎而成。现在初夏时节，枇杷正当时。那时，童德和每到这个季节就要熬枇杷膏，用八月坑的枇杷，都是老主顾送货上门；学徒负责把收进来的几担枇杷去皮去柄去籽去衣，做时还能偷吃一些。处理干净的枇杷肉榨出汁来用以煎膏。煎膏以二刀为主，汁放入铜锅里慢熬到膏汁挂旗，最后放入冰糖收膏。那时不用防腐剂，所以不能多做，做多了保存不久。繁琐的是制驴皮膏和龟板膏。驴皮从上海"一成园"整批购进，第一道工序是先将驴皮拿到水码头硝过，硝后的驴皮还要放在水中漂净，童德和东边沿城，就是华溪，那时没有污染，驴皮就用箩筐盛了日夜浸泡在溪里，也不用担心是否会被人捞走。这个过程起码两三个月，直到冬季，才能着手煎膏。驴皮要连续熬制两三天，日夜不停火，所以师傅们也是很吃苦头的。煎出的汁还要进行浓缩，最后再收膏。太烦，一年最多做一次，在我的记忆中，一共也就做过三四次光景。龟板膏同样是将先期收来的龟板用水漂净（也是日夜放在溪里，那时人纯朴，从没有丢过），熬煎时，一次下足水，熬上两天两夜，膏才制成。熬过的龟板已经酥脆，碾碎了当龟板霜用。童德和被炸之前，还自己养鹿制全鹿丸，杀梅花鹿前要抬着活鹿披红挂彩满城游街，可惜我来得晚，没看到过。

作为当时最大的药店，童德和的药材档次在同行中也是最高的。当时同一种药材分四个等级，"魁""提""捡""统"。"魁"最高。童德和用的规定是魁级药材。比如芍药、淮山，粗细一定是均匀圆整的，放在桌面上还能滚动；再比如茯苓，只选夹心最大最好的那几片镜面苓。

（本文由郑骁锋、高境整理而成）